異世界で騎士団寮長になりまして2

~寮長になったあとも2人のイケメン騎士に愛されてます~

柏木《かしわぎ》蒼太《そうた》
落とした五百円玉を拾おうとしたところで階段から落ち、異世界に転移してしまった青年。転移した先でレオナードたちに拾われ、王立第二騎士団の寮長として働くことになる。
レオナード
王立第二騎士団の団長でありレイル領主の弟。大雑把で面倒くさがりに見えるが、実はかなり面倒見がよく団員から慕われている。
リア
王立第二騎士団の副団長で、王家の血を引く青年。普段は非常に真面目な性格で穏やかだが、怒ると恐い。

CHARACTERS

ヴァンダリーフ

マティスの伴侶でレイル城専任護衛団の団長。リアの叔父にあたる。
寡黙で感情を表に出すことは少ないが、とても愛情深い。

マティス

レオナードの兄で、現在はレイル領の領主をしている。領主ではあるが身分の差を感じさせないくらい、とても親しみやすい。

マヌエル

王立第一騎士団の副団長かつ王立第一騎士団寮の寮長。かなりの美貌の持ち主だが、訓練は尋常じゃないほどスパルタ。

ギヨーム

王立第一騎士団の団長で、レオナードの叔父。レオナードには反抗的な態度をとられているが、何やら理由があるらしい……

ベルンハルド

自由の羽傭兵団の団長で、青髪を持つザカリ族。
レオナードとリアとは並々ならぬ因縁があるようで——

イーヴォ

自由の羽傭兵団所属の青年。
賊に襲われ怪我を負っていたところを助けてもらったため、蒼太に借りがある。

王立第二騎士団

交通の要衝であるレイル領を守る、ライン王国の騎士団。

レオナードを団長、リアを副団長とした約180人の団員で構成され、日々レイルの街を守るため、訓練に勤しんでいる。

第一章　異世界の日常

「うーん、いい香り」

まだ太陽が顔を覗かせたばかりの、穏やかな朝。

僕は両手でやっと抱えられるほど大きな籠《かご》に顔を突っ込んで、いっぱいに摘《つ》んだ果物の香りを思い切り吸い込んだ。爽やかな香りが身体中に染み渡るようで気持ちがいい。

ここは僕が寮長を務める王立第二騎士団寮の裏庭。

寮と騎士団の訓練場を隔《へだ》てる垣根には、レモンに似た爽やかで酸味のある果物『マルム』がたわわに実っている。今日はこのマルムの皮を剥《む》いて精油を作ろうと考えている。

「なんだか平和だなぁ」

晴れた青い空に、朝特有の澄んだ空気。

濃い緑の葉を茂らせる垣根には、朝日を浴びて輝く黄色い果実。すぐ近くからは早朝訓練中の騎士団員たちの大きな声が響く。

今でこそこれが日常になりつつあるけど、数ヶ月前まで僕は東京に住むごく普通の、二十歳のフリーターだった。

唯一の肉親だった母親を二年前に亡くし生きるためにバイトに明け暮れていた僕は、あの日もバイトを終えてアパートに帰ったところだった。

バイト先の先輩のおじさんたちからお年玉として五百円玉をもらったのだが、それをうっかり落としてしまったのである。転がる五百円玉たちを追いかけようとして階段から落ちた。

……と思っていたら、いつの間にか異世界のレイルという街――にある大木の上にいたのだ。

「今思い出しても不思議だな。どうして僕、この世界に来たんだろう……」

大木から落ちそうだった僕を助けてくれたのは、王立第二騎士団の団長のレオナード・ブリュエルと、副団長のリア・ディィル・ヒュストダール。黒髪のせいか、二人は僕を見るなり『黒の旗手』だと思ったらしい。

黒の旗手というのは『聖木《せいぼく》マクシミリアン』という木から風に乗って舞い降りてくる人のことで、その人が騎士団の旗を振れば一騎当千の力で敵を倒せるんだとか。

二人から元の世界には帰れないと言われてしまい、この世界で生きる決心をした僕は、ひとまず食い扶持を稼ごうとし、彼らに勧められて王立第二騎士団の寮長となったのだった。

寮長の仕事は寮内の掃除や簡単な事務仕事が主なので、僕の得意分野だ。

きっと上手く続けられる……と思っていた矢先、とんでもない事実が発覚する。

――なんと寮長は団長と伴侶になる決まりがあったんだ！

そのおかげで、寮長となった僕は同時に、団長のレオナードの伴侶になってしまった。

それだけでも驚きだったのに、レオナードとリアが結んでいた『盟友の誓い』なるもののせいで、リアの伴侶にもなってしまった。

つまり僕は運よく異世界で仕事にありつけたと思ったら、なぜか二人の男性の伴侶になってしまった……というわけ。

「恋愛経験もない僕がいきなり二人の伴侶だなんて、びっくりしたなぁ……今は二人が伴侶でよかったって思ってるけど」

でも二人は僕の気持ちを急《せ》かすような真似はしなかった。まずはゆっくりお互いを知っていこうと言ってくれて、寮長の仕事がやりやすいように配慮してくれたり、一緒に買い物に付き合ってくれるところから始めて、少しずつ距離が縮まっていった。

それから二人の悲しい過去を知ったり、この平和なレイル領に忍び寄る魔の手――ザカリ族と対峙したりもしたけれど、僕は騎士団の寮長として、そして二人の伴侶として、日々頑張っていた。

ザカリ族とは決着はついてないから、これからまた対峙するかもしれない。

でも今は、あの嵐の夜に抱いていた怖さはない。なぜなら僕には、頼もしい伴侶がいるから。

きっと何があっても三人で乗り越えられるって信じている。

「そう思わせてくれるのは、レオナードとリアのおかげかな」

ふふ、と一人にやけながら籠《かご》を持ち上げた、その時。

「俺とリアが、なんだって？」

後ろから声をかけられ振り返ると、レオナードがすぐ後ろに立っていた。

燃えるような赤髪がそよ風になびき、灰色の瞳が優しく僕を見つめている。

「レオナード！　早朝訓練は？」

「やることやったから、俺の仕事は終わり」

「……途中ですっぽかしてきたんでしょ」

「まあ、細かいことは気にすんな」

レオナードは僕の腕からひょいっとマルムがたくさん入った籠《かご》を取り上げると、さっさと寮の勝手口に向かっていった。

レオナードは一見すると面倒くさがりでだらしがない。本当にこんな人が団長で大丈夫なのかな、って最初は思っていた。

でもそれは本当の彼じゃない。本当のレオナードは真面目で世話好きだし、それにすごく愛情深いのだ。

僕はレオナードにお礼を言い、彼と雑談しながら厨房へ向かった。

本当は早朝訓練に戻るよう言うのがいいんだろうけど、きっとレオナードは僕が籠《かご》を重たそうに持ち上げているのを見つけて手伝いに来てくれたんだよね。

分かりづらいかもしれないけど、レオナードはいつだって優しい。

寮内に入ると朝食の時間になったのか、食堂から団員たちの楽しそうな声が厨房まで聞こえてきた。

「まったく朝っぱらから元気だな、あいつら」

「なんかいいことでもあったのかな？」

「また歩兵部隊の奴らが夜遊びの報告でもしてるのかもな」

「あはは……なるほど」

歩兵部隊はどういうわけか軽いノリの人が多い。

この世界に来るまで僕は恋愛と無縁の生活を送っていたから、歩兵部隊にあからさまな恋愛の話をされると、恥ずかしくてすぐに顔が熱くなってしまう。

このまま行ったらまた恥ずかしくて朝食の味がわからなくなっちゃうから、朝食は後回しにして今はマルムの皮を剥《む》くことにしよう。

台所に入ると、食器棚の前にリアが立っていた。

「やあ、ソウタ。朝からそんなにたくさん採ってきたのかい」

籠《かご》の中を見たリアが、にこりと笑った。

リアは実直で自分に厳しいが、他人にはいつも優しい。そして異常なほど自分を軽んじることがある。どうやら彼が王族の血を引いた王子であることに関係しているらしく、いつも見ていてヒヤヒヤする。

ちなみに、どうして王宮にいるはずの王子が騎士団で副団長をしているのか、その辺の事情はまだ教えてもらってない。いつかもう少し仲が深まったら、教えてもらおうと思ってる。

「うん、リアは訓練が終わったところ？」

「そうなんだ。だから休めと君に怒られる前に少し休もうと、茶を淹《い》れに来たんだよ」

リアは茶目っ気たっぷりにウインクすると、僕とレオナードの分のお茶も淹《い》れてくれた。

出会った頃のリアは仕事の鬼で、一分たりとも休憩を取らずに訓練や騎士団の事務仕事に明け暮れていた。

でもあの嵐の夜に心境の変化があったのか、少しずつ仕事を僕に任せてくれるようになったし、休憩も取るようにしている。リアが自分を大事にしてくれて本当に嬉しい。

「ところで、その籠《かご》いっぱいのマルムをどうするの？　酸味が強いから食用には向かないと思うんだけど」

「これは皮を絞って精油を作るんだ。実のほうはお砂糖と煮てみるつもり」

実を食べるという僕の回答に、レオナードとリアは顔を見合わせて、本当に美味しいのか、と訝しげな顔をしている。

この国の人はどうやら酸味が苦手なようで、強い酸味のあるマルムは食用には使われない。

でも、もったいないと思うんだよね。せっかくこんなにたくさん実がなっているんだもの、使わない手はないよ！

「二人の気持ちはわかるけど、ちょっとだけ試させてよ。お肉の味付けなんかにちょうどいいと思うんだよね」

「まあ、お前がそう言うなら味見ぐらいはしてやってもいいが……」

レオナードが絞り出すように返事をするそばで、リアがマルムを見て固まっている。リアは結構な甘党で、酸っぱいものは人一倍苦手のようだ。

「本当!?　良かった！　それじゃあ僕は早速皮を剥《む》いていろいろと試してみるから、二人は食堂でご飯食べてきなよ」

レオナードに籠《かご》を運んでくれたお礼を言って皮剥《かわむ》きを始める。しかしレオナードとリアは僕のそばから離れない。

二人はお茶を飲みながら僕の手元を覗き込んだり、マルムの実の部分を少し摘《つ》まんで口に入れては酸っぱさにしかめ面をしたりしている。

ある程度皮剥《かわむ》きが進んだところで、思わず僕は二人に声をかけてしまった。

「えっと……あの、二人とも食堂に行かないの？」

「ああ、食事は後でいい」

「ソウタの作業が終わったら一緒に食べよう」

にっこりと微笑んでそう言う二人。そんな二人が愛おしくて、なんだかたまらない気持ちになった。

さすがに急に二人の伴侶になったときは驚いたけど、今は彼らを心から好いている。二人が一緒にいてくれるとやっぱり嬉しいし、心強い。

――と思ってはいるんだけど、今はもう少しだけ距離を取ってほしい気分だった。

先ほどから二人はさらに僕に近づいているのだ。

レオナードは僕の右肩に顎を乗せて体をピッタリとくっつかせた状態で、僕の手元を凝視しているし、左側にいるリアは僕の腰に右手を回して左手に持ったマルムの実にガンを飛ばしている。

はっきり言うと、そんなにくっつかれたら、皮剥《かわむ》きがやりづらいんだよ！

僕は密着してくる二人の伴侶に何か仕事を振ろうと少し考えて、剥《む》いた皮の皮絞りをお願いすることにした。

実際、皮を絞るための機械がない以上、精油を取るには力が必要になってくる。この作業は優秀な騎士の二人にぴったりでしょ！

「これを握り潰せばいいのかい？」

リアが皮を手のひらに乗せて質問してきたので、僕は頷きながら実演することにした。

「こうやって手でぎゅっと握りつぶすんだ。こういう果物の皮って小さなつぶつぶがたくさんあるでしょ？　このつぶつぶを潰すといい香りの液体が出てくるんだ」

「その液体を集めりゃいいのか？」

レオナードが皮をいくつか右手のひらに乗せた。

「そうなんだけど、ただ握るだけじゃ大変だから、小さな棒みたいなものでつぶつぶを潰していくといいと――」

僕がそう言い終わらないうちに、レオナードがぎゅっと右手でマルムの皮を握りつぶす。すると彼の手からポタポタといい香りの雫《しずく》が滴《したた》った。

いやこれ、普通は機械を使って圧縮することで抽出するんだけど。そんな握りつぶしただけで精油が取れるなんて聞いたことないよ……

「ふうん、案外結構な量が取れるな」

「思ったより簡単だ。よしレオナード、早く終わらせよう。そうしないとソウタがいつまでも朝食を食べられない」

「だな」

レオナードとリアは呆然とする僕に構わず、山盛りになっていた皮をどんどん握りつぶしていった。

おかげで僕が想定していたよりも早く、そして結構な量の精油が取れてしまった。

嬉しいんだけど二人の怪力に、改めて騎士の強さを知った気がした。気をつけないと僕も握り潰されちゃいそう……

二人がものすごい速さで皮を握り潰している間に、僕はマルムの実をほぐして鍋に入れ、砂糖と一緒に煮込む。

そこにリキュールがわりのお酒と香草、塩、胡椒を入れてさらに煮込んだら、こっちもあっという間に柑橘ソースの完成だ。これを毎食出てくるお肉にかけたらさっぱりして美味しいだろうなあ……と、ずっと考えてたんだ。

というのも、寮のご飯には毎食必ず濃いめのソースで味付けされたお肉が出るんだけど、実はその味付けが少し重くて、僕にはちょっとだけ合わないのだ。

ときどきなら僕も気にしないんだけど毎食ともなるとさすがに厳しくて、なるべくサッパリな味にするために柑橘ソース作りを計画していた、というわけ。

ちなみに絞ってもらった精油は布巾《ふきん》で濾《こ》して、小さな瓶に入れ替えた。

このあと水で薄めて玄関と廊下の床拭きに使うつもり。掃除したところから爽やかな香りがするようになって気持ちがよさそうだなぁ。

「よし、それじゃあさっさと食堂に行くとするか」

片付けを終わらせたレオナードがそう言ったところで、勝手口から声が響いた。

「毎度！　肉を持ってまいりました！」

この声は、騎士団寮が懇意にしているお肉屋さんだ。

毎日この時間に新鮮なお肉を持ってきてくれるのは、中央市場で肉屋と料理店を経営しているリーさん。寮に物資を届けてくれる人から商品を受け取るのも寮長の仕事だ。

僕はすぐに厨房から出ると、勝手口で待っていたリーさんに声をかけた。

リーさんは真面目な青年で、今日もいつものように勝手口の前でピシッと立っていた。

「リーさんおはようございます！　ちょうどよかった、いま柑橘ソースを作ったところなんですけど少しだけ試食していきませんか？」

「かんきつそーす？　でございますか？」

「えっと、焼いたお肉にちょうどいい調味料なんです。もし良かったら、出来を見ていただけると嬉しいなって」

「ソウタ殿のお手製とあらば喜んで」

リーさんが快諾してくれたので、僕は厨房にお肉を運び入れてもらった後でソースを味見してもらうことにした。

このままでも美味しいとは思うけど、お肉のプロにアドバイスをもらって、ソースをもっと美味しくしたい。

我ながら図々しいとは思うけど、どうせなら美味しく食べたいもんね。

僕は食堂から調理済みのお肉をちょっとだけもらってくると、リーさんとレオナード、リアの分と三つに分け、できたばかりの柑橘ソースをお肉にかけた。

僕がお肉を手渡すとさすがプロ、リーさんの目つきは変わり、真剣な表情で口に入れた。

「では、頂戴いたします……。うん、美味い！」

リーさんは目をまん丸にして、褒めてくれた。

その後少しだけ塩と酒の量を調整してくれて、「これで完璧です」とお墨付きをくれた。僕はその改良された柑橘ソースのかかったお肉を口にいれる。

お酒の芳醇《ほうじゅん》な香りがさらに立つようになっていて、強くなった塩味のおかげでマルムの酸味がより美味しくなってる！

「うん、リーさんが手をくわえてくれたから、さっきのより美味しい！」

僕がにこにこしながらお肉を食べるのに驚いたのか、レオナードとリアは顔を見合わせている。

ちなみにリーさんはレオナードとリアが厨房にいたことに驚いたようで腰を抜かしそうになっていた。

そうだよね、騎士団の団長と副団長が厨房にいるの、想像つかないもんね……

「へえ、お前がそんなに美味そうに肉を食ってるのを見るのは初めてだ。いつも半べそで食ってるもんな」

「そ、そこまでひどい顔して食べてないよ、レオナード。普段の味付けがちょっと口に合わなかっただけで」

「味付けが口に合わないんなら、我慢しないでちゃんと言え」

「う、すみません……」

レオナードにおでこをぺしんと叩かれながら謝る僕の前で、リアはしかめっ面のまま恐る恐るお肉を口に運んでいた。

リアの口に合うかどうかハラハラしていると、リアは目を見開いた。

「うん、これは美味い。あの果物の実は酸っぱくて食べられたものではないが、こうして他の調味料と煮るとまろやかな味になるんだな」

「よかった、リアの口に合って。少しだけ砂糖を多めに入れてるんだ」

「ソウタは天才だな」

「いやいや、これは僕っていうより、味を調整してくれたリーさんの腕がいいからで……」

そう言いながら彼を見ると、リーさんは手の上のお皿を凝視したまま何かを考えているようだった。

「リーさん？　どうかしましたか？」

僕が声をかけると、彼は弾かれたように顔を上げて真剣な面持ちになり、ある提案をした。

「ソウタ殿、こちらの調味料は本当に素晴らしい出来栄えです。どうでしょう、こちらを商品として私の店で売りませんか？」

「え、これをですか……？　別に僕が考え出したものではないので、リーさんのお店でお好きに使っていただいていいですよ」

「そうではないのです！　ソウタ殿が作ったというところが大事なのですよ！」

「はあ……」

彼はものすごい勢いでプレゼンを開始した。

聞けばどうやら、このソースに僕の名前をつけて売りたい、ということだった。

この領の騎士団寮長が作ったということがわかったほうがみんなに食べてもらえるだろうし、ゆくゆくはレイル領の名物になるかもしれない、と。

リーさんは話に力が入りすぎて、どんどん僕に顔を近づけてくる。

勢いに負けてうんと言ってしまいそうだ。でも、自分の名前がついたソースなんて恥ずかしすぎる！

「おいおい、ちょっと落ち着けよ」

勢いに押され気味の僕に救いの手を差し伸べてくれたのはレオナードだった。レオナードは前のめりになったリーさんの体をぐいっと後ろに戻す。

「つまりお前の提案としては、この調味料にソウタの名前をつけて箔を付けたい、ということだな？」

「はい、おっしゃる通りでございます」

「だが、あいにくソウタは自分の名前をつけたくないようだ。そこでだ、ソウタではなく王立第二騎士団の名前を使って売るのはどうだ？」

「よ、よろしいのですか!?」

「ああ。お前にはいつも肉を届けてもらっているしな。騎士団の紋章の使用を許可しよう。ソウタの名前の代わりに寮長のお墨付きと書けばいい」

それなら別にいいよな、とレオナードがリアに聞き、リアも首を縦に振った。

「問題ない。後で契約書を整えるから、少し待ってくれ」

「もちろんでございます！　ありがとうございます！」

リーさんははちきれんばかりに破顔すると、早速リアと契約の話を始めてしまった。

僕の名前がでかでかと載らなくて済んだのは良かったけど、僕のお墨付きなんて謳《うた》い文句につられて買う人が果たしているのだろうか……不安でしかない。

僕が眉根を寄せていると、レオナードがニヤニヤと笑った。

「なんだ、ソウタは不満か？」

「不満っていうか、僕のお墨付きなんてつけて売っちゃっていいのかなぁって。もし売れなかったら、赤字になっちゃうでしょ？」

「いらん心配だな」

僕の心配はレオナードにばっさりと切り捨てられてしまった。

「まあちょっと様子を見てろよ。どうせいきなり多くは作れないだろうし、少量を売って成り行きを見守ろうぜ」

「うん、そうだね……」

僕はちょっとの不安を抱えつつも、リーさんの商売がせめて赤字になりませんようにと祈るしかなかった。


ところが、数日経って僕の不安はレオナードの言う通り杞憂に終わった。

どうやらあのソースはたちまち評判になったらしく、中央区にあるリーさんの店は大繁盛しているらしい。

僕はリーさんにものすごく感謝された。

そして、僕のもとには毎日結構な額のお金が送られてくるようになった。

どうやらリアとの契約で決められていたようで、売上の一割を僕がもらうことになっていたのだ。

「これ、どうしよう」

寮長室の柔らかいソファに座りながら手持ちのお金を数えていた僕は、その金額に頭を抱えてしまった。

だって、寮長になってからというもの、就任の祝い金とか各種手当とか臨時給付とかいう理由をつけて、結構な額のお金が僕の懐に入ってくる。

結果として、僕の貯金はあっという間に見たこともない数字に膨れ上がってしまったのだ。

日本のお金に換算すると、その額なんと一千万円！

しかもそれは騎士団からの給料や臨時給付金だけのお金で、ソースの売り上げ分配金はまた別。

元の世界で必死に貯めたお金は二年で五十万円。それだってだいぶ頑張って作ったお金なのだ。それなのに、たったの半年足らずでこんな大金が集まってしまい、もはや嬉しいと言うよりも恐ろしさのほうが勝ってしまう。

いっそ王立第二騎士団に寄付したかったんだけど、レオナードとリアに断固拒否されてしまった。この調子で行けば、あと数年で夢の一億円を達成しそうだ。

「まあ今のところ欲しいものもないし、このお金はもしものために貯めておこう。万が一何かあっても大丈夫なようにしないとね」

僕はお金をクローゼットの奥にある貴重品入れに丁寧にしまうと、一階の玄関へ向かった。

今はお昼過ぎ。

ちょうど午後の訓練時間なので、いつも団員たちがくつろいでいる玄関は静かだった。

「よし、僕もひと仕事頑張ろう！」

作業服としていつも着ているつなぎの袖をまくりながら、僕は玄関の外に立てかけておいた自分の背より大きな板に手を伸ばした。

この板は、先日の大嵐の時に壊れてしまった小屋を解体した時に出た廃材で、これで団員たちの下駄箱を作るつもり。

というのも、この騎士団寮には下駄箱がないのだ。

そもそもとして、寮内に入るときに靴を脱ぐ習慣がない。

一応寮の玄関前には泥を落とすためのマットのようなものが敷かれてはいるんだけど、誰も真面目に泥を落としてから中に入ったりしない。

そのため、寮の玄関はもちろん、寮内のあらゆる床には泥と砂がこびりついてて、それはもう……我慢できないくらいに汚い。本当に気になる!!

寮内を靴で移動するという習慣を変えてもらうつもりはない。ただ泥を落とすか、別の室内履きに履き替えてほしいんだ……

そこであれこれと団員に聞き取りをした結果、室内履きに履き替える案を採用することにした。だってみんな泥落としのマットの存在すら認識していなかったから……

寮の玄関を正面に見てすぐ左側に、ちょっとした道具なんかを置いておける四阿《あずまや》みたいな場所がある。僕はここに下駄箱を作ろうとしていた。

屋根がついているから雨を防げるし、手前には垣根があるから来客があったとしても見た目がさほど気にならない。

実は僕、ＤＩＹが結構好きなんだ。前の世界にいた時も、使わなくなったカラーボックスを解体して、机や椅子にリメイクしていた。

今回は寮にいる団員六十人分に加えて、普段は街に住んでいる団員の分も入る大きな下駄箱を作る予定だ。

訓練終わりに、団員みんなで寮でご飯を食べたりするからね。

そうすると総勢百八十人分。完成したら学校の昇降口みたいな光景になりそうだ。

僕は自分で書いた設計図を取り出し、その設計図通りに組み立てて釘で固定していく。

毎日仕事の合間にコツコツと作業を続けているおかげで、だいぶ形になってきた。この分だと数日以内には完成しそうだ。

「なんだか最初の頃が懐かしいなぁ。寮内の一斉掃除、めちゃくちゃ大変だったっけ」

この寮に初めて来た時、寮内はろくに掃除をしてなくて埃《ほこり》まみれだった。

とにかくこびりついていた埃《ほこり》を取って、床や窓をピカピカに磨いて、全て綺麗になるまでに結局一ヶ月ほどかかってしまった。

それからはとにかく綺麗な状態を維持するために努力してきたわけだけど、外から泥や砂を持ち込まれると、その努力も水の泡になってしまう。

「これでやっと、玄関の泥ふきに苦戦しなくて済むよ……。意外と乾いた泥って落とすの大変なんだよなぁ、壁に跳ねたりするし」

僕は厄介な泥拭きの大変さを思い出しながら釘をトントンと板に打ち付けていく。

この下駄箱が完成すれば、きっと寮内はもっと清潔になるに違いない。それを思うとトンカチを持つ手にもグッと力が入る。

やがて、僕が釘を打ち付ける音だけが響いていた庭に、団員たちの声が混じるようになった。そろそろ訓練が終わったようだ。

僕はみんなを出迎えるために作業の手を止め、急いで大工道具を片付けた。寮の裏にある訓練場で鍛錬していたのは偵察・斥候部隊の面々だ。

「みんな、お疲れ様！」

僕が余った板を持ち上げながら声をかけると、偵察・斥候部隊のみんながわらわらと集まってきた。

「寮長殿、そのように華奢《きゃしゃ》な手で板を持ってはお怪我をしますよ」

「そういう力仕事はどうか我々にお任せください。もしも木の板のささくれが刺さったらどうなさるのです」

みんなは僕に片膝をついてただいまの挨拶をすると、すぐに僕の手から板を奪ってしまう。

「あ、ありがとう……」

「なんと、これほど立派な棚をお一人で作られるとは……。寮長殿は本当に器用でいらっしゃる」

「素晴らしい出来です。完成が楽しみでなりません。もしも手伝いが必要な際は、どうか遠慮なく我々をお使いください。万が一お怪我をなさっては一大事ですから」

数枚残っていた板をさっさと寮の壁に立てかけてくれた彼らは、作りかけの下駄箱を見ると大袈裟なくらいに褒めてくれた。

なんだか、偵察・斥候部隊のみんなと話していると、僕は自分がお伽噺《とぎばなし》のお姫様にでもなった気がして恥ずかしくなる。

彼らの態度は部隊長の影響が大きいんだろう。

今は姿が見えないが、部隊長のヘンリクさんは王立第二騎士団の中でも古株の五十代で、僕を繊細なガラス細工のように扱う。部隊のみんなもその様子を見て、僕への接し方を真似ているようだ。

面白いことに、王立第二騎士団の各部隊は部隊長の性格をそのまま部隊のみんなが映し出していることが多い。

歩兵部隊長のセレスティーノは陽気な遊び人だし、騎馬部隊長のアドラーは生真面目で無口。衛生部隊長のムントさんはマイペースで穏やかで、偵察・斥候部隊長のヘンリクさんは紳士的で感動屋だ。

そういえば、あともうひとつ特別部隊があるらしいんだけど、長期任務に出ているとかでまだ会ったことはない。

それぞれの部隊の特徴や部隊のみんなの顔と名前も、もうほとんど覚えてしまった。最初の頃は百八十人もいる団員を全員覚えられる自信はなかったのに。

そう考えると、みんなとの絆がどんどん深まっていくような感じがして、なんだか嬉しいな。

僕は偵察・斥候部隊のみんなにお礼を言うと、一緒に玄関に向かった。部隊のみんなは終始僕のことを褒めながら、ぞろぞろと玄関へ入って行こうとする。

「あ、待ってみんな！　玄関のマットで靴の裏についた泥を落としてほしいんだけど……ねえってば！」

みんなに聞こえるように大きな声でお願いしたけど、部隊のみんなは誰も聞いていなかった。

「ああ、我々は本当に幸せ者だな。あんなに健気で愛らしい寮長のもとで働けるのだから」

「その通りだ。彼を守るためにももっと鍛錬を積まなければ」

部隊のみんなは僕を褒め称えながら、ずんずんと泥のたっぷりついた靴で玄関の中に吸い込まれてしまった。

そうなんだよ、偵察・斥候部隊は一度感動スイッチが入ると人の話を聞いてくれないっていう大きな欠点がある。

普段はチャラチャラした印象の歩兵部隊のほうが、まだ僕の話をちゃんと聞いてくれて律儀に泥を落としてくれるんだ。こんなところで彼らがモテる理由がわかった気がする。

「ああ……、また玄関を掃除しなきゃ」

悪気がないのはわかっているので、僕はこれ以上言うのをやめて彼らのあとに続いて玄関に入った。せめて被害は最小限に抑えなくっちゃ。

でも僕が玄関に足を踏み入れたときには、時すでに遅し。床には泥と砂がこれでもかと散らばっていた。

訓練場は砂地な上に、砂埃《すなぼこり》を防ぐために絶えず湿らせてある。だからどうしても訓練終わりには大量の汚れが足裏にくっついてしまう。

汚れた玄関を見て僕は頭を抱えたけど、今は床掃除をしている場合ではない。今日の訓練結果を聞き取りしてノートに記録するという寮長としての仕事が待っている。

僕はすぐに玄関奥にある自分の仕事机に向かうと、記録用のノートと羽ペンを用意した。

部隊のみんなが口頭で訓練内容を報告してくれるので、それを全部ノートに書き記すのが寮長の仕事の一つ、というわけだ。

このノートを後で団長と副団長であるレオナードとリアに読んでもらって、明日以降の訓練内容を決める段取りになっている。

寮長になってすぐの頃は、寮長っていうのは雑用係なんだと勝手に思っていた。

でも本当はそんなに軽い仕事なんかじゃない。

団長や副団長の補佐や備品の管理から始まって、団員の生活を支えたり相談にのったりと、みんなのお母さん役を務める必要もある。

僕でいいのかなと不安に思うこともあったが、今では誇りを持って寮長として責任を果たしていきたいという気持ちが芽生えていた。

それも全部、この王立第二騎士団のみんなが優しくて素敵な人たちばかりだからだ。

僕は騎士じゃないけれど、騎士団の寮長になったことで彼らの仲間になれたんじゃないかなって思っている。

彼らの役に立ちたい。

僕ができることは全部やって、みんなが騎士の仕事に集中できるようにしてあげたい。

だから玄関の泥掃除くらい、どうってことない……どうってことないけど、やっぱり綺麗な玄関を保つ努力はしてほしいんです！

僕は訓練報告を終えてぞろぞろと食堂へ向かう偵察・斥候部隊のみんなに「ご苦労さま」と声をかけてから玄関の掃除に取り掛かることにした。

「よし、さっき絞った精油を使って玄関を綺麗にしつつ、いい香りにしよう！」

机の脇にある掃除道具を引っ張り出して、まずは軽く泥を掃く。案の定、泥も砂も壁や床にこびりついてて掃くだけでは綺麗にならない。

僕は水拭き用の雑巾とバケツの水を用意してから、香水用の小瓶を取り出した。

この中には、マルムから抽出した精油が入っている。それを床にシュッと吹くと、途端に玄関は爽やかな香りに包まれた。

この香りなら寮を出入りする団員のみんなや、時折寮を訪れる来客に清々しい気持ちになってもらえるだろう。もしかしたら爽やかな香りの玄関に違和感を持つ人もいるかもしれないが、埃《ほこり》っぽい玄関よりはずっとマシなはずだ。

「なんだかいい香りがするね」

僕が無心で玄関の泥と格闘していると、正面階段からリアが玄関に降りてきた。おそらく三階の執務室で事務仕事をしていたのだろう、手には厚みのある紙を持っている。

「リア、おつかれさま。事務仕事してたの？」

「備品の確認と予算の策定だよ。一応君も目を通しておきたいだろうと思って持ってきたんだ」

リアは僕の机の上に書類を置くと、床を拭いている僕のそばまで来てしゃがんだ。

バケツのそばの香水瓶に目をやって、なるほど、と目を細めた。

「爽やかな香りの正体はこれか。控えめな香りだが不思議と気分が良くなるね」

「柑橘系の香りには気持ちを落ち着かせる効果があるんだよ。最近は団員のみんなも玄関のソファでくつろいでいることが多いし、いいかなと思って」

「君はさすがだな。……これを床に吹きかければいいのだろうか」

リアは僕に微笑みかけながら香水瓶を吹きかけると、バケツにかけておいた雑巾で床を拭いた。

どうやら玄関掃除を手伝ってくれるつもりらしい。

「待って、リアは事務作業で疲れてるでしょ？　ソファに座って休んでいいんだよ？」

「しばらく椅子に座っていたから身体が凝り固まってしまってね。少し動かしたい気分なんだ」

リアにウインクしながらそう言われてしまっては、もう断れない。

僕は火が出るんじゃないかというくらい熱くなった顔を俯《うつむ》けて、ありがとうとつぶやいた。

リアの不意打ちウインクは何回見ても格好良すぎて慣れない。

彼は楽しそうにふふ、と笑うと僕の頭にキスを落とした後、床を綺麗に掃除してくれた。

助っ人が現れたおかげで、玄関の床はすっかりピカピカだ。それにほのかに漂《ただよ》ういい香りで気分も爽快。

僕はずっとしゃがみっぱなしだった腰を伸ばそうと、立ち上がって伸びをした。

ふと見上げると、玄関扉の上にあるちょっとした段差に埃《ほこり》が溜まっているのが見えた。

脚立《きゃたつ》に乗ればすぐに手が届く場所なんだけど、レオナードとリアから「危ないから自分たちのいないところで一人で脚立《きゃたつ》に乗るな」と言われているので、あまり頻繁に掃除ができない。

でも、今日はちょうど隣にリアがいることだし、掃除をするチャンスだ。

「ねえリア、脚立《きゃたつ》に乗って玄関扉の上を掃除したいんだけど。いいかな？」

「脚立《きゃたつ》に？」

リアは途端に心配そうに眉を顰《ひそ》めた。

ちょっと大袈裟じゃないかと思うけど、これは僕がこの世界に来た時、レオナードに何もするなと言われていたのに、窓掃除をしようとちょっと無茶して窓枠に飛び乗ったのが原因だ。

それ以来レオナードとリアの過保護ぶりに拍車がかかってしまった。

「私がいるから構わないが、それなら私が掃除をするよ」

たしかにリアなら難なく手が届く。

……でも、さっきも床掃除を手伝ってもらったばっかりだしなぁ。

僕が返事に困っていると、リアにおでこをちょんとつつかれた。

「君は遠慮しすぎだよ。私は君の伴侶なんだから、もっと我儘を言っていいんだよ」

「そ、それじゃあ……、そこの拭き掃除をお願いしてもいい？」

「もちろんだ」

リアはそう言うと、雑巾を持って扉の上に手を伸ばした。僕は脚立《きゃたつ》に乗らないと届かないが、僕よりも頭一つ以上大きいリアは余裕で手が届いてしまう。

「リアは大きいなぁ、僕もそのくらい身長があればよかったんだけど」

「君が大きかったら、高いところのものを取るのに甘えてくれなかっただろうな。そう思うと、私は今のままのソウタでいてほしい」

「そういうことさらっと言わないでよ……。恥ずかしくなっちゃう」

「あはは、君はいつまでも愛らしいね」

リアは僕を見下ろしながら、愛おしそうに熱烈な視線を送ってくる。

熱い視線を浴びるとおかしな気持ちになってしまう。こればかりは、いつまで経っても慣れることはなさそうだ。

「そんなところで何やってんだお前ら」

急に声がしたので振り返ると、レオナードが大きなあくびをしながらやってきた。おそらくどこかで昼寝でもしていたのだろう、両目がまだ眠たそうにとろりとしている。

「掃除か？」

「うん。玄関扉の上をリアに掃除してもらってたんだ」

レオナードは気だるげな足取りで僕とリアのそばまでくると、リアに向かってニヤリと口角を上げた。

「へえ、リアが掃除をねえ。お前、自分の執務室を掃除したほうがいいんじゃねえか。机の上に積まれた紙の山が崩れ落ちそうだったぜ」

「お前がその山の一部でも自分で処理してくれれば、ずいぶん片付くんだがな」

「団長様は忙しいんでね。俺の補佐をするのが副団長の務めだろ」

「どこまで面倒臭がりなんだか、まったく団長様は手がかかる」

こういう軽口を聞いていると、二人は本当に仲がいいんだなと改めて思う。

楽しそうに言い合っている二人を見ながら、僕の心は愛おしさでいっぱいになった。

まさか、自分がこんなに人を好きになるなんて思ってもいなかった。それも同性の男の人を、二人同時に、だ。

いつか三人で白髪のおじいさんになっても、きっとこの気持ちは変わらないと思う。

レオナードとリアはおじいさんになっても格好いいままなんだろうなぁ。僕は真っ白な髪と皺《しわ》のある二人を想像して、くすくすと笑った。

「なに笑ってんだ」

レオナードが怪訝《けげん》な顔をしたので、僕は照れ隠しをするように、なんでもない、と言いながら首を横に振った。

二人は一瞬顔を見合わせて、それから優しく微笑んでくれる。なんだか僕の思いが二人にも伝わったような気がして幸せだ。

すると、レオナードがいきなりかがんだかと思うと、僕を右腕ひとつで抱き上げた。

「うわっ！　ちょっと、いきなりなに⁉」

「ほら、お前も掃除したかったんだろう。これなら手が届くぜ」

たしかに、レオナードに抱っこされた状態で手を伸ばせば、玄関扉の上にも簡単に手が届く。

「はいソウタ。これで拭くといい」

リアが僕に雑巾を渡してくれる。僕は笑顔でそれを受け取ると、溜まっていた埃《ほこり》を拭き取って綺麗にした。

僕のすぐそばにはレオナードの燃えるような赤色の髪と澄んだ湖のような灰色の瞳が、隣にはリアのピンクがかった金髪と紫陽花《あじさい》を思わせる薄紫の瞳が僕を見つめている。

「ふふ、抱っこしてもらうと二人の顔が近くに見えるね」

「可愛いやつ」

そう言ってレオナードが僕の首筋に唇を這わせた。

そっと口付けるように触れた唇がくすぐったい。

僕がくすくすと笑いながら身をよじらせると、今度はリアが僕の頬にちゅっと音を立ててキスをした。リアのキスは頬だけでなく僕のおでこや鼻の頭に、幾度となく降り注いでくる。

レオナードは僕の首筋に軽く歯を立てたかと思うと、舌でべろりと舐め上げた。彼の熱い舌の感触に、僕は思わず身体を震わせた。

「あ……、んむっ」

僕が思わず吐息を漏らすと、すかさずリアが僕の口をキスで塞いでしまった。ひんやりと冷たい彼の唇が、角度を変えて押し当てられる。

レオナードとリアの愛撫で、僕は嵐のあとに行方不明になったリアを連れ帰った夜のことを思い出した。

レオナードとリアと僕の三人でベッドの上で愛しあったあの夜。

右も左も分からない異世界で、男である彼らの伴侶になることへの不安は全てなくなった。

二人にたくさん愛されて、僕も彼らに愛を返したいって心の底から思えたから。

「ん、はぁ……、二人とも大好き」

二人の伴侶の頭を優しく撫でると、レオナードとリアは満足そうに微笑んで僕の頬にキスをした。

くすぐったくて身をよじらせると、二人はさらに悪戯《いたずら》を仕掛けるように僕の顔中にキスをする。

「あはは、ちょっとやめてってばぁ」

三人でくすくす笑いながら戯《たわむ》れ合っていると、突然目の前の玄関扉が大きく開いた。

「失礼いたします。レイル城より団長殿宛の書簡をお持ちいたしま——」

扉を開けて現れたのは、レイル城専任護衛団の兵士だった。

兵士さんは僕たち三人が目の前にいたことに驚いたのか、封筒に入った書簡を抱えたまま目をまん丸にして固まっている。

……いや違う、僕たち三人が目の前でイチャイチャしてたから、びっくりしてるんだ！

死ぬほど恥ずかしい！

「す、すみません、お見苦しいところを！　ちょっとレオナード、もう降ろして」

僕はレオナードにそう耳打ちしたのに、レオナードは一向に僕を降ろす気配がない。そればかりか僕を抱く腕に力を入れると、妙に不機嫌な顔で彼を一瞥してから、ふんと鼻を鳴らした。

「おい、見て分からねえか。今取り込み中だ」

「すまないが、そういう訳なので出直してもらえるだろうか」

レオナードばかりか、僕の頬に唇を寄せたままのリアまでそう言い添えたものだから、完全に兵士さんは二人の圧に押されている。

まずい、このままだと本当に帰りそうだ！

僕はレオナードの腕に抱かれながらも、慌てて兵士さんを引き止めた。

「待ってください、行かないで！　もう終わりましたから！」

こんなところでイチャついていた事を肯定するようで恥ずかしい。

恥をしのんで叫んだ僕の声に、兵士さんは踵《きびす》を返す足を止めてくれたけど、レオナードとリアは不満そうだ。

「終わってねえだろ、これからがお楽しみだってのに……」

「私もこのままでは欲求不満なんだが……」

二人が平然と不満の声を上げたので、僕は必死で二人の口を両手で塞いだ。

「ちょっと、お願いだから人前で恥ずかしいこと言わないで！　もう終わり、これ以上はなしです！　レオナード、早くお城からの書簡を受け取って！」

レオナードは盛大に舌打ちをすると、渋々と書簡を受け取ってくれた。兵士の人は用は済んだとばかりに、そそくさと寮を後にした。

相当居心地が悪かったのだろう。せっかく届け物をしてくれたのに申し訳ないな。

僕は彼の背中にありがとうとお礼を言うのが精一杯だったけど、ちゃんと振り返ってお辞儀をしてくれた。

これでなんとか乗り切ったと思う。まあ、僕はレオナードに抱っこされたままという思い切り不格好な姿だったわけだけど……

レオナードは僕を抱えたまま玄関脇のソファに座ると、早速お城からの手紙を開封した。

僕は彼の横に座って、同じく隣に座ったリアと一緒に手紙を覗き込む。封筒の中には何通かの手紙と書類が入っていた。

そして一通の手紙を読み始めたレオナードだったが、途端に眉間の皺《しわ》を深くした。

「こんなもん寄越すなよ」

不機嫌な声で唸ると手紙を僕に放り投げてきた。何事かと手紙に目を通すと、レオナードの叔父で王立第一騎士団団長のギヨームさんからのものだった。

「えっと……『日々鍛錬に励み三食栄養のあるものを食するように。睡眠も十分とり疲労を翌日に残さぬようにしなさい。書類作成をリアに任せきりにしないように』……ふふ、ギヨームさんはレオナードが心配で仕方ないんだね」

「ギヨーム殿らしい手紙だな」

一緒に手紙を読んでいたリアと笑った。

「俺を子供扱いしすぎなんだよ、あいつは」

「それだけ大事に思ってるって事だよ」

レオナードはやれやれといった表情で「うぜえんだよ」と呟いたけど、僕にはそれほど彼が嫌がっているようには見えなかった。

多分、レオナードもこれがギヨームさんなりの愛情表現だと分かっているのだろう。

どういうわけか、レオナードはギヨームさんには反抗的な態度をとっている。兄でレイル領主のマティスさんにはあんなに従順なのにな。

多分過去に何かあったんだろうけど、その理由を僕は知らない。そのうちレオナードから話してくれたら嬉しいなと思う。

「リア、これはお前宛だ」

レオナードはもうひとつの手紙をリアに渡した。

それはリアの叔父でマティスさんの伴侶でもあるヴァンダリーフさんからのものだった。

ヴァンダリーフさんは無口で、あまり感情を表に出さないタイプの人だ。

それは手紙でも同じようで、彼の手紙はギヨームさんと比べて分厚くはない。それでもリアの体調を気遣う言葉がぎっしりと詰まっていて、深い愛情を感じられる内容だった。

「ヴァンダリーフさんもリアのことが心配なんだね」

「私はたった一人の血の繋がった親族だからね」

「そっか……」

リアは幼い頃から教会にある孤児院で育ったと聞いている。けれど、本当はライン王国の王族の血を引いているらしい。

なんで王族のリアが孤児院で育てられたのか、ヴァンダリーフさん以外の家族はどうしたのか。

レオナード同様、リアにも聞きたいことはたくさんある。

でもきっと楽しい話じゃないし、リアにも言うタイミングがあると思うから、今は無理には聞かない。

いつか、話を聞ける時が来たらいいな。

「ほら、これはお前宛だ」

「えっ僕？」

レオナードが僕にくれた手紙は他のものよりも一段と分厚くて、ずっしりと重い。

さっきからレオナードやリアが家族からもらった手紙を読んでいるところを見て、寂しくなかったかといえば嘘になる。

僕の唯一の家族だった母さんは元の世界で二年前に亡くなっているし、それ以降はずっと一人で生きてきた。

もちろん仕事場やご近所といった周りの人たちが優しかったから、僕は特別苦労と呼べるものを経験せずに済んだ。

でもやっぱり、家族とは違う。

がむしゃらに生きてきたから気づかなかっただけで、本当は僕も家族の温かみが恋しかったんだと思う。

だから、今僕の手にある手紙のずっしりとした重さが、なんだか無性に嬉しかった。

「誰が僕に手紙をくれたんだろう」

封を切って中を取り出すと、便箋には達筆な文字がびっしりと並んでいた。

「『親愛なる、可愛い僕の義弟へ』……あ、これマティスさんからだ」

「……ちょっと待て、嫌な予感しかしない」

レオナードが整った顔を僕にぐいっと近づけて、手紙を覗き込んできた。

マティスさんの手紙の内容は季節の挨拶から始まり、僕を気遣う言葉が続いている。

この間の一連の出来事について僕が寮を守ったことに感謝していること、しばらくゆっくり休むようにといった文のあとで、時間があったら城に遊びにおいで、と書いてあった。

「そういえば僕、ちゃんとレイル城に行ったことないかも」

「ああ、そうだったな、この前墓参りに行ったきりだったか。次の休みの時にでも行ってきたらどうだ」

「うん。レオナードも一緒に行く？」

「いや、俺はいい。面倒臭いことになるからな」

ものすごく嫌そうな顔で、レオナードは僕宛の手紙を読み進める。

いったい実家の何がそんなに嫌な顔をさせるんだろうか。レオナードの謎がまた一つ増えてしまった。

「それなら私が同行しよう。一人では気が詰まるだろう？」

レオナードの反対隣からリアがそう言ってくれたので、僕は嬉しくなってうんと大きく頷いた。

さすがに大した用もなく「ただ行ってみたい」というだけでお城に一人で行く勇気はないから、どうしようかと思っていたところだ。

リアと一緒にレイル城へ行くという楽しみが増えたところで、僕は手紙を読み進めた。

「えっと……『お城に来たらレオナードが幼い頃に割った陶器の花瓶や、壁の落書きを見せてあげよう』。レオナード、小さい頃はヤンチャだったんだね」

「どっちも兄上にそそのかされたんだ。まったくあいつ、ろくなこと書いて寄越さねえな」

その後も手紙にはレオナードの小さい頃の悪戯《いたずら》の数々が記されていて、僕とリアは笑いながら読み進めた。

もちろんレオナードは隣で盛大に拗《す》ねながら悪態をついていたけれど。

「マティスさんはレオナードが大好きなんだね」

「どこがだよ、俺は昔から兄上のいいおもちゃさ」

「兄弟って感じがして微笑ましいよ」

ぶすっとしたレオナードはマティスさんの悪口を呟きながら封筒に手を突っ込むと、書類の束を取り出す。

こっちは私的な手紙じゃなくて、騎士団の仕事に関係するもののようだ。

三人で書類を確認すると、中身は先日起きた嵐の報告書と寮に侵入してきた賊についてのものだった。

嵐の夜の侵入者については実はすごく気になっていたものの、レオナードが捕まえてレイル城に引き渡して以降なんの音沙汰もなかった。

結局あの男は一体誰だったんだ……

「ふむ……。なるほどな」

レオナードは賊に関する資料に一通り目を通すとそれをリアに渡した。

「ソウタ、お前があの時襲われた賊について、詳細を聞きたいか？　お前が不快なら無理に聞く必要はないが」

「ううん、聞きたい。ずっと気になってたから……」

「そうか……。あの男はヴァンダリーフ義兄上が直々に取り調べたそうだ。予想通りザカリ族だった」

「それじゃあ、あの人がエルン橋や西の関所を破壊したの？」

「西の関所の爆破に関わっていたところを、傭兵団の男に見つかり戦闘になったと言っているらしい」

「それで傭兵団の人から追いかけられて偶然この寮に来たってことかな？」

「……そのようだな、それ以上の話は聞けなかったそうだ」

レオナードは深くため息をついて天井を見つめていたが、気を取り直したように次の資料に目を通し始めた。

リアもレオナードから渡された賊に関する資料を閉じると、何も言わずにそれを仕舞う。どちらも無言で、何かを考えているようだった。

本当は僕も賊について二人に聞きたかったけど、どうもそんな雰囲気ではない。

まあ賊は無事に捕まったわけだし、今は思った以上にすんなりと自分のしたことを白状したみたいだから、良かったのだろう。

そう自分自身を納得させて僕も気持ちを切り替えた。

もう一つの資料には、この間の嵐によって生じた各地の被害状況と復興の進捗、避難している人々の数などが記されている。

僕たちのいる中央部分はそれほど大規模な被害はなかったが、畑が広がる南部あたりはどうやらかなり被害が大きかったようだ。

頑丈な建物が少なかったからか、家屋が飛ばされてしまった村も一つや二つではないと書かれていて、改めて嵐の恐ろしさを実感した。

「こいつは元に戻すのに少し時間がかかりそうだ」

「ああ、我々も南部の復興に直接手を貸すべきかもしれないな」

レオナードとリアが真剣な面持ちで南部に派遣する部隊について検討し始めたけど、僕は二人とは別のところに引きつけられた。

資料には今回の復興にかかる費用が計算されているのだけど、それがとんでもない金額だったからだ。広大な領地を元通りにするんだからお金はかかるんだろうけど、それにしても思っていたより高い。

「ねえ、ここに書いてある費用って、嵐のたびにこれくらいかかってるの？」

僕に言われて資料を覗き込んだレオナードとリアが、即座に首を横に振った。

「いや、今回の嵐は特別だな。巨大だったたし、進路も珍しく南部を直撃した。そのうえ橋や関所を爆破されたからな」

「この金額になるとはさすがにマティス殿も予想していなかっただろう。我々にできることがあればいいが……」

予想外の金額にレオナードとリアも驚いていた。

そうだ、今回は嵐だけの被害ではない。混乱に乗じて王国と敵対関係にある北方の民族・ザカリ族が、頑丈な煉瓦《れんが》で出来ていたエルン橋と貿易の要である東の関所を爆破したのだ。

橋と関所の復旧は急務な上に橋や関所は頑丈なものを作る必要があるから、かなりの費用がかかることは想像に難くない。

「エルン橋と関所の復旧はもちろん急ぎだが、村民の衣食住の確保を後回しにはできない。人員も費用も同時に両方に割くというのは難しいかもな……」

レオナードが真剣な面持ちで解決策がないか考えを巡らしている。

こういう表情を見ていると、本人にその気はなくてもレイル領主の息子なんだなと思ってしまう。

レオナードもリアもここに住む人々のことを大事にしていることが伝わってきた。

こんな二人が団長と副団長だから、王立第二騎士団は温かい人ばかりが集まっているし、領民のみんなからの信頼も厚いんだと思う。

領民の人たちって、いつもレオナードやリアたち騎士団の面々を見ると目を輝かせているもんね。何だかアイドルとかスターを見ているような眼差しで。

「僕も何かレイル領のみんなの力になれたらいいな」

ふと漏らした僕の呟きに、レオナードとリアが微笑みながら頭を撫でてくれた。

二人の温もりを感じながら、僕はつい漏らした言葉を心で噛み締める。

僕も役に立ちたい。騎士団寮のみんなだけじゃなくてレイル領のことも同じくらい大切だから。

僕はその日、レイル領のために何ができるのか悶々と考えていた。

「僕にできること、かぁ。自分で言うのも悲しいけど、これといってできることがないっていうのがなぁ」

　夜になってベッドに潜り込んでからも、僕の頭はそのことでいっぱいだ。すでに日付は変わって、窓の外に浮かぶ月の光が僕の両脇に寝ているレオナードとリアを朧《おぼろ》げに浮かび上がらせる。

「僕にできることって一体なんだろ。えっと、とりあえず掃除と洗濯はできるかな。あとは料理と事務作業。……いや、これじゃ駄目だ」

　そんな特技なら僕以外にもできる人はごまんといる。

　僕だけができるような何かで、レイル領の人のためになりたい。そこまで考えて、僕はふと、元いた世界ではこういう時にどうしていたかなと考えた。

　正直言って、元の世界のことを思い出すのは久しぶりだ。

　忘れていたというより、あえて思い出さないようにしていた。一度思い出したら恋しくて不安になってしまうって思っていたから。

　でも今は東京の景色を思い浮かべても、懐かしいとは思うけど寂しさは全くない。

「きっと、この世界に僕の居場所があるから寂しくないのかもしれないな」

　そう、このレイル領はとっくに僕の第二の故郷になっていた。だから僕は自分にできることで恩返しをしたいんだ。

「こういう時って寄付を募ったりしたよね。あとはチャリティーイベント……、あ、そうだ！　チャリティーイベントだ！」

「んー、どうしたソウタ……」

僕が大きな声を出して飛び起きたから、レオナードが起きてしまった。

「あ、ごめんレオナード。起こしちゃったね」

慌ててリアのほうを確認すると、彼はいつもの通り熟睡中だ。僕はベッドの中に再び潜り込むと声をひそめる。

「レイル領の復旧に必要なお金を集める方法を考えてたんだ」

「そうか。だが、あまり根をつめるな、夜はちゃんと寝ておけよ」

眠たげな声でそう言うと、レオナードが僕を抱き寄せた。レオナードの体温が一気に僕を夢の世界へと誘《いざな》う。

「うん……。いい案考えたから、明日聞いてくれる？」

耳元でもちろんだと囁《ささや》くレオナードの声を聞きながら、僕は眠りに落ちた。


「ちゃりてぃーいべんと？」

「それは一体何だい？」

翌日、食堂でいつものように僕を真ん中に三人並んで朝食をとりながら、僕は昨夜考えついた案をレオナードとリアに話した。

食堂に居合わせた他の騎士団のみんなも興味津々で僕たちの周りに集まってきた。

「えっとね、慈善活動のための催し物なんだ。催し物の会場の入場料だったり、中のお店で観客のみんなからお金をもらうでしょう？　その収益を今回の修繕に充てるんだ」

「なるほど……」

僕の案に僕の左隣でリアが思案顔で呟いた。

今、リアは頭の中でものすごく色んな計算をしているんだろう。朝食の皿に視線を落としながら、ぶつぶつとつぶやいている。

「緊急の税として領民のみんなから取る方法もあると思うけど、こっちのほうが楽しめるんじゃないかなって」

「ふむ。ソウタは以前レオナードから聞いていると思うが、十五年前にレイル領は戦火に見舞われた」

十五年前の火事の話はレオナードと一緒にご両親のお墓にご挨拶に行った時に聞いている。僕はリアに知っているよと頷いた。

「あのあと、マティス殿は城の財政のほぼ全てを投げ打って街を復活させた。あれから年月が経っているしマティス殿のお力もあって、財政はかなり持ち直していると聞いていたが、正直今回の出費は想定外だろう。なにしろレイル城を除いて最も重要かつ大きな建物が二つも被害に遭《あ》ったのだから」

リアはそう言うと、眉間に皺《しわ》を寄せた。

そうだよね、今回ザカリ族によって壊されたのはただの建物なんかじゃない。もしかして、ザカリ族はそれを分かっていてあの場所を壊したのかもしれない。

僕と同じことを考えているのか、リアも、周りに集まってきたみんなも全身に悔しさを滲《にじ》ませている。

　とくにエルン橋はレイル領のシンボルとして長く領民に愛されてきた、大事なものだ。思い出の詰まった橋が破壊されたことで、みんなの心が少なからず傷ついているのは明らかだった。

　どうしよう、何か慰めの言葉をかけてあげたいけれど、なんて言ってあげればいいのか分からない。

「だけど、君のこの企画が成功したら少なくとも資金面での心配はしなくて済みそうだね」

　僕の気持ちに気づいたのか、リアがふっと表情を和《やわ》らげた。

「本当!?」

「ああ、とてもいい企画だと思うよ。レオナードもそう思うだろう？」

　リアが僕の右隣に座るレオナードに声をかけた。

　さっきからレオナードは考え事をしていて、僕とリアの会話に入ってくる気配がない。名前を呼ばれて顔を上げたレオナードが、僕に質問した。

「ああ、いいと思うぜ。ところでソウタ、この催し物の内容は考えてあるのか？」

「うっ……、それがまだ思いつかなくて。レイル領のみんなが好きなものがいいと思うんだけど」

「……それなら、俺たちで模擬試合でもするか」

「えっ！　模擬試合!?」

「ああ。中央広場で模擬試合をすれば、領民はこぞって見に来るんじゃないか？」

　レオナードの提案に、騎士団のみんなが一斉に声を上げる。

「模擬試合なんて今まで一回もやったことないじゃないですか、団長。いきなりは無茶ですって！」

「これ以上訓練の時間が増えたら俺たち死んじゃいますよ！」

ものすごく必死にレオナードに訴えるみんなを見ながら、僕は模擬試合を頭の中で想像してみた。

陽の光が降り注ぐ闘技場で、甲冑《かっちゅう》を身に纏《まと》った騎士団のみんなが剣を手に死闘を繰り広げる……

「か、かっこいい……‼」

騎士の試合なんてそうそう見られるもんじゃない！

僕、絶対見たい！

みんなはギョッとした顔で僕を見ていたけど、今僕は格好いい騎士の戦う姿を想像するのに夢中だ。

「僕それ絶対に見たい‼　はぁ、みんなが甲冑《かっちゅう》を着て真剣に剣を振るう姿、すっごくかっこいいだろうなぁ……！」

「りょ、寮長……！　やべえ、今日も俺らの寮長が最高に可愛い」

「うっ、正直面倒すぎて模擬試合なんてやりたくねえけど、寮長にはいいとこ見せたい！」

みんなは苦虫を噛み潰したような顔をしながらも、模擬試合を渋々了承してくれた。

「まあ、模擬試合のための練習は増えるが領民にいいところを見せるいい機会だぞ。しっかりやれよ」

レオナードが嫌な顔を隠しきれない騎士のみんなを見渡すと、リアを見てニヤリと笑った。

「そうだ、マヌエルでも呼ぶか」

「ああ、それはいい案だな。マヌエル殿に模擬試合の特別訓練をお願いしよう」

「げえっ!!」

レオナードとリアの会話に、食堂にいた騎士のみんながものすごい声をあげている。マヌエルさんって人がそんなに嫌なのかな……

「何だよ、お前らにとってもいい機会だろう？　第一騎士団の副団長から直接剣技を教われるんだぜ？」

「そ、それはそうですが……」

「でもそんなことしたら俺たち模擬試合の前に死んじゃいますよ!?」

レオナードの提案にみんなは不満があるらしく、口々に文句を言い始めた。僕はそんなみんなを尻目に、先ほどのレオナードの言葉に食いつく。

「王立第一騎士団の副団長!?　ということはマヌエルさんは相当強い人なんだね！」

「ああ、あいつは強いぞ。俺でも五回に一回は負けるかもしれねえな」

「へえ……レオナードでも負けることがあるんだ」

「まあな、相手は限られるけどな」

あっさりと認めるところが何ともレオナードらしい。

普通だったら絶対に誰にも負けないって言いそうなのに、彼はいつでも自分の実力を誇張したりしない。冷静に、公平に物事を見るレオナードの姿勢は僕も見習いたい。

「ねえ、その模擬試合ってレオナードも出場する？　僕、レオナードの試合も見てみたいな」

「面倒くせえが、お前が見たいって言うならいいぜ」

「やった！　じゃあリアも出てくれるよね？」

僕は横でにこにこと成り行きを見守っているリアに向き直る。

「え、私も？　どうだろうな、私は裏方に回ったほうがいい気がするが……」

「裏方は僕がリアの分も頑張るから！　リアが試合で戦う姿も見たいな」

リアは少しの間考えていたが、しばらくして苦笑いをしながら承諾してくれた。

「君にそんな顔で懇願されては断れないな」

「やった！　嬉しい！　二人の甲冑《かっちゅう》姿、絶対見たいって思ってたんだよね！」

僕が飛び跳ねんばかりに喜ぶと、後ろから僕たちの話を聞いていた騎馬部隊のジョシュアが静かに口を開いた。

「……ねえ団長、模擬試合って団員の総当たり？　それともあらかじめ対戦相手を決めるの？」

「うん？　まだ詳細は決めてないが部隊対抗でやったら面白いんじゃないか？」

「……勝ち残った部隊が団長と副団長の二人と戦うってこと？　そうなったら僕たちは絶対勝てないから、つまらないいんだけど」

ジョシュアの言葉に、他の団員たちもそうだそうだと口々に文句を言い始めた。

「そうですよ！　お二人に出てこられちゃ俺らの活躍が霞《かす》んじゃいます！」

「お二人は大人しく特等席で俺らの試合を見ててくださいよ！」

必死にレオナードとリアに文句を言う団員のみんなを見るに、どうやらみんなは二人とは戦いたくないらしい。

たしかに先日のレオナードとリアの戦いっぷりは凄まじかったから、二人とは戦いたくないっていうみんなの気持ちはわかる。

二人の模擬試合を見たい気持ちはやまやまだけど、ここは僕が引くべきだなと思い直した。

だってこれはチャリティーのための試合であって、僕の望みを叶えてもらうための試合じゃない。

「そっか、模擬試合がつまらなくなっちゃうのは駄目だよね。それじゃあレオナードとリアは僕と一緒に観覧席からみんなを応援しようよ！」

ちょっとだけ残念な気持ちをなるべく言葉に出さないために満面の笑顔を作った。

団員のみんなは喜んでいるけれど、レオナードとリアは微妙な顔でお互いに目配せをしていた。

「おい、誰が出場しないと言ったんだ。ぬか喜びはよせ」

「私たちは模擬試合には必ず出るよ」

二人がみんなに向かってきっぱりと言い放つ。

「え、でもみんなは反対みたいだし……」

「ソウタ、お前は見たいんだろう？　俺とリアの模擬試合」

「それは、もちろん見たいけど……」

レオナードにそう言われて僕は困惑しながらもこくりと頷いた。見たいかと言われたら、もちろん見たい。

「それなら結論は一つだな。そうだろ、リア？」

「当然だ。私もレオナードもソウタのそんな顔は見たくないよ」

リアはどういうわけか悲しげに眉を顰《ひそ》めると、僕の頭を優しく撫でた。

そんな顔って、僕どんな顔をしているんだろうか。ちゃんと笑顔を作ったはずだけど……

「それにしてもお前たちのその態度は何なんだ、情けねえな。俺たちと戦う前に負けを確信するんじゃねえよ」

リアが僕の頭を撫でる中、レオナードは団員のみんなをぎろりと睨んでいた。珍しく怒っているようだ。

「そ、それは仕方ないじゃないですか。王国で五本の指に入る騎士を打ち負かす自信なんて、そうそう持ち合わせてませんよ」

「そんなことじゃ、戦場で真っ先に殺されるぞ」

「うっ……」

「お前らはどうにも平和ボケしてるようだな。いい機会だ、俺とリア、それに第一騎士団のマヌエルでもう一度鍛え上げてやるよ」

眼光鋭く睨みをきかせていた瞳は、すぐにみんなをからかうように細められた。いつものレオナードだ。

レオナードの迫力に緊張して体をこわばらせていた団員たちも、どこかホッとした様子でレオナードに不満の声をあげ始めた。

「そんなことされたら本当に死んじまいますって！」

「文句を言ってる暇があるならさっさと食って鍛錬しろ」

その言葉で、周りを囲んでいたみんなはすごすごと自分の席に戻って食事の続きを始めている。明らかに意気消沈していて痛々しい。

「何だか、僕のせいでみんなに負担を強いちゃったみたいで申し訳ないな」

そう呟くとレオナードとリアはなぜだかくすくすと笑っている。

「いや、そうじゃない。君はとても素晴らしい提案をしてくれた。今は皆肩を落としているが、食堂を出る頃にはやる気になっているさ」

「そうかな？　そうだといいんだけど……」

リアが笑いを堪えながら言うのに、僕はとりあえず頷いてみせた。

「あいつらは単純だからな、ソウタが心配する必要はねぇよ。さて、俺はあいつらの鍛錬に付き合ってやるとするか」

レオナードは笑いながら僕の頭を引き寄せてキスをすると、さっさと空のお皿を片付け始めた。

「ソウタ、模擬試合の開催を兄上に提案して承認を得る必要がある。お前に任せてもいいか？」

「うん！　頑張って承認してもらうよ！」

「俺とリアももちろん手を貸す。何かあったらちゃんと相談しろよ」

「分かった！」

レオナードは僕の返事に満足そうに頷くと、小さな声で呟いた。

「あいつらをもう一度鍛え直すいい機会だ。……誰一人、死なせないためにな」

「誰一人死なせないため……？　ひょっとして模擬試合って誰かが傷つくようなものなの⁉」

てっきり鍛錬の延長のようなものを想像していたんだけど、もしかしたら命をかけた真剣勝負なのだろうか。

僕の声に、レオナードはびっくりしたような顔をした。

多分今のは独り言のつもりだったのだろう。まさか僕に聞こえているとは思っていなかったようだった。

「ああ、模擬試合では練習用の武器を使うから誰も死なねえよ。安心しな」

「そっか。なら……」

――さっきの言葉は一体どういう意味なの？

そう聞こうとしたけれど優しく笑うレオナードの表情はどこか迫力があって、これ以上この話ができる雰囲気ではなかった。

ふと隣を見るとリアもまた同じような表情をして僕を見つめている。

レオナードはそのまま食堂を出ていってしまい、僕はどことなく違和感を抱えたまま模擬試合の承認をもらうため奔走することになった。

第二章　青髪の訪問者

僕が提案した王立第二騎士団チャリティー模擬試合は、レイル領主であるマティスさんが快諾してくれたこともあって順調に準備が進んでいた。

試合会場はレイル城内にある訓練場。

ここは普段は領内を守るレイル領専任護衛団が使っている場所で、王立第二騎士団の寮にある訓練場よりも何倍も広い。

時々各地の領主を招いて御前試合のようなこともしているらしく、訓練を見学できるように座席が備え付けられている。

当日は訓練場への入場料をそのまま寄付に回すことと、試合に出ない団員たちが中央広場で簡単な演舞を披露して、市民のみんなからおひねりをもらうことになった。

訓練場の準備は全てマティスさんとヴァンダリーフさんが受け持つと申し出てくれた。

騎士じゃない僕は具体的に何を準備すればいいかわからないことが多いから、正直言ってすごく助かった。もちろん雑務は喜んで引き受けるつもりだけどね。

僕は訓練場の準備をお二人に任せて、中央広場を中心に広がる市場へ向かった。

実は、市場にいる商人のみんなから模擬試合当日に合わせてお祭りをしたいと言われていて、今日はその打ち合わせ。

僕の横には、一人では心配だからとレオナードとリアがぴったりとくっついている。

「ねえ、二人とも模擬試合の訓練は大丈夫なの？　打ち合わせだけなら僕一人でも大丈夫だよ」

そう言うと、二人は途端に険しい顔になって反論してきた。

「お前を一人で人通りの多い市場に放り込めってのか？　そんなことできるわけないだろうが」

「この市場には各所から雑多な人間が出入りしている。君に万が一のことが起きたらと思うと、私は気が気ではないんだよ」

「相変わらず心配性だなあ、二人とも……」

苦笑しながらそう答えたけど、実はこうやって三人で町を歩くのは嫌いじゃない。

二人と手を繋ぎ、中央広場の人たちの賑やかな声に耳を澄ませる。

威勢のいい声で呼び込みをする商人、買い物を楽しむ領民、道の脇で楽器を弾いている演奏家……みんなの声に混じって僕の声も市場の喧騒となっていく。

この瞬間に、僕はこのレイル領の一員になれたのかなって最近思うんだ。

ここに住んでここで働いて、笑って泣いて、そうやってこの場所で人生を送っていく。そして僕のそばにはいつも必ずレオナードとリアがいて、手を握ってくれる。

こんな素晴らしい日々がやってくるなんて、少し前までは想像もしていなかった。

レイル領に広がる雲ひとつない青空を仰ぎながら、僕はふふふと笑った。

「なんだ、今日は偉くご機嫌じゃねえか」

「そんなに打ち合わせに行くのを楽しみにしていたのかい？」

両側から怪訝《けげん》な顔をして覗き込んでくる二人の伴侶が、愛おしくて仕方がない。

「ふふ、違うよ、幸せだなって思ってたんだ。僕ね、今すっごく幸せ！」

レオナードとリアはお互いに顔を合わせたあとで、僕の頭にキスをした。

「お前がそばで幸せでいてくれるのが、俺たちの何よりの幸せだ」

「ソウタ、ありがとう。私たちの隣にいてくれて」

三人で顔を突き合わせて笑いあう。

僕はこの幸せがずっと続くように寮長として、そしてもちろん二人の伴侶としても頑張っていこう。両手に二人の大きな手の温もりを感じながら、改めて決心した。

肝心の打ち合わせは何の問題もなく終わった。

お祭りでは売上の一部を寄付に回すことを約束してもらったから、想像以上にお金が集まるかもしれない。僕のちょっとした提案がレイル領のためになりそうですごく嬉しい。

そろそろ打ち合わせも終わろうかという時に、一人の商人がおずおずと声をかけてきた。

「実は御三方にどうしても許可をいただきたいものがありまして」

レオナードとリアの顔色をちらちらと窺《うかが》いながら、商人は机の上に幾つかの商品を並べ始めた。

どうしてそんなに遠慮がちなんだろうと訝《いぶか》しみながらも、僕は興味を惹かれて商品を覗き込んだ。

「え……!?　もしかしてこれって」

「はい、ソウタ寮長様の肖像画をあしらった商品でございます！」

「ぼ、僕の肖像画!?」

机の上に並べられていたのは、布でできたタペストリーに食事をよそう平皿、小さな肖像画が描かれたネックレスなどなど……

その全てに王立第二騎士団の紋章と、なんと僕の肖像画が描かれていた。

「実は、以前から第二騎士団の肖像画を販売してほしいと、市民から要望をいただいていたのです。それにはレオナード様とリア様の許可をいただく必要があるからと断っていたのですが、この機会にどうしても商品化したく……」

なるほど、僕の顔が描かれた商品を見て二人が怒るかもしれないと、ビクビクしていたんだね。

僕はそっとレオナードとリアを見てみたけれど、二人とも目の前の商品に釘付けで怒っている雰囲気はない。

二人がいいならいいのかもしれないけれど、僕としては、他に問題がある。

「あの、こんなことを言うのはとても失礼かもしれないんですが……これ、僕に全然似てなくないですか?」

商品に描かれた僕は、艶々《つやつや》の黒髪にくりっとした瞳を潤ませていて、肌は陶器みたいに白いし唇は真っ赤だ。一言で言うと絶世の美少年かの如く描かれている。

自分の顔が描かれているはずなのに、もはや恥ずかしくも思わない。笑っちゃうくらいの美化のされ方だ。

本当の僕の顔を知っている人が見たら笑っちゃうかもしれない。僕は同意を求めようとレオナードに「ね？」と言った。

「いや、よくできてるじゃねえか」

「えっ⁉　本気で言ってる？」

「ん？　お前そっくりだぞ、これ」

「ちょっとこんなところで冗談はやめてよ。ねえ、リア！　リアは正直に言ってくれるよね？」

僕はレオナードを諦めてリアに助けを求めた。

レオナードはいっつも僕をからかうんだから。ここは真面目なリアに聞くのが正解だ。

「店主、これは非常に良くできている。こちらの商品は私とレオナードが買い取ってもいいだろうか？」

真面目な顔でリアがよくわからない行動に出始めた。

待って、何で買うの⁉

「ちょ、ちょっと待ってよリア！」

「見てくれ、ソウタ。本物の君には及ばないがよく描けているね。寝室に飾ろう」

「嘘でしょ……、僕もっと地味だよ？　こんなに可愛い顔してないじゃん！」

僕の必死の主張に、リアは何を言っているのかさっぱりわからないみたいな顔をしていた。

本気で言ってるのか、この人たちは……

というか、二人には僕がこんなふうに見えてるってこと？　今度眼科に連れていかなくちゃだめだ！　眼科がこの世界にあるのかは知らないけど！

「もちろんでございます！　お代はいただきません、どうかお持ち帰りくださいませ！　……それでその、いかがでしょうか。今度の祭りで販売してもよろしいですか……？」

僕の動揺を見なかったことにした商人がぐいぐい話を進める。まずい、このままだと美化されまくりの肖像画が世間に流通してしまう！

「あの！　僕の肖像画じゃなくて、レオナードとリアの肖像画のほうが売れるんじゃないでしょうか！」

僕は起死回生の提案を試みた。

僕なんかより絶対に二人の肖像画のほうが売れるに決まってるもんね。

ところが商人は僕なんかより何枚も上手だった。

「さすがは寮長様、素晴らしいご提案ですな！　ぜひお三方の肖像画を使って商品を作らせていただきたい！」

「いやそうじゃなくて僕以外の二人で……」

「王立第二騎士団にようやく現れた待望の寮長様と、領民の憧れであるレオナード様とリア様が描かれた商品であれば確実に売れます！　ぜひ今回の寄付集めに貢献したいのです！」

完全に商人は僕の話を聞く気がないようだ。

まずいな、話がどんどん意図しない方向に進んでいく……

肝心のレオナードとリアは商人の提案を少し考え、大きく頷いた。

「本来ならばソウタの肖像画など到底許さないが……。今回は寄付金集めのためだ、特別に許可しよう」

「見本ができたら改めて確認しに寄らせてもらおうか」

あ、二人とも承諾してしまった。

最悪だ、僕の謎に美化された肖像画が領民の人たちの家に飾られるなんて……

「どうしよう、この肖像画を見た人が僕を見て幻滅しちゃったら……。王立第二騎士団の顔に泥を塗ることになるんじゃ……」

思わぬ結末に僕は顔面蒼白の状態だというのに、二人の伴侶は早速見本の商品を手にとってご満悦のようだ。

「見てみろよ、リア。この装飾品のソウタはかなりうまく描けていると思わねえか。潤んだ瞳がそっくりだぜ」

「本当だな。それにこの平皿の黒髪の表現も見事だ」

呑気なやつらめ……！

二人は生まれつき美形に生まれたから気にしないんだろうけど、僕はこんな風に描かれちゃってすっごく恥ずかしいんだからね！

思いっきりふくれっつらをしながら黙っていたら、レオナードとリアは僕の不満をすぐさま察知したようだった。

「どうした、何がそんなに気に食わねえんだよ？」

「よく描けていると思うが……」

二人のキョトンとした顔がなおさら憎らしい。

そういうことじゃありません、と僕が言ったところ、話はさらにおかしな方向に進んでしまった。

「出来栄えが不満か？　たしかに本物のソウタのほうが何倍も可愛いが、勘弁してやれよ」

「ソウタ、君の愛らしさをそのまま表現するのはさすがに職人といえども難しい。これが限界だと思うよ」

「そ、そうじゃないよ！　もう、いいです……」

僕は白旗を揚げた。この人たちには何度言っても多分伝わらない……

僕が了承したことで、僕とレオナード、リアの肖像画は商品として中央市場に並ぶことになってしまった。

商人もレオナードとリアの二人も満足げな顔で商談成立を喜んでいる。

僕はといえば、もう諦めました……

打ち合わせを無事に終えて寮に帰った僕たちは、夕食の後で三人揃って寝具の上に寝転んだ。商人からもらった僕の肖像画は早速部屋に飾られていて、壁掛けも寝具の上の壁で額縁に入っている。

寝ようとするとどうしても自分の肖像画が目に入ってきちゃってめちゃくちゃ恥ずかしい。

「ねえ、そういえば今日の肖像画だけどさ。よく二人とも承諾したね」

僕は布団に潜り込みながら、ずっと気になっていたことを質問した。

「何でだ？　いい出来だったじゃねえか」

「出来は、まあちょっとアレなんだけど……。いつもだったら二人とも僕の肖像画が自分たち以外の人の手に渡るの嫌がりそうだなと思ってさ」

心身ともに伴侶になってから、二人の僕に対する執着は一層拍車がかかっている。

相変わらず一人で外出は絶対にさせてもらえないし、町で声をかけてくれる人がいても、ちょっと僕に触ろうものなら、二人はものすごい形相で威嚇する。

似てないとはいえ僕の肖像画をばら撒くなんて、普段だったら反対するんじゃないかなと思ってたんだ。

「まあ、胸糞悪い気持ちもあるにはあるが」

「あ、やっぱりあるんだ。じゃあどうして……？」

「私たちはね、ソウタ。君を自慢したいんだ。みんなに肖像画を配って私たちの伴侶の愛らしさを自慢したい」

「……えっ⁉」

リアの答えに僕は恥ずかしくて顔から火が出そうになる。僕を自慢したいなんていう理由だなんて思いもしなかった。

「それに、あれでお前の顔を知らせりゃ声をかけてくる輩への牽制になるからな。ソウタが誰のものか、一目瞭然だろ？」

「そ、そう……。それって……」

「ひどい独占欲と執着心だと、笑ってくれても構わないよ。私たちはそれほど君に夢中だし、誰にも渡すつもりはない」

二人がどうして肖像画を承諾したのか、理由がわかって腑に落ちた。嬉しくて同時に恥ずかしくて、二人の顔をまともに見られそうもない。これは聞かないほうが良かったかもしれない。

「ぼ、僕もう寝る！」

真っ赤になった顔を見られないように布団を頭までかぶって「おやすみ！」と言った。二人がくすくす笑いながら布団ごと両側からぎゅうぎゅうと抱きしめてくる。

「そうやって可愛いことするから、離してやれなくなるんだよなぁ」

「君は本当に、なんて愛らしいんだろう」

布団越しに甘い言葉をいくつもかけられて、僕は茹蛸《ゆでだこ》みたいに顔を熱くさせながら、眠れない夜を過ごすことになった。

商人から僕とレオナード、リアの肖像画が出来上がったと連絡がきたのはそれから一週間後のことだった。

この間と同じように三人で手を繋ぎながら商人の店に向かう。

道中、どうか僕の肖像画が下方修正されていますようにと、最後の悪あがきとばかりに心の中でお祈りしたけれど、やっぱり僕の願いは届かなかった。

「う、わ……。これは……」

商人の店は雑貨屋だ。

店の扉を開けるとすぐにある長机にはすでに僕たちの商品が飾ってある。店の外からも眺めることができるその商品たちは、たくさんの人たちの注目を集めていた。

商品はこの間から随分と増えていて、三人一緒に描かれた巨大な装飾品からポケットに入りそうな小さな紙に描かれた肖像画まで、さまざまだ。

それよりも僕が唖然としたのは前回よりも僕の顔がさらにキラキラしたものになっていたことだった。

「絶対似てない……。最悪だ……」

さすがに一生懸命作ってくれた商人にこんなことを言うつもりはない。

だから僕は一人でぶつぶつと呟いていたんだけど、みんなはどうやら僕がこの出来に満足したと思ったようだ。

「お気に召していただけたようで何よりです！　実は前回初めてお近くで寮長様にお目にかかり、その愛らしさを忠実に表現できるように職人たちと試行錯誤したのです」

「あ、あはは……。とっても嬉しいです……」

顔が引き攣《つ》っているのを必死に隠しながら、僕は何とか笑顔で商人にお礼を言った。

でも、僕のはさておきレオナードとリアの肖像画はそれはもう本当に素晴らしくって、僕のお礼は全然嘘じゃない。

「このレオナードとリアの肖像画、すっごくかっこいい!!　僕もこれ欲しいなぁ！」

僕は二人が描かれた掌サイズの肖像画に釘付けになった。レオナードの燃えるような赤髪に澄んだ灰色の瞳がすごく綺麗だし、リアの太陽みたいな金髪と暖かな熱を帯びる紫の瞳が本当に美しい。

「もちろん一通りお渡しいたしますよ」

商人の言葉に僕はウキウキしながらお礼を言った。

奥の机では、レオナードとリアが契約の話を始めている。僕は二人と離れて、もう一度肖像画を眺めた。

「レオナードとリアの肖像画やっぱりいいなぁ。この小さいのだったら肌身離さず持ち歩けそうだし、お守り代わりにしようかな」

「へえ、案外良い出来じゃねえか」

突然、僕の背後から声がしたかと思うと、にゅっと手が伸びて僕の肖像画を取っていった。

慌てて振り返ると、背の高いがっしりした体つきの青年が、ニカッと笑顔で立っている。

艶《つや》やかな褐色の肌に、明るめの茶髪は短く刈り込まれている。

左の耳には小さな羽のついた耳飾りが揺れていた。

「ああっ!! あの嵐の時の!」

「よう、久しぶりだな。寮長さん」

目の前にいたのは、先日の嵐の夜に突然現れた傷を負った男の人。

彼を寮に招き入れたところ黒ずくめの賊が追ってきて戦闘になり、この男の人はさらなる深手を負ったのだ。

たしか賊が僕を襲っている間に、いつの間にか寮から消えていたはず。

寮の玄関に意味ありげに置かれていた耳飾りから、レオナードは古《いにしえ》から存在する傭兵団の男だろうと言っていたっけ。

この人は賊に刺されて怪我をしていたから、僕はときおり思い出しては無事だったのかと心配していた。

「良かった、無事だったんだね！　傷は大丈夫？　あ、そうだ。あの時は助けてくれてありがとう！」

「おいおい、矢継ぎ早だな。まず、傷は大丈夫だ。綺麗さっぱり塞がったぜ。それから助けられたのは俺のほうさ。礼を言いにくるのが遅れちまって悪かったな――おっと」

男の人が言い終わらないうちに、彼の喉元に鋭い剣先が突きつけられていた。同時に僕は後ろから抱きかかえられて彼から離された。

僕を抱きしめているのはリアだった。

そして男の人に剣を突きつけているのは恐ろしい形相をしたレオナードで、今にも喉を掻き切らんばかりだ。

「おいおい、とんだご挨拶だな。これが王立第二騎士団の流儀かよ」

「黙れ。貴様、ソウタを危ない目に遭わせたうえにこれ以上戯言《ざれごと》をぬかすと首が床に転がるぞ」

「まあまあ、そう怒んなって。俺も悪かったと思ったから耳飾りを置いて行ったんだぜ？　あんたならその意味がわかるだろ」

レオナードはさらに怒気を強めると剣先をさらに首に食い込ませた。このままじゃ本当に切れちゃいそうだ。僕はリアに抱えられながらレオナードに叫ぶ。

「待って、レオナード！　お願いだから剣をしまって！」

「このクソ野郎のせいでお前は危うく死ぬところだったんだぞ、ソウタ。俺とリアが許せると思うか？」

「でも、僕はレオナードが助けてくれたし悪い賊もレオナードが捕まえてくれた！　その人は敵じゃないよ、お願い、レオナード……」

「……チッ」

レオナードはしばらく無言だったけれど大きな舌打ちと共に剣を納めてくれた。ホッとした僕が体の力を抜くと、リアが強い力で僕を抱きしめる。

「リア？」

「すまない、しばらくこうさせていてくれ。レオナードがおろした剣を今度は私が奴の心臓に突き立ててしまいそうだ」

リアがギリギリと必死に歯を食いしばる音が聞こえる。

レオナードもリアも、あの時の出来事をそんなに許せないと思っていたなんて想像もしなかった。

「リア、大丈夫だよ。僕は元気だし、二人のそばを離れたりしないから」

「……ああ、そうだね」

リアが腕の力を緩めてくれたので、僕は彼の手をそっと握りながら手を繋いで傭兵団の男の人に歩み寄った。

剣を下ろしたものの険しい顔を崩さないレオナードの手も、反対の手で握りしめる。

「それじゃあ改めて。お礼を言いに来てくれてありがとう。名前を聞いてもいい？」

傭兵団の人は目をまん丸くして驚いていたが、いきなりぎゃははと大笑いし始めた。

え、この状況で何で笑ってるの!?　今レオナードとリアに殺されかけてたのに！

「ソウタ、あんたすげえな！　ライン王国でも名の知れた騎士二人を完璧に従えるとは恐れ入ったぜ。俺はイーヴォ。自由の羽傭兵団の所属だ」

「イーヴォ、その、二人のことを許してくれないかな。別に悪気があってやったんじゃないんだ。ただ僕を心配して……」

レオナードとリアは明らかに不満げな雰囲気でイーヴォを睨んでいる。

「ああ、気にしてねえよ。あんたを危険に晒したことは間違いねえからな。それに俺は大人しくやられるつもりはねえしな」

「それは、どうだろう……」

自分の顔の前で手をひらひらさせながら、イーヴォが軽々しく言ってのける。

でも多分、イーヴォよりレオナードとリアのほうが強い。これ以上彼が二人を挑発し続けると本気になるかもしれない。

ここは何とか僕が間に入って、イーヴォが二人を怒らせないようにしないとダメだ！

「あ、そういえばどうしてイーヴォがここにいるの？　お仕事か何か？」

「ん？　あんたに会いに来たに決まってるだろ」

「僕に会いに？」

「そうさ、俺はあんたに自由の羽の耳飾りを渡しただろう？　借りができた奴には耳飾りを送るんだ。返す代わりに無償で依頼を引き受けるぜ」

「依頼を引き受ける……？」

そう言われても、僕はいまいちピンとこない。首を傾げる僕に、イーヴォが顔を近づけた。

「ソウタの言うことを、なんでも一つ聞いてやるって言ってんのさ。なんでもいいぜ、暗殺、捕縛、偵察、扇動。なんでもだ」

にやりと笑うイーヴォの迫力に押されていると、レオナードとリアがずいっと僕の前に立ち塞がった。

「ソウタがお前に依頼することはない。さっさと傭兵団に戻れ」

「これ以上の話は必要なさそうだ。ご退場願おう」

「ちょ、ちょっと二人とも……！」

レオナードとリアの腕を掴んで宥《なだ》めていると、イーヴォが今度は二人のほうに顔を近づけた。

「あんたらにも客が来てると思うぜ。俺のお頭《かしら》、ベルンハルド団長とは寮で落ち合う約束になってんだ」

イーヴォがそう言うと、レオナードとリアの表情が一気に緊張した。

自由の羽傭兵団の団長とは昔喧嘩した仲だって、たしかレオナードが言っていた気がする。もう嫌な予感しかしない……

「寮に戻るぞ」

言葉少なに言い放ったレオナードと無言のリアに手を引かれながら、僕たちは寮に戻ることになった。

後ろからはイーヴァが何食わぬ顔で付いてくる。

「貴様は付いてくるな。さっさと消えろ」

「ご冗談を、レオナード団長殿。生憎と俺も客なんでね。お頭《かしら》と寮で待ち合わせしてるって言ったろ？」

「並んで歩く必要はねえだろう、距離をとれ。お前のようなクソ野郎と一緒だと思われたくないんでね」

「あんたらと歩いてんじゃねえよ、俺はソウタと一緒に歩いてんだ。あの耳飾りを返してもらうまで、俺はソウタの従者みたいなもんだからな」

こんな調子でレオナードとイーヴァのギスギスとした口喧嘩は寮に着くまで続いた。リアはリアで終始無言で僕の手をぎゅっと握りしめている。

前途多難……

今日ほどこの四字熟語の意味を噛み締めたことはない。

寮についた頃には西日が差し込む時刻になっていて、寮の外観をオレンジ色に照らしていた。

門番の団員にレオナードとリアに来客があると告げられ、敷地内に入ると、背の高い人が門から建物に続く道のところで垣根の花に顔を近づけていた。

青白い肌が西日を受けて燃えるようなオレンジ色に染まっている。

背丈はレオナードと同じくらいだろうか。細身だが筋肉質な身体は背筋がピンと伸びていて、なんとなく厳格そうな雰囲気だった。一つに結ばれた長髪の色は青く輝き……

「あ……、青い髪。もしかして、ザ、ザカリ族……!?」

僕の呟きに、青い髪の男がこちらを向いた。

白肌の右側はひどい火傷の跡があり、それがどう言うわけか男の凛とした美しさを際立たせているようだ。

青い髪はこの世界でザカリ族だけが持つ。

どうしてこんなところにザカリ族がいるのだろうか。ここは彼らにとって敵の懐のような場所のはずだ。

僕の脳裏に、嵐の翌日に見た光景が蘇《よみがえ》る。

リアを捜して森の奥に分け入った時に見つけた大量のザカリ族の屍。

リアに襲いかかる彼らのそこ知れない強さと不気味さ。まだ深くは知らないけれど、レオナードのご両親を殺し、リアの育ての親である司教様を殺した一族……

しかしレオナードとリアがいるから大丈夫なはずなのに、全身から血の気が引いていく。

僕が二人の手に縋《すが》ろうとした時、二人の手がゆっくりと僕の手から離れていった。

あ……、と思った時には二人は僕から離れて青い髪の男のもとへ向かう。

「久しぶりだな、ベルンハルド」

レオナードがザカリ族の男に向けたのは驚くほど気さくで優しい声色だった。リアもまた懐かしそうに笑みを浮かべている。

「随分と顔を見せなかったではないか」

声に気づき、ベルンハルドと呼ばれた男が苦笑しながら二人に歩み寄る。

「お前たちこそ、長らく便りの一つも寄越さないとはどういう了見だい」

三人は笑いながら抱き合って再会を喜んでいるように見える。僕には一体どうなっているのかさっぱりわからない。

彼が敵でないことは理解したけど、彼らの抱擁《ほうよう》があまりにも親密そうで胸がちくりと痛んだ。レオナードとリアがあんなにしっかりと抱き合うところを、僕は見たことがない。

一体どういう間柄なんだろうか。

「ソウタ、あの人が俺たちのお頭《かしら》、自由の羽傭兵団の現団長さ」

僕が呆然としながら三人の様子を見つめていると、イーヴォが男の素性を明かしてくれた。今僕の中に芽生えたこの嫌な感情は絶対に誰にも知られたくない。

だから努めて冷静を装ってイーヴォに質問した。

「そう……。あのさイーヴォ、あの方はザカリ族なの？」

「ああそうさ、傭兵団に入るのに必要なのは種族じゃない。どの国、どの一族にも属さないという強靭な精神と強さがあればいいだけだからな」

「そう……。ということは、ザカリ族全てが敵ってわけじゃないのか」

「人ってのはそれぞれ複雑な事情を抱えてるもんさ。うちのお頭《かしら》はザカリ族を抜けたんだ。自分の一族が持つライン王国への異様な執着に嫌気がさしてな」

イーヴォに言われて、僕は自分の浅はかさにようやく気がついた。

どんな環境に生まれていようと、見た目や所属で全てを知ったような気になってはダメだ。彼が言ったように、人はそれぞれに事情を抱えている。

ザカリ族だからといって、その全員が王国やレオナードたちを狙っているわけではないことなんて、ちょっと考えれば分かることじゃないか。

「そうだったんだ……。僕は今、とても自分が恥ずかしいよ」

僕たちの目の前で、三人はとても親しそうに昔話に花を咲かせている。

その姿は紛れもなく特別な間柄のそれで、僕は彼らが眩《まぶ》しくてどこかに隠れてしまいたいような気持ちになった。

しばらくしてレオナードが手招きしてベルンハルド団長を紹介してくれた。

「ソウタ、こいつが自由の羽傭兵団の団長ベルンハルドだ」

「初めまして、王立第二騎士団の寮長をしています、ソウタです」

僕がペコリとお辞儀をすると、ベルンハルドさんは優しく微笑んでくれた。厳格さはそのままだけど、同時に温かみも感じる不思議な人だった。

「君が二人の伴侶、ソウタだね。我が団のイーヴォから活躍を聞いたよ」

そう言うやいなや、僕を優しく抱きしめてくれた。頬にかかる柔らかな青い髪がくすぐったくて、同時に僕の胸はザワザワと落ち着かない。

「その節は、不肖の部下が迷惑をかけたね。身体を張って彼を助けてくれたこと、心から感謝するよ」

「いえ、そんな……」

彼の抱擁《ほうよう》にドギマギしていると、ベルンハルドさんが目を細めてにこりと微笑んでくれる。

雰囲気は厳しくて怖そうなのに、物腰は穏やかで優しげで。自分にできることならなんでもやってしまいそうになる、不思議な魅力のある人だ。

ちょっとだけレオナードに似ているなと僕は心の中で思った。二人とも騎士団と傭兵団の長だし、雰囲気が似るのは当然なのかもしれない。

「おい、いつまでも俺らの伴侶に抱きつくな」

「おや、これは面白い。レオナード、君もついに何かを所有する気になったのかい」

「うるせえよ」

「リアの仄暗《ほのぐら》さもすっかりなりをひそめたようだし、君は本当に興味深いな」

「ソウタ、この男は少々悪ふざけがすぎるきらいがあるんだ。不用意に近づいてはいけないよ」

リアが僕の耳元で囁《ささや》くのを、ベルンハルドさんは面白そうに眺めている。

「君にそんなことを言われるとは、心外だな。それにしても、どうやらここに来たのは正解だったようだ。さて、今日は久しぶりの再会を祝うとしよう」

ベルンハルドさんの提案に二人も快く応じて、今日の夕食は食堂で二人を招いた食事会となった。

第二騎士団の中でも年配の団員の何人かはベルンハルドさんと顔見知りらしく、彼が来たとの知らせを聞いて自宅から集まってきた。

わいわいと賑やかに食卓を囲むみんなを見ていると、なんだか心がザワザワとしてしまって、食事が喉を通らない。別に熱があるわけでもないのに、これは一体なんだろう。

こんな時はいつもだったらレオナードかリアが必ず隣にいて僕を気遣ってくれたし、さっきまではいつものように僕の隣にいた。

だけど彼らは今ちょうどベルンハルドさんと昔話に花を咲かせていて、僕のほうを見ていない。レオナードとリアが僕のそばにいない。その事実が、僕の心臓をさらにざわつかせた。落ち着けと自分に言い聞かせて深呼吸したりもしたんだけど、どうにも収まりそうにない。

「おう、大丈夫かよ」

ざわつく胸を押さえる僕に声をかけてきたのは、イーヴォだった。

いつもだったらありがとうとお礼を言うところなんだけど、今はとてもそんな気分にはなれない。僕は大丈夫だよとだけ返事をすると、トイレに行くふりをしながらイーヴォのそばを離れて階段を登り三階の寮長室に戻った。

「どうしちゃったんだろう、疲れたのかな？　体調不良で迷惑をかけるのは嫌だしもう寝ちゃおうっと」

一人呟きながらさっさと身支度をして布団に潜り込む。僕しかいない寮長室はしんとしていて寒々しい。

いつもなら隣にいるはずの二人の伴侶は、今頃ベルンハルドさんと楽しくおしゃべりをしているだろうか。

「やだな、そんなことで嫌な気持ちになるなんて。こんなの嫉妬してるみたいじゃないか」

本当は笑い飛ばすつもりだったのに、口からは乾いた笑いしか出てこない。

そう、これは嫉妬だ。

別に二人とベルンハルドさんは、僕と二人みたいな特別な関係じゃないのに、どうしてこんな気持ちになるんだろうか。

寝転びながら、ふと自分の両手を天井に向かって伸ばしてみた。

さっきベルンハルドさんを見つけた時、レオナードとリアは僕と繋いでいた手を離した。もちろんそんな瞬間はこれまでにだってあっただろうし、そもそも四六時中手を握っているわけでもない。

でも、あの時は二人が僕よりベルンハルドさんを優先したような気がして、無性に嫌だった。

「でもそれはただの思い違い……ベルンハルドさんは古い友人で、恋人じゃない。二人の伴侶は僕なんだから」

自分を奮い立たせるように力を込めて言ったそばから、新たな不安が湧いてくる。

「本当に、恋人じゃないって言える？　今は違っていたとしても、もしかしたら元は恋人だったりしない？　いや、ちょっと待って……」

もしかしたら、黒の旗手と伴侶になることが分かっていたから恋人にならなかっただけで、本当は二人とも彼が好きだったたっていう可能性は？

もちろんこんなのは妄想だって頭では分かってる。馬鹿げた考えだってことも。

自分に与えられた愛情を疑ってもいない。

それでもあの三人の間に漂《ただよ》う不思議な雰囲気が僕を不安にさせる。

三人の距離感は友人のそれとはちょっと違う気がする。秘密を共有する同志のような、誰にも言えない特別な関係な気がしてならなかった。

「あー、もう、やめよう！　こんなバカみたいなこと考えたって答えなんか出ないんだから！」

自分で作り出してしまった嫌な空気を振り払うように大声でそう言って、僕は布団をかぶって目を閉じた。

しばらくは悶々と考えを巡らせていたけれど、本当に疲れてもいたのだろう、次第に眠気に誘《いざな》われ僕は意識を手放した。


夢の中でも、僕はさっきの答えを探してさまよっていた。

もしも僕がこの世界に来ると予言されたせいで、レオナードとリアの二人が本当は愛していた人を諦めてしまったんだとしたら――

それがベルンハルドさんでなかったとしても、僕はとんだ邪魔者だ。

大体、なんで僕はここに来たんだろう。

レオナードとリアは司教様が予言した〝黒の旗手〟が出現するのを待っていた。そこに黒髪黒目の僕が来たもんだから、僕イコール黒の旗手ということになっている。

……それってそもそも僕である必要ある？

ないよ。僕が黒の旗手じゃなくちゃいけない理由が全くない。

そもそも〝旗手〟っていうくらいだから、旗を振るんでしょう？　僕は旗なんて振ったことはない。

それに〝黒〟の基準も、よく考えたら曖昧だ。

たまたま僕があの大木の上から落ちてきて、おまけに容姿に黒い部分があったから黒の旗手だと思っただけじゃないだろうか。

例えばあの日、ベルンハルドさんが真っ黒な服を着てあの木の上でお昼寝していたら？　風に煽《あお》られて落っこちたベルンハルドさんが黒の旗手になるんじゃない？

考えれば考えるほど、それが正しく思えてならない。

すると、僕の目の前に男の人が三人、突然現れた。

誰だろうとよく目を凝らすと、それは元の世界にいた時に僕にお年玉の五百円をくれた、バイト先の先輩である三人のおじさんだ。

夢とはいえ、おじさんたちに会うのは久しぶりでひどく懐かしい気持ちがした。

おじさんたちはいつもまるで自分の息子みたいに僕を可愛がって面倒を見てくれて、夢の中でも僕をたくさん褒めてくれる。

『蒼太くんは本当にいい子だね』

『今どきどこを探しても、こんなにいい子はいないんじゃないかな』

『私の子供と結婚してくれないかねえ』

いつもそう言って頭を撫でてくれたおじさんたち……

でもどうして、おじさんたちが夢に出てきたんだろうか。不思議に思う僕の目の前で、おじさんたちがお財布を取り出した。

『今日はお正月だからね、お年玉をあげよう』

『とはいえ君はあまりお金を受け取ってくれないからなあ。五百円ならもらってくれるかな』

『今日はぜひ私たちのわがままを聞いてもらいたいものだね』

次々にお財布から五百円玉を取り出すと、僕の手にそれを握らせた。

『蒼太くんに素晴らしい未来がありますように』

『私たちの子らが君を幸せにするように』

『君が自分の運命を受け入れてくれるように』

おじさんたちは僕にそう言うと、次第に靄《もや》がかかったように遠ざかっていく。

『え、待って！　最後のはどういう意味ですか！』

僕はおじさんたちを追いかけようとするけれど、体が全然動かない。そのまま何度もおじさんたちを呼んだけれど、彼らが僕の前に再び出てくることはなかった。


目を覚ますと朝になっていた。

ベッドに横たわる僕の左側で、リアがまだ微かな寝息を立てている。

右側では、レオナードが寝転びながら僕を見つめていた。いつの間に部屋に戻ってきたんだろうか。僕には全然覚えがなかった。

「ん、おはよう、レオナード」

「昨日は食事会の途中から調子が悪そうだったが、気分はどうだ？」

昨日の話をされると、またモヤモヤとした気持ちが湧き上がってくる。僕は息を深く吸い込んで、心のモヤモヤに蓋をした。

せっかく今は目の前にレオナードがいるんだから、幸せな気持ちで朝を迎えたかった。

「いっぱい寝たから、だいぶすっきりした」

「そうか、ならいいが……。昨日は途中から構ってやれなかったからな。別に具合が悪いわけじゃないんだな？」

レオナードが僕のおでこに手を当てながら、熱がないか確認してくる。

僕の額にあったレオナードの手が、今度は優しく頬を撫でた。

くすぐったいけど、気持ちがいい。

昨日は寝る直前まで変な妄想をしていたせいか、レオナードにこうして触ってもらえるのが無性に嬉しかった。

「僕、なんだかおかしな夢を見たみたい」

レオナードは腕を伸ばして僕を抱きしめながら、耳もとでくすくすと笑った。

「なんだかモゴモゴ寝言を言ってたぜ」

「本当？　恥ずかしいな……」

「昨日は模擬試合の準備やら傭兵団の奴らと会ったりして、気を張っていたから疲れが出たんだろ。今日はいっぱい甘やかしてやるよ」

「甘やかす？」

「ああ、なんでもお前の言うこと聞いてやる」

「本当？　それじゃあさ……」

――これからずっと一緒にいて。ベルンハルドさんとばっかりお喋りしないで。

心の中ではそう主張したけれど、もちろんレオナードにはそんな子供じみたことを言ったりしない。だけど少しだけ、今だけはわがままを聞いてもらいたい気分だった。

「それじゃあ、もうちょっとだけこうしてたい」

「可愛いやつ」

レオナードがぎゅっと僕を抱きしめながら、僕の頬や鼻の頭に啄《ついば》むようなキスをしてくれた。

「ふふ、くすぐったいよ」

「今日は俺とリアの二人で、頑張ってるお前を甘やかすと決めたのさ」

いつもだったら大丈夫だよって言うんだけど、今日は僕も二人と一緒にくっついていたい気分だ。

「嬉しいな」

素直に返事をした僕に、レオナードの顔が近づいてくる。真っ赤な髪が窓から差し込む朝日を受けて、煌《きら》めいている。

レオナードの分厚くてひんやりとした唇が、僕の唇に触れそうだ。

「あ……レオナード」

「ソウタ……」

あとほんの数ミリでレオナードとキスできるというところで、いきなりバタンッという大きな音がして寮長室の重厚な扉が勢いよく開いた。

「ソウタ！」

「……おはよ」

勢いよく飛び込んできたのは、補給部隊のダグと騎馬部隊のジョシュアだ。

二人はキョロキョロと廊下の様子を窺《うかが》ったあとで、扉をそっと閉めて中に入ってきた。いつも朗らかなダグと冷静沈着なジョシュアだけど、今朝は二人ともやけにソワソワしている。

「ダグ？　それにジョシュアも。こんなに朝早くからどうしたの？」

「てめえら、朝っぱらから俺とソウタの楽しみを邪魔するんじゃねえよ」

レオナードの文句を無視して、ダグとジョシュアがベッドまで駆けてくる。

「団長のシモ事情なんてどうでもいいんですよ！　それよりソウタ！　僕たちは今日、君のお世話係だよね!?」

「お、お世話係？　そんな役職今までなかったけど……」

「今新しく作ったの！　僕たち二人は今日一日、君のそばを離れないからね！」

「待って、落ち着いて！　一体どうしちゃったの？」

勢い込んでベッドの脇で懇願する二人だけど、事態が全然呑み込めない。

「なんだよ、あいつがもう寮に来たのか？」

レオナードが嫌そうな顔をしながら頭をガシガシと掻いた。

「そうなんです！　なんとかしてよ団長！」

「……悪魔が朝から一階で暴れてる」

あ、悪魔だって!?

「チッ、しょうがねえな。ソウタ、俺は今から下に降りて確認してくるから、リアを起こしたら降りてきてくれ」

「う、うん……」

「ほら、お前らも行くぞ」

「……い、嫌だ」

「ジョシュアまでぐだぐだぬかすな、そんな姿見せたらあいつに殺されるぞ」

「ひぃーっ！　ソウタ、助けて！」

レオナードはソファの背もたれに掛けてあった隊服の上着を適当に羽織ると、ヒイヒイ騒ぐダグと怯えるジョシュアを引っ張って出ていってしまった。

「い、一体なんだったんだろう……。レオナードが様子を見に行ってくれたから大丈夫だとは思うけど」

嵐での出来事があってから、寮内や騎士団のみんなに何かが起きると気持ちが落ち着かなくなる。

誰かがちょっとでも咳をしていたら風邪をひいたんじゃないかってそわそわするし、寮の中がざわついていると落ち着かない。

今も、寮の一階で大変なことが起きているんじゃないかって思ってしまって、寝巻きのまま部屋を飛び出したい気分だ。

「やっぱり気になるから、早めに様子を見に行こう」

洗面所で朝支度を済ませた後でいつも通りの作業着に着替えてから、リアを起こすことにした。

リアは相変わらず下着一枚で布団を被ったまま健やかな寝息を立てている。

ダグとジョシュアがひと騒ぎしたっていうのに、あの程度ではリアの眠りを妨げることはできなかったようだ。

本当はゆっくりと寝かせてあげたいけれど、レオナードにも起こすよう頼まれているし、ここは心を鬼にして彼を起こすことにした。

「リア、朝だよ」

軽く肩を揺すってみたけど、全く起きる気配はない。リアって普段は頼り甲斐があるし、しっかりしてて時間にも厳しいのに、朝だけは本当に苦手だよね。

「ねえリアってば。そろそろ起きて」

「んー……」

リアがしかめっ面をしながら身じろぎしている。恥ずかしいから本人には内緒だけど、寝起きのリアを見るのは結構好きだったりするんだ。

普段がかっこいいだけに、ちょっとだけ可愛い。

僕がベッド脇にしゃがんでリアの顔を眺めていると、うっすらと目を開けたリアと目があった。

「ふふ、おはよう」

「おはよう、ソウタ。今日も朝から愛らしいね」

「なっ……！」

リアが掠《かす》れた声で囁《ささや》きながら僕の頬に触れてきたものだから、恥ずかしすぎて顔が沸騰しそうだ。

さっきまでは可愛い顔して寝てたくせに！　ずるい！

「どうした？　朝から真っ赤な顔をして」

「な、なんでもない！　そんなことよりレオナードが『起きたら一階に降りてきて』って言ってたよ」

「ん、そうか。それじゃあ早く支度をしないとな。ちょっと待っていて」

むくりとベッドから起き上がったリアは、僕の頬にキスをすると伸びをしながら洗面所へ向かった。剥《む》き出しの鍛え上げられた背中から、とんでもなく色気がダダ漏れている。

リア本人は分かっていないのだろうけど、そうやって無自覚にいろんな人を惚れさせてきたんだろう。

「これまで、何人くらいがリアの寝顔を見たのかな」

ぼそっと呟いて、自分で自分の言葉にひどく傷ついた。

リアもレオナードも、過去に恋人が一人もいないなんて、そんなことあるわけない。

過去に何人ぐらい恋人がいたんだろうか。

僕みたいにベッドで一緒に寝たりしたのだろうか。

どんな人だったろうか。

……やっぱりベルンハルドさんみたいに凛とした人だったりするのだろうか……

「あーもう！　やめやめ！」

モヤモヤを振り払うように気合を入れた。

「ぐだぐだ考えても仕方ない！　リアの隊服を用意しよう！」

答えの出ない妄想なんて考えるだけ無駄無駄！

とりあえず僕は自分にできることを一生懸命やっていこう！

今はリアの着替えを手伝うことが最優先事項だ。僕は無理やりやる気を絞り出して、元気いっぱいのふりをしながらリアの隊服をクローゼットから取り出した。

洗面所で支度を終えたリアは、寝起きの気だるげな色気はすっかりなくなっている。

「リア、隊服はソファにかけてあるからね」

「ああ、ありがとう」

リアは隊服のシャツに袖を通し、よろしくと言わんばかりに僕の前に立つ。

嵐の夜に左腕を骨折してから僕が代わりにリアの制服のボタンを留めていたんだけど、怪我が完治したあともそのまま僕の役目になっている。

いつもは世話を焼くばかりで世話を焼かれることに慣れていないリアだったけど、僕の連日の説得の甲斐あってか、最近は何も言わなくても世話を焼かせてくれるようになった。

背の高いリアに屈《かが》んでもらって、ボタンを一つずつ留めていく。

世話をさせてくれるのはありがたいんだけど、この瞬間はなかなか慣れない。だってリアはずっと僕の顔を見つめるし、屈《かが》んでもらっているせいで彼の顔がすごく近い。

「あの、リア」

「ん？　なんだい？」

「あ、あんまり見ないで。緊張しちゃうから……」

「君は本当に初心《うぶ》だね。たまらない気持ちになるよ」

リアがゆっくりと腰をかがめて、僕との距離が急速に縮まった。

「ソウタ……」

「あ、リア……」

僕とリアの周りを甘い空気が包み込む。もうちょっとでリアの唇が僕に触れる、ちょうどその時。

「ギャーッ！」

三階の寮長室にまで、悲鳴が聞こえた。

「……どうやら、事件が起きているようだね」

「さっきジョシュアが来て一階で悪魔が暴れてる……って言ってたんだけど」

「悪魔？　ああ、ひょっとして彼がもう来ているのかな」

「あ、レオナードも誰かがもう来てるのかなって言ってた」

「ははあ、さてはあいつらしごかれてるな」

楽しそうな顔をするリアに、ずっと気になっていたことを聞いてみた。

「一体誰が寮に来ているの？」

しかしリアは答えてくれなかった。悪戯《いたずら》っ子のような笑みを浮かべると、僕の手を取って寮長室の扉を開ける。

「それは会ってからのお楽しみだ。さあ、行こうか」

「うん」

僕はドキドキしながら階段を降りていった。


「そんな無茶な！」

「死んじまいますよ！」

一階に向かう階段を降りていくと、徐々にみんなの声が大きくなってくる。どうやら玄関付近で一悶着起きているみたいだ。

階段を降りてすぐのところにレオナードがいた。僕とリアが来たのを見つけると、苦笑いをしながらシーッと人差し指を口に立てた。

うっ、レオナードってばそんな仕草もかっこいいな。

そろりとレオナードの背中越しに玄関辺りを覗くと、歩兵部隊のみんなが誰かに向かって一斉に文句を言っているようだった。

見知らぬ人が、こちらに背中を向けて立っている。腰の辺りまで伸びた明るい金色の髪が、緩く波打ちながら細身の身体を優雅に飾っている。

「情けない声で泣くんじゃない、お前達はそれでも騎士か！」

容赦のない言葉でうちの騎士団員を叱り飛ばしているが、その声は楽器のように美しく澄んでいた。

「いや、どんな騎士でも無理でしょうよ！　うちの団長だってできないっすよ」

「おい、俺を巻き込むんじゃねえ」

「だって団長！　団長からもなんとか言ってくださいよ……あっ寮長っ！」

レオナードの後ろからこっそり顔を出して様子を見ていたところを、見つかってしまった。

「おはよう、みんな。あの、そちらの方は……」

僕の問いかけに応えるように振り返ったその人は、とんでもない美人だった。

つるんと滑らかな白い肌に憂いを帯びた青い瞳。長いまつ毛が落とす影の下には小ぶりのすっきりとした鼻梁《びりょう》。頬は桃色、形の良い唇は薔薇のように真っ赤だ。

『男装の麗人』という言葉がぴったりの容姿に、口を開けたまま呆気に取られてしまった。

この世界には男性しかいないから目の前の人が男性なのは分かっているけど、とても信じられない。レオナードやリアとは違った女性的な魅力を湛《たた》えた人だ。

「やあ、やっと会えた。君が噂のソウタだね」

「へっ、あ、はひ……」

動揺していたとはいえ、ひどい返事をしてしまった自分が憎い。

「これはこれは。なんと愛らしく麗しい御仁《ごじん》だろうか。二人にはもったいないな」

美麗な人は僕の目の前に来てかがむと、僕を真正面から見つめながらにっこりと笑ってくれた。

え、天使……そうだ、この人は天使だ。

こんなに綺麗な人間がいるわけがないもの。きっと背中には羽が生えているに違いない。

何かの用事で天から舞い降りてきたんだろうか。それとも、僕が知らないだけでこの世界では天使も地上で暮らしているとか……

「おい、近ぇよ。離れろ」

レオナードが僕の腰を引き寄せたので、僕は妄想の世界から一気に引き戻された。

「おや、レオナードは随分と過保護だな。これは興味深い」

「うるせぇ。さっさと自己紹介したらどうだ」

「そうだった、私としたことが失礼したね。ソウタ、初めまして。私は王立第一騎士団の副団長及び第一騎士団寮寮長のマヌエルだ。君のことは団長のギヨームから聞いているよ」

天使――マヌエルさんはそう言って、呆然とする僕の手を優しく握ってくれた。

って、この人が第一騎士団の寮長⁉

「マヌエル殿、ご無沙汰いたしております」

「リア、怪我の具合はどうだい？　と言ってもただの骨折なのだろう？」

「はい、もうなんともございません」

「それを聞いて安心したよ。ソウタも色々あって疲労が溜まっていると聞いている。でも安心したまえ」

マヌエルさんは玄関に集合している僕たちを見つめ、満面の笑みを浮かべた。

「ソウタ、君の代わりにしばらくは私が第二騎士団の寮長をしよう。君は安心して模擬試合の準備に集中するといい」

「「ええ〜っ！」」

僕がええっ〜と言う前に、玄関にいた歩兵部隊のみんなが驚いている。いや、驚きというより悲鳴に近い。

みんなったら、なにがそんなに嫌なんだろうか。

僕ならこんなに綺麗な人と一緒に過ごせたら素直に嬉しいなと思うけれど。それに、よく考えたらマヌエルさんは第一騎士団の方なんだから、その反応は失礼なんじゃないだろうか。

「うるさいぞ、お前たち！　全く何も変わっていないようだな。レオナード、ちゃんとこの者たちに教育を施しているのか」

「元はお前の部下でも、今は俺のところの所属だ。俺のやりたいようにするさ」

「今日からは、そうはいかない。模擬試合当日まで私がお前たちを鍛え直してやろう。レオナード、言っておくがここからは私の好きにやらせてもらうぞ。口出しはするなよ」

「はぁ……頭が痛ぇ」

どうやら王立第二騎士団のみんなはマヌエルさんの部下だったことがあるようだ。みんなのフランクな態度の謎が解けた気がした。

「そういうわけだ。お前ら今すぐ装備を固めてこい。先ほど伝えたように今からレイル領内を五周走る」

「だから全装備背負って周回なんかしたら死んじまいますって！」

「日が暮れても帰ってこれねえっすよ！」

歩兵部隊の文句に、マヌエルさんはニコリと笑いかけつつ言い返した。

「ならば死ね。その程度で音《ね》を上げるような騎士などいらぬ」

「悪魔!!」

おお、なるほどこれは悪魔だ……

僕は唖然としながら、マヌエルさんと半泣き状態で引きずられるように寮を出ていくみんなの姿を見送るしかなかった。

騒がしかった玄関はあっという間に静かになって、寮の中まで聞こえてくるみんなの文句の声も次第に遠ざかっていった。

「大丈夫かな、みんな……」

「騒いでる元気があるんだから大丈夫だろ。あいつだって無茶はしないさ」

「それよりもソウタ、マヌエル殿が寮内の雑事を引き受けてくださるそうだから、今日から君は模擬試合の準備に集中できそうだ。私たちに何か手伝えることはあるかい？」

リアにそう言われたけれど、模擬試合の準備はいろんな人の手助けもあって僕自身がやることはさほどない。

「急ぎの仕事は全然ないんだ。あとは何事もなく開催できるように作業の進捗を確認することくらいかな」

「そうか、それならば今日は私たちと少し遠出をしようか」

「遠出？」

リアの提案に、僕は浮かれた声で返事をした。レオナードとリアは何がおかしかったのか顔を見合わせて、くすくすと笑っている。

「お前も最近忙しかったし、たまにはゆっくり過ごそうぜ」

「馬で少し行ったところに草原があるんだ。眺めの美しいところだからきっと君も気に入ると思うよ」

これってつまり、三人で草原デートってことだ！　こっちの世界に来てから三人だけで出かけたことはほとんどない。僕は二人の提案に文字通り飛び跳ねて喜んだ。

「うん！　行きたい！　三人でそこでお昼ご飯を食べようよ」

「お、いいなそれ」

「それでは早速食堂に行って昼食を用意しよう」

僕たちは三人で浮かれながら食堂に向かおうとした――その時だった。

玄関の扉が静かに開き、誰かが寮の中に入ってきた。

「おや、三人ともお揃いで。ちょうど君たちに話があって来たんだ」

一つに結ばれた青い髪を靡《なび》かせて入って来たのはベルンハルドさんだった。後ろにはイーヴォが控えていて、僕と目が合うとひらひらと手を振った。

……なんとなく嫌な感じがする。

「悪いが、俺たちはこれから用事がある。午後にでも話を聞こう」

レオナードが断ると、ベルンハルドさんは申し訳なさそうに眉を顰《ひそ》めた。

「すまないが、そう言ってられない事態になっている。レオナード、少し耳を貸せ」

ベルンハルドさんがレオナードに近づいていって何かを耳打ちすると、レオナードの顔が険しくなる。これはどうやら本当に急用のようだ。

視線を感じてリアを見ると、さっきまでの笑顔は消えて苦笑いを浮かべていた。

どうやら今日のお出かけの予定はなしになりそうだ。レオナードがすまなそうに口を開くのを制するように、僕は声を出した。

「ねえ二人とも、なんだか分からないけど急用みたいだし、お出かけはまた今度にしよう」

自分でも張り付いた笑顔でそう言っているのがわかる。でも、笑顔ができただけマシだ。気を抜いたらすごく嫌な顔をしてしまいそうなんだから。

「くそ、今日はソウタを思いっきり甘やかすって決めてたのによ……」

レオナードのムッとした表情を見て少し気分が落ち着いた。リアが僕を引き寄せておでこに唇を当ててくれる。

「せっかくの楽しみを台無しにしてしまってすまない。なるべく早く、用事を終わらせるから……」

リアの温もりに気持ちが緩んでじんわりと涙が滲《にじ》みそうだ。早く離れないとみんなの前で泣いちゃいそう。そんな醜態《しゅうたい》は絶対に晒したくない。

とくにベルンハルドさんにはそんな姿を見られたくなかった。

「うん、大丈夫！　僕のことは気にしないで。寮の庭を掃除しないといけないのを忘れてたから、行ってくるね！　お二人もごゆっくり……」

最後の言葉はちょっとだけ嫌味だったかもしれない。嫌だな、心の狭い奴って思われるかもしれない。

何か言いたそうなレオナードとリアに背を向けて玄関の扉を開けようとすると、背後からベルンハルドさんが抱き締めるようにしてきた。

「ソウタ、用事があったのに二人を奪ってしまってすまない。なるべく早く終わらせるから」

後ろから僕を覗くように顔を近づけてきたベルンハルドさんは、本当に申し訳なさそうに眉間に皺《しわ》を寄せていた。

この人は、悪い人じゃない。むしろ優しくていい人だ。

だけど、今の僕にはこの人を受け入れるだけの余裕がない。僕はベルンハルドさんから逃げるようにして玄関を飛び出してしまった。

玄関から全速力で走って寮の裏側にある馬小屋を抜ける。少し行くと小さな池が見えてきた。

王立第二騎士団の寮に住む大鷲《おおわし》のミュカの巣がある場所だ。ミュカはレイル城や王都との伝達係として忙しく空を飛び回っている。足に手紙をくくりつけて相手に届けているのだ。

ミュカとは僕がこの世界に来た当初からの付き合いで、最初はあまりに大きな体にびっくりしたものの今では大事な仲間で友達でもあると思っている。

「今日もミュカはいないのか……」

池の近くの巣に、ミュカの姿はなかった。ちょっとだけそばにいたいと思っていたのに当てが外れてしまった。

仕方がないので、その辺に生えている雑草を抜く。

何か仕事をしていないと、いろんなことを考えそうで嫌だった。

僕は午前中、ずっと寮の周辺を歩いては雑草を抜いてを繰り返した。定期的に手入れをしているせいで、それほど抜くべき雑草は生えていない。

「どうしてこんな時に何もやることがないんだろう……」

いつもなら仕事が山積みだから、こういう感情も忘れられるのに。

心が、またザワザワと落ち着かない。息がうまくできない気がして深呼吸を繰り返した。

「なんだ、あんたこんなところで雑草取りなんかしてたのかよ。捜しちまったじゃねえか」

ざわつく心臓を落ち着かせていると、後ろから声をかけられた。声の主は振り返らなくてもわかる。イーヴォだ。

「具合でも悪いんか？」

声をかけても反応しないことを不審に思ったのか、彼は僕の前に回ると顔を覗き込み、途端にびっくりしたような顔をして飛び退った。

この間は余裕そうな態度で飄々《ひょうひょう》としていたのに、今の彼は急にオロオロと落ち着かない様子で、僕の周りをチョロチョロしている。

「イーヴォ、どうしたのソワソワして……え、ちょっと何!?」

イーヴォは僕の質問に返事をする代わりに、ぐいっと僕の腕をつかみ、強引に寮の中へ連れていこうとする。

「ちょっとイーヴォ、どうしちゃったの!?」

「あんた自分で気づいてないかもしれねえけど、すげえ顔色が悪いぜ。ちょっと休んだほうがいい」

「え、そうかな……」

顔色が悪いんだとしたら、多分それはさっきからやけに締め付けられたように軋《きし》む心臓のせいかもしれない。

ああ、この腕がレオナードやリアだったらよかったのに。

イーヴォの親切を無視するようで申し訳ないと思うのに、今はどうしてもそんなことばかり考えてしまう。

「やべえな、あんたがそんな状態じゃ俺が叱られちまう」

「イーヴォが叱られる？　どうして？」

「さっきあんたの世話をあんたの伴侶に頼まれたんだよ。あのいけ好かねえ赤髪の団長と、何考えてるか分かんねえ副団長にな」

「え……、二人が僕の世話をイーヴォに？」

彼の言葉を聞いて、僕の足は急に歩くことをやめてしまった。イーヴォに腕をぐいっと引っ張られて痛かったけど、そんなことすらどうでもよかった。

僕の世話を二人が頼んだだって？

そんなことこれまでなかったのに、どうして今日に限って……

「おいおい、急に止まるなって。どうしちまったんだよ一体」

「レオナードとリアが頼んだの？　本当に？」

「ほんとだよ、自分たちは手が離せねえから代わりに機嫌取って来いってさ。いや、まあそんな言葉で言われた訳じゃねえけど、そんな感じのことを言われたから捜してたんだよ」

「そんな……。いつもだったらどんなことがあっても二人が僕のところに来てくれるのに……」

頭では分かっている。急な用事ができてすごく忙しいんだってことは。

でも、それでも、今まで僕のそばには必ずどっちかがいてくれたじゃないか。それなのに僕をイーヴォに託したの？

だって二人とも彼のこと信用してなかったのに。もちろん彼は信用できる人だけど、二人は僕を危険に晒したから許さないいって言ってた。

それなのに……

「ひょっとしてもう、どうでも良くなっちゃったのかな、僕のこと……」

ずっと心に引っかかっていたことを言葉にしたら、ひどく惨《みじ》めでみっともなかった。それでも一度出てしまった言葉は止まらない。

「僕はやっぱりここに来ないほうが良かったんだ……。黒の旗手なんていなければ二人はきっとベルンハルドさんと一緒に過ごしてたのに……。大体僕は、本当に黒の旗手なのかどうかも分からない」


気がつくと涙がポロポロとこぼれ落ちていた。

嫉妬まみれの言葉を吐いて子供みたいに泣く僕の姿はきっと哀れだろう。

イーヴォは僕が急に泣き出したことに驚いて「おい」とか「何だそりゃ」とか叫んでいたが、やがて僕を騎士団寮の隅にある垣根の下に座らせると、そっと見守ってくれた。

多分、何も事情を知らないイーヴォだったことが良かったんだと思う。他の団員の前じゃこんなみっともないところを見せられなくて、泣き叫ぶことはできなかった。

僕は慰めてほしかったわけじゃないし、一緒に泣いて怒ってほしかったわけでもない。

ただ隣にいて聞いてほしかった。

自分だけでは抱えきれなくなってしまったどす黒い嫉妬の塊を、吐き出したかっただけなんだ。

その証拠に、わんわんと泣きながら思っていたことを言葉に出したら随分とスッキリした。さっきまで起こしていたひきつけも治って、僕はすっかり元の通りだ。

さて、そんなスッキリした僕に残ったのは途轍《とてつ》もない罪悪感と羞恥心だ。

さっきから何も言わずに横にいてくれるイーヴォの顔を見ることができない……。気が動転していたとはいえ、僕はなんてことをしてしまったんだ！　穴があったら切実に入りたい！

とはいえ、いつまでもこのままでいるわけにもいかない訳で、ちらりと彼を盗み見ると僕と同じように膝を抱えて座りながら少し遠くを見つめていた。

人を食ったような物言いばかりする彼の真剣な顔を初めて見たような気がする。ベルンハルドさんとイーヴォが僕たちに会いにきてから丸一日、ほとんどちゃんとした話をしてなかったことに今さら気がついた。

ちゃんと謝ろう。それで今度こそ話をしよう。

きっとイーヴォとはいい友達になれると思うから。

「あの……、イーヴォ……」

ちゃんとしようって覚悟したはずなのに、いざ話そうとするとやっぱり恥ずかしさが勝ってしまって上手く言葉が出ない。

結果おずおずと探るように話しかけてしまった。

「おう、もう気が済んだか？」

「うん。ねえイーヴォ、ごめんなさい。僕君にすごい迷惑をかけちゃって……」

てっきり面倒をかけるなと怒るか、僕の泣き顔を笑うかのどっちかだと思ったけれど、予想に反してイーヴォは微笑んだだけで何も言わなかった。

「あ、の……。怒らないの？」

「怒るようなことはされてねえよ。あんたみたいに色々溜め込むような奴は、こうやって心に溜まったもんを吐き出しちまったほうが楽になるってもんさ」

「うん、すごくスッキリした」

「だろう？　俺はこう見えて案外聞き上手なんだよ」

「ふ、そうかも」

泣き腫らしたせいで両目が痛いし、頬は涙が乾いてカピカピだ。でもイーヴォのおかげでやっと少しだけ笑うことができた。

「イーヴォ、ありがとう」

「ん、気にすんな。なあところで腹減ってねえか？」

「そういえば泣きすぎて体力使ったから、ちょっとお腹すいたかも」

「そんじゃ、食堂にお邪魔して何か食おうぜ」

イーヴォは勢いよく立ち上がってお尻についた砂を叩くと、ほら、と手を差し出してくれた。

彼の好意に甘えて手を乗せると、ぐいっと一気に引き上げてくれる。彼の手はすぐに離れていってしまったけれど、伴侶の手とは違う温もりが嬉しかった。

「僕、イーヴォとはいい友達になれる気がする」

「友達なあ。たしかに再会して二日目ですげえ醜態《しゅうたい》晒したもんな、お前。もうこれ以上俺に隠すもんもねえって感じか」

「ひどいな！　うん、でもそうかも。僕今まで騎士団のみんな以外と深く関わってこなかったから、イーヴォがこの世界に来て初めての友達だ。あ、違うな大鷲《おおわし》のミュカの次だ」

「おい、大鷲《おおわし》と同列に扱うなよ」

「でもいい子なんだよ？　今は任務でいないけど。今度ミュカが帰ってきたら紹介するよ」

「あっそ」

なんてことない雑談をしながら玄関から食堂までを歩く。さっきまで鉛のように重かった足もだいぶ軽く感じられた。

食堂に入ると、まだみんな訓練中とあって誰もいなかった。

レオナードとリア、ベルンハルドさんの姿も見えない。きっと三人は応接室で話し合いでもしているんだろう。

二人の顔を見ることができなくて寂しいと思う反面、ちょっとだけホッとした。今会ったらきっと喧嘩しちゃうから。

「よし、あんた何食いたい？」

「うーん、スープでも飲もうかな」

「ああ、泣きまくって体の水分なくなったもんな」

「そんなに泣いてません！」

いや泣いただろ、泣いてないと馬鹿みたいに言い合いながら席についてスープでお腹を満たすと、不思議と力が湧いてくる。

イーヴォと二人で食後のデザートにと葡萄に似た果物を頬張っていると、食堂にレオナードとリアが入ってきた。今はまだちょっと、会いたくなかった。

二人は僕を見た瞬間に眉間に深い皺《しわ》を寄せて詰め寄ってきた。もちろん詰め寄った先はイーヴォのところだ。多分、僕が彼に泣かされたと思ったんだろう。

「おいクソ野郎、てめえソウタに何を……」

「やめてレオナード、イーヴォは一つも悪くないよ」

僕の言葉でレオナードの眉間の皺《しわ》がもっと深くなる。

「ソウタ、君、何があったんだい」

リアが眉尻を下げて心配そうに覗き込んできた。でも今はレオナードの言葉もリアの心配顔も見たくない。

「何もない。もう元気になったし大丈夫だから」

二人の顔を見るとまた泣いてしまいそうだ。ここは物理的に彼らと距離を取るしかない。僕はサッと椅子から降りると、イーヴォにお礼を言った。

「イーヴォ、さっきはありがとう。また明日も会える？」

「ああ、しばらくここに通うことになりそうだからな」

「そっか、じゃあまた明日」

「おう、ゆっくり休めよ」

イーヴォに別れを告げて僕はレオナードとリアに向き直った。でも顔を直視することはできなかったから、首元に目線を下げて早口で用件だけを告げる。

「二人とも、まだ用事終わってないんじゃないの？」

「……ああ、飲み物を取りにきたところだったんだが、ソウタお前……」

何か言いかけたレオナードを制するように言葉を重ねた。

「僕、ちょっと疲れちゃったからもう部屋に戻るね。僕のことはいいから急用とやらを続けてて。様子も見にこなくていいから！　それじゃ！」

用件だけ言って二人の間をすり抜けるようにして食堂を出たかったのに、両側からレオナードとリアに腕をつかまれた。

「そんな顔されて部屋に戻すと思ってるのかよ」

「ソウタ、何があったんだ？　お願いだから私たちに話してくれないか」

今日一日ずっと欲しかった二人の手の温もりが腕に伝わってきてジンジンする。でも、今はレオナードとリアの前にこれ以上いたくない。

もしもここにベルンハルドさんが様子を見にきたりしたら、僕は自分がどうなるかわからなかった。

もしかしたら心が粉々に砕け散ってしまうかもしれないし、とんでもない暴言だって吐いてしまうかもしれない。

僕はふるふると首を横に振ると、俯きながら二人にお願いする。

「僕、一人になりたい、今すぐに。……手を離して」

「……」

「ソウタ……」

願いを聞き入れてくれたのか、二人がゆっくりと僕の腕から手を離してくれた。遠のく温もりに、またしても涙が出そうになるのをグッと堪えた。

「……おやすみなさい」

それだけ言って僕は食堂から走って逃げた。背後から何かがバキバキと壊れる音がしたけれど、振り返る余裕はない。

そのまま階段を一段抜かしで登ると、三階の寮長室に入ってしっかりと扉に鍵をかけた。

「うっ……」

今日二回目の涙はなんの涙なのか、自分でもよくわからない。

レオナードとリアのそばにいたいのに、自分が二人の邪魔をしているんだとしたらどうしよう。

もしも二人の口からベルンハルドさんを愛しているって言われてしまったらどうしよう。

僕を愛してるって言ったのは黒の旗手が必要だったからで、僕自身を好きじゃなかったらどうしよう。

次から次へと溢れる問いかけは、結局僕自身が答えを出さなくちゃいけないものばかりだ。全ては憶測、事実じゃないかもしれないし、それを確かめるのすら怖い。

「それでも、もし僕の杞憂が当たってしまったら……」

そんなことばかりを考えていたら、いつの間にか寮長室は暗闇に呑まれていた。月の明かりが朧《おぼろ》げに僕を照らしている。

僕は月を眺めようと窓を開けた。月は薄い雲にかかっていてよく見えなかった。

「僕はレオナードとリアがくれた愛情を疑ってない。でも、もしも僕のせいで誰かを愛することを諦めた過去があるのなら……身を引いたほうがいいよね」

だって、二人を愛しているから。

レオナードとリアが幸せになれるんだったら僕はなんだってする。僕の決意を後押しするように夜の冷たい風が頬を撫でつける。

「そうなったら寮長をやめたほうがいいだろうな。でも、どうやったらやめられるんだろう……」

そこまで考えて、ふと王立第一騎士団の寮長であるマヌエルさんのことを思い出した。マヌエルさんは模擬試合に向けて第二騎士団のみんなの稽古をつけてくれるだけじゃなく、寮長の仕事も引き受けてくれた。

お忙しいようで、会ったのは最初に挨拶をしたときだけ。

マヌエルさんなら寮長のやめ方を知ってるかもしれない。

「明日、聞いてみよう。何かあった時にすぐ動けるように。そうだ、あらかじめ心の準備をしておけば傷は浅くて済むはずだ」

そう決心したら、ひどく狭かった視界が開けたような気がする。そのまましばらく月を見つめていると、次第に雲が晴れて見事な半月が姿を現した。

僕の心のモヤモヤもあんなふうにきれいに晴れるといいな。

そんなことを思いながら、いつまでも月を眺め続けた。

翌日、目を覚ますと僕はベッドに寝ていた。月を眺めていたところまでは覚えているけれど、いつの間に移動したのだろうか。

窓に目をやると、しっかりと閉まっていて外から眩《まぶ》しい太陽の光が入り込んでいる。

どうやら随分朝寝坊をしてしまったようだ。伸びをしながら起き上がって部屋を確認すると、レオナードとリアの姿はどこにもない。そっと布団に手を入れると微かだけど温かみがある。

ひょっとしたら窓のそばで寝てしまった僕を布団で寝かせてくれたのは二人かもしれない。

素早く身支度をして一階に降りると、玄関にはマヌエルさんの姿があった。今日も美しい髪を靡《なび》かせたその姿は、本当に絵から飛び出してきたかのような美しさだ。

ちょうどマヌエルさんに話を聞きたいと思っていたので、僕は足早に彼に駆け寄った。

「マヌエルさん、おはようございま――」

「ソウタ！　君これは一体どういうことだい⁉」

挨拶が言い終わらないうちにマヌエルさんは僕の肩を掴んでゆすり始めた。

もしかして寮長としての仕事に粗相があったのだろうか。だとしたら今の僕には堪えるな。うう、やっぱり僕は伴侶としても寮長としても失格なのかもしれない……

「ひょっとしてレオナードとリアにこき使われているのか？　それならそうと私に言ってごらん。君の悪いようにはしないから！」

「……へ？」

肩を縮こまらせた僕に、マヌエルさんは予想外のことを言ってきた。

「えっと、どういうことか全然わからないんですが、二人にはとても良くしてもらっています……。寮長の業務に不備があるのは僕のせいで……」

「本当だろうね⁉　寮長だからといっていろんな雑務を押し付けているのではないんだね⁉」

なおも僕を揺すり続けるマヌエルさんに困惑していると、食堂のほうから歩兵部隊の隊員が数人やってきた。手に隊服を持っているところを見ると、またボタンでも取れたんだろうか。

彼らはマヌエルさんを見つけると、にやっと笑って近づいてくる。

なんだか嫌な予感のする笑みだな。

「あ、ここにいたんですか寮長代理ー！　ちょっとこれお願いしていいっすか？」

「お前たち、なんだそれは」

僕を掴んだまま、ずいっと差し出しされた隊服を眺めるマヌエルさんに、隊員が笑いかける。

「やだなあー、だからほつれを直してほしいんですって。昨日うっかり引っかけちゃいまして」

「そんなもの自分でやれ。それは寮長の業務では……」

「いやいや、俺たちいつも寮長に直してもらってるんですよ。訓練に集中できるようにって雑務を引き受けてくれるんですよ」

ね、寮長？　と僕に向かってウインクをしてくる歩兵部隊の面々を見て、マヌエルさんがさっき言っていたことの意味が理解できた気がした。

「マヌエルさん、すみません。その隊服のほつれは僕が自発的に彼らから預かって直しているんです。やらされているわけではないので大丈夫です」

「君ねえ……」

マヌエルさんは脱力したようにため息をつくと、恨みがましそうな視線で僕を見た。

「それでは団員の体調管理とか、靴の泥落としとか、恋愛相談とか……。それも全て君の意志でやっているのかい？」

「はい、そうですね……」

最後の恋愛相談というのは多分歩兵部隊のみんなの話を聞いているだけのような気がするけど、ここで否定するとややこしくなりそうだったのでやめておいた。僕の答えに歩兵部隊のみんながほらね、と勝ち誇った顔をしている。

「そういうわけなんで、よろしくお願いしまーす！」

「待てお前ら！　私はそんな業務は引き受けないぞ」

「いやいや、マヌエル様は今第二騎士団寮の寮長代理なんですから。仕事は完璧に引き継がないと駄目じゃないですか！」

謎にイキイキしている歩兵部隊のみんなは、バサリと自分の隊服を玄関奥の寮長机の上に置くと「それじゃよろしくお願いします～」と言って食堂に行ってしまった。

「あいつら……。次の訓練で死ぬほどしごいてやる」

なるほど、僕にもなんとなく事の仔細が見えてきた。

おそらく歩兵部隊のみんなは昨日のマヌエルさんの訓練が厳しすぎたから、仕返しに寮長の仕事をわざとお願いしたんだな。

「なんだか申し訳ないです……僕がすっかり彼らを甘やかしてしまったようで……」

わなわなと震えながら食堂のほうを睨みつけていたマヌエルさんが、僕のシュンとした様子を見てくすくすと笑った。

さっきは怖いくらいに怒っていたけれど、やはり笑うと天使のような美しさだ。僕もマヌエルさんくらいの美形だったらよかったな……

「ソウタが謝る必要はない。あの馬鹿どもが悪いのだから。それにしても、君は本当によく働いているようだね、同じ寮長として頭が下がるよ」

「そんなとんでもない！　マヌエルさんは副団長のお仕事もあるんですから、僕がただ暇なだけです」

しかしマヌエルさんは僕の言葉に優しく微笑みながら、頭を横に振った。

「謙遜は素晴らしい美徳だが、正当な評価を素直に受け取ることも大事だよ」

「はい、そうですね……」

でも今の僕にはそんな言葉を受け止めるだけの元気はない。マヌエルさんはしばらくじっと僕を見つめていた。

「ねえソウタ、君はこのあと模擬試合の準備で忙しいのかな？」

「いえ、一応進捗確認はしますが忙しいというほどでは……」

「そう。それじゃあ、業務が一段落したら私と少し話をしようか」

僕のほうから時間をもらうつもりだったので、願ってもない申し出にすぐに「ぜひお願いします」と返事をした。

「それじゃあ食堂で待ち合わせをしよう。そうそう、君の従者が正門のところで待っていると言っていたよ。せいぜいこき使ってやるといい」

それだけ言うとマヌエルさんは、それでは後ほど、と優雅にお辞儀をして、玄関の扉を開けて訓練場のほうに行ってしまった。

歩兵部隊が置いていった隊服には一瞥もくれずに……

僕はちょっとだけ迷ったけれど、僕の従者だとか言う人が待っている正門へ向かった。寮長の仕事は今はマヌエルさんの管轄だ、きっと僕よりも完璧にやってくれるはずだ。

玄関を出て正門に向かうと、そこで待っていたのは従者ではなくてイーヴォだった。

「イーヴォ、おはよう！　誰かと待ち合わせ？　僕は僕の従者だっていう人を探しにきたんだけど……」

「ははっ察しが悪いなあ、従者ってのは俺だよ。今日はお前んとこの伴侶二人からお前の子守りを頼まれてんだ」

「レオナードとリアから……？」

「今日は中央市場で模擬試合の進捗を確認するんだろ？　お前を絶対に一人にするな、とよ。過保護すぎんだよ、お前もガキじゃねえんだから」

面倒くさいと言わんばかりの言い方をするものの、イーヴォはほら行くぞと言って先に歩き始めた。慌てて門番に行ってきますと挨拶して彼に追いつくために小走りになる。

「そういえば、お前さ。俺に何か依頼とかねえの？」

「え、依頼？　どうして？」

「なんだよもう忘れたのか？　お前に耳飾りを預けてあるだろ？　あれを返してもらわなくちゃいけねえ」

そういえばイーヴォと再会した時にそんなことを言ってたっけ。

「急に言われてもなあ、耳飾りだったらちゃんと保管してあるから、寮に帰った時に返すよ」

「いや、それじゃダメだ。借りを作ったままじゃねえか。借りを返した時でないとそれは受け取れない掟《おきて》なんだ」

「へえ、そうなんだ……。傭兵団って律儀なんだね」

でも困ったな、今のところイーヴォにお願いするような仕事はない。そこまで考えて、さっきマヌエルさんが言っていた言葉が脳裏をよぎった。

模擬試合の進捗確認を手伝ってもらえって言ってたはず。たしかにそれならすぐに終わるし、マヌエルさんと話す時間もたくさん取れるかもしれない。

「うん、そうしよう！　イーヴォ、お願いしたいこと見つかったよ！」

「おっ、いいねえ、早速の依頼とは。腕が鳴るぜ」

そんなこんなで、二人でお喋りしながら模擬試合の準備を担当している区長のところへ向かった。

区長の家に着いた僕たちは部屋を一つ借りて、資料と睨めっこを始める。イーヴォに依頼したのは各所から届く模擬試合に向けた進捗報告を読み上げてもらうこと。

一人でやると二つの紙と睨めっこしないといけないけど、二人でやれば速さは二倍だ。

「……」

「はい、それじゃあ次の項目ね。えっと、観覧席の売上状況は？」

「……」

「どうしたの、イーヴォ？　売上状況なんて書いてある？」

「希望者が膨れ上がったため抽選に移行する。抽選の発表は三日後を予定」

「了解。これは予定通りだね。次は……」

「おい、ちょっと待て！　ソウタ！」

イーヴォが急に立ち上がって机をバンバンと叩き出した。どうしたって言うんだろう。

「ん？　どうしたの？　そんなに机を叩いたら資料がバラバラになっちゃうよ？」

「お前なあ、これが俺への依頼だって言うのか？　この紙を読み上げるのが！」

僕はそのつもりだったんだけど、なんだかイーヴォは怒ってるみたいだ。ひょっとして事務作業は嫌だったのだろうか。

「えっと、イーヴォはどんな依頼がよかったの？」

「いいか、俺は傭兵なんだよ！　もうちょっとこう、要人警護とか戦争の助っ人とか暗殺とかよ……」

「あはは、そんな依頼があるわけないじゃない。僕はただの寮長だよ？　命だって狙われてないし戦争中でもないもん」

「そうだけどよ。どっちにしてもこの依頼で耳飾りを返してもらうわけにはいかねえな」

でも僕、これ以上の依頼なんて思いつかないいんだけどな。

「困っちゃったな……。これじゃいつまで経っても耳飾りを返せそうにないんだけど」

「まあいいさ、気長に待ってやるよ。そんじゃとっととこの作業をやっつけるとするか」

「あ、一応作業は手伝ってくれるんだ」

「当たり前だろ、一度受けた依頼は最後までこなすぜ。それにお前の伴侶たちに殺されたくねえしな」

レオナードとリアは、そんなふうにイーヴォを怒るだろうか……。だってあの時食堂で別れてから全然顔を合わせていないんだもの。もう僕のことなんて忘れているのかもしれない。

「レオナードとリアは今日もベルンハルドさんと一緒なの？」

さりげなく聞いたつもりだったけど、声が少し震えてしまった。イーヴォが気が付いたかどうかわからないけど、そっけない返事だった。

「ああ、そうみたいだぜ。俺はお頭《かしら》の打ち合わせ内容は知らねえんだ。やれと言われたら、やる。それだけさ」

「そっか」

僕はそれ以上この話をするのをやめた。イーヴォも特に聞いてこないから、作業を続けた。

イーヴォの手伝いもあって確認作業はあっという間に終わり、僕たちはまだ明るい道を寮に戻った。

寮に着いて玄関の扉を開ける。

「ただいまー」

「あー、疲れたぜ」

「ふふ、あれで疲れちゃったの？　半日もやってないじゃない」

「俺は体を動かすのが好きなんだよ」

なんだかんだ言いながら僕に付き合ってくれたイーヴォにお礼を言って別れる。

模擬試合の準備は順調だ。もうあと一週間もしたら試合当日。

少し前までは模擬試合をとっても楽しみにしていたんだ。

みんなが真剣に戦う姿を見たいなってウキウキしていたし、レオナードとリアの試合だって、本当に……

「どうしてこんなことになっちゃったんだろう」

元はと言えば、僕が二人の伴侶に距離を感じたことが原因なんだよな。

ベルンハルドさんとの間の親密な雰囲気に勝手に嫉妬したのも僕。

ちょっとしたボタンの掛け違いだとはいえ、誰のせいかと言われれば答えは一つ。

「全部僕のせいだ……」

勝手に妄想して、勝手に嫉妬して……何を馬鹿なことをやってるんだろうか。もう、消えてなくなってしまいたい。

僕は立っていられなくなってその場にしゃがんだ。

しばらく自分の馬鹿さ加減に打ちひしがれていると、ふと背中に誰かが手を置いてさすってくれた。

「あ、マヌエルさん……」

「今日は模擬試合の進捗確認を終わらせたみたいだね、お疲れ様。さあ、一緒に食堂へ行こう」

マヌエルさんは何にも聞かずに僕の肩を抱いて立たせると、食堂に連れて行ってくれた。食堂に入っていくと、食事を摂っている騎士のみんなから一番離れた奥の席に僕を座らせる。

「お茶でも飲みながら話そうか。夕食は食べた？」

「いえ……」

「それはいけないね。お腹が空いてしまう」

にこやかな笑みを湛《たた》えながら、マヌエルさんは二人分のお茶と食事を持ってきてくれた。

綺麗で優しい寮長なんて、第一騎士団のみんなは恵まれている。しかも副団長まで務めているのだから、剣の腕だって超一流だ。

今まで僕以外の寮長に出会ったことがなかったから分からなかったけれど、やっぱり騎士団寮の寮長っていうのはこういう人が務めるべきなんだろうな。

ここ数日のあいだにぱっくりと開いてしまった心の傷が、マヌエルさんを前にして再びジクジク痛み出す。

「さてと。私は回りくどいのが嫌いでね。単刀直入に聞いてしまうけれど」

お茶を一口飲んだところで、マヌエルさんがずばりと言った。

「ソウタ、君は全く自信がないんだね。寮長としての自分にも、二人の伴侶としての自分にも」

「……はい」

「なぜ?」

マヌエルさんが真っ直ぐに僕を見ている。吸い込まれそうなほど澄んだ水色の瞳が、今の僕には眩《まぶ》しすぎて思わず目を逸らしてしまった。

「おや。自分ではなかなか答えづらい質問だったかな」

困ったように眉根を寄せるマヌエルさんに、僕は慌てて首を横に振った。

「いえ、そうではないんですが、マヌエルさんにお伝えするには理由がとても幼稚な気がして……」

「君はこう考えているのではないかな。騎士の皆のように屈強ではないし、自分では容姿も美しくないと思っている。だから、自由の羽傭兵団のベルンハルドとレオナードとリアが親しげにしているのを見ると、自分は邪魔者なんじゃないかなと思ってしまう。寮長としても、私と比べたら自分は不十分で他に適任がいるのではないか……とね」

マヌエルさんの言葉に、僕は目を見開いた。どうして僕の心の葛藤を、話してもないマヌエルさんが知っているんだろう。

「そう思っている?」

「お、おっしゃる通りです……。なぜご存じなんですか」

「ふふ、なぜなら私もそうだったから」

「マヌエルさんが!?」

まさか。だって、こんなに強くて美しくて優しくて素敵な人なのに。

「私が入隊した時、もう随分と昔の話だけれども、私は今よりずっと痩せていて、剣など持ったこともない、みすぼらしい少年だったんだよ」

「そんな……。想像もできません……」

「ギヨームに拾われてね。まあ、それは長い話になるから割愛するけれど。私はどうしてもギヨームのそばにいたくて、副団長と寮長の座を射止めると誓った」

そこまで聞いて、ハッとした。

このところ自分のことで手一杯で考えられなかったけれど、この人は王立第一騎士団の寮長だ。

つまりレオナードの叔父さんであるギヨームさんの伴侶ということになる。

ギヨームさんは幸せ者だな。こんなに素敵な伴侶を射止めて。

……いや、違うか。

マヌエルさんが自分の努力でギヨームさんを射止めたんだ。

やっぱりマヌエルさんはすごい人だ。僕なんてただ木の上から落ちただけなのに。

予言された黒の旗手だからってだけで、なんの努力もせずに……

「ソウタは今、私のことをすごいなって思ったでしょう」

「はい、思いました。素晴らしいです」

「素直ないい子には素直にお礼を言うとしよう。ありがとう。私はね、努力をしたんだよ、ソウタ」

――努力。

マヌエルさんのその言葉に、心がぞわぞわする。

「ねえソウタ。寮長になるには何が必要だと思う？」

突然質問されて色々と考えを巡らせたけど、明確な答えは出なかった。だって僕はマヌエルさんのように寮長の素質があるってなったわけじゃない。

僕が寮長になれたのは、ただ……

「自分が王立第二騎士団寮の寮長になれたのは、ただ黒の旗手の条件に当てはまったから。そう思っていないかな？」

「お、思っています……。でも、それが全てなんです！　僕はマヌエルさんのように努力してこの座についたわけじゃない」

「そう。だから君は自信がないんだよ。自分で掴み取っていないから」

頭をガツンと殴られた気がした。

その通りだ。棚ぼたみたいな状態で今の立場を手に入れてしまった。レオナードとリアがどうして僕を愛してるなんて言うのかも分からないままに……

「自分の努力とは関係ない理由で寮長に任命された。だから、ちょっとしたことで動揺してしまう。自分が二人の伴侶で本当にいいんだろうか、寮長として適任なのか、不安が常に付き纏《まと》う。違うかな？」

「そうです……。僕はいつも僕でいいのかなって思いながら二人の伴侶として寮長の仕事を……」

「ソウタの気持ちの中では、そうなんだろうね。でも、本当にそうだろうか？」

「え？」

「君は本当に努力していないの？」

どうだろう。僕は努力をしたかな。

「この寮内を綺麗にしたのは誰なのかな？」

「ぼ、僕です。でも、それはあまりにも埃《ほこり》が溜まっていたから……」

「君は着任早々、寮内を掃除した。どうして掃除をしようと思ったの？」

「衛生状態が悪いと、騎士のみんなが病気になってしまうと思ったので……」

「うん。それから、君はすぐに王立第二騎士団員の名前と所属、大体の性格を覚えたと聞いているよ。どうして？」

「それは……。単純にみんなと仲良くなりたかったのと、誰かが悩んだりしたときに、すぐ変化に気づけると思ったからです」

「君がしたすべてのことは、どれもこれも第二騎士団の団員のため。違う？」

たしかに、騎士団のみんなが快適に過ごせればいいなと思ってやっていた。その気持ちに嘘はない。

「はい、その通りです。ですが、そのくらいは誰でもできることで——」

「できないよ。君がそのくらいと思っていることは、誰にでもできることじゃない」

マヌエルさんは僕の言葉に被せるようにして、否定した。

でも本当にそうなんだろうか。

僕にとっては、節約生活の習慣をそのまま持ち込んだだけだ。

「現に、君が来るまでこの寮は荒れ放題だったじゃないか。あれだけの人数の団員が寮で生活していたっていうのに誰も掃除しなかったんだ。私が見かねて時々掃除しに来ていたくらいだ」

「そうだったんですか!?」

「そうだとも。一ヶ月に一回ほどしか来れなかったから大変でね。君が来てくれてこの寮は見違えた」

「知りませんでした」

「ところで、さっき私がした質問を覚えているかな」

「〝寮長になるには何が必要か〟ですか?」

「そう、答えはね〝団員のことを一番に考えることができる心〟だよ。寮にいる団員たち、もっと言うと第二騎士団員全員が健やかであるように努力できるかどうか。これが寮長になるのに最も大切なことだ」

そんなふうに考えたことはなかった。

だって、当たり前だと思っていたから。

「君が当然だと思っているその考えは、君だけが持つ特別な資質だ」

僕の頭をのぞいたように、マヌエルさんが的確な答えをくれた。

「君は寮長として立派な資質を持ち、そして団員のために最大限の努力をしている。寮長としてこれほど適任な子はいない」

「あの、僕……、僕はここにいていいのかな……」

「もちろんだ。君がいてくれないと私が困ってしまうよ。また掃除をするために王都から通わなければいけないなんて、考えたくないね。それに、君は何か思い違いをしているようだが、寮長を気に入らなければ団員は言うことなど聞きはしないよ。おい、お前たち！」

マヌエルさんは突然、遠くの席で食事を取っている騎士たちに呼びかけた。

「「はいっ！」」

夕食を食べていたのは、朝の訓練を終えた騎馬部隊の六人だった。みんな緊張した面持ちで直立している。

「お前たち、ソウタが寮長を辞めると言ったらどうす――」

マヌエルさんが言い終わらないうちに、騎馬部隊のみんながものすごい速さで駆け寄ってきた。

「辞める!? 寮長を!? なぜですか！」

「まさか、この寮内に寮長を苦しめる輩《やから》がいるのですか!?」

「団長と副団長は何をなさっているのだ！ 寮長の苦悩を見過ごしておられるのか!?」

「我々騎馬部隊一同、寮長に命を預けた身。この騎士団を去るとおっしゃるならば我々も共に！」

全員が膝立ちで僕を取り囲み、ものすごい大声で捲《まく》し立てるものだから、食堂の外にいた騎士のみんなまで何事かと集まってしまった。

「ええっ！ 寮長どっか行っちゃうの!? 何で！」

「そんな〜っ！ だめだよ！」

「ど、どうしよう……。俺たちが寮長に甘えすぎたから嫌になっちゃったのかなぁ」

衛生部隊や補給部隊の面々まで僕を囲み出したから、僕は慌てて否定した。

「ちょ、ちょっと待って！　みんな落ち着いて。そうじゃないから！」

「あっはっは。これは面白いものを見た。大丈夫だ、ソウタはどこにも行かないよ」

マヌエルさんが大笑いして否定してくれたので、騎士のみんなはやっと勘違いに気づいてくれたみたいだ。

「なんだ～。驚かさないでくださいよ」

「寿命が縮んだ気がする……」

「しかし寮長、何か悩み事があるのであれば、どうか我慢せずおっしゃってください」

みんなの温かい言葉に、胸が詰まる。

「僕……この寮にさ、ずっといてもいいかな？」

「「もちろんですよ！」」

「ふふ、ありがとう。ありがとう、みんな……」

僕は泣いた。ずっと開いたままだった心の傷に、騎士のみんなの優しさが染みたから。そして、マヌエルさんが隣で微笑んでくれたから。

「マヌエルさん、ありがとうございます」

「どういたしまして。ああ、ソウタ、もう一つだけ君に教えることがある」

マヌエルさんが僕の両頬に手を添えた。

「君はとても強い子だ。愛らしい魅力を常に振りまきながらも、決してそれに頼らず努力を惜しまない。献身的で時に自分をおざなりにする姿に庇護欲を刺激される。他の誰と比べたって何一つ劣らない君だけの特別な魅力だ」

「マヌエルさん……」

「レオナードもリアも、君のそんなところを愛しているんだよ。黒い髪に黒い瞳の黒の旗手だからじゃないんだ」

「……！」

「だから安心して二人の胸に飛び込みなさい。君は二人の伴侶にふさわしい。私が保証しよう」

「……っ、はいっ！」

「君はいい子だね、ソウタ。もしもどうしても我慢できないことがあったら、ちゃんと二人に言葉で言ってごらん。それでも溝が埋まらなかったら喧嘩をしたっていいじゃないか。そんなことで君たちの関係にひびが入るようなことにはならないよ」

マヌエルさんはそう言って僕の額に真っ赤な唇を寄せてくれた。

「ありがとうございます！　僕、マヌエルさんとお会いできて本当に嬉しいです！」

僕はありったけの感謝を込めた笑顔でお礼を言うと、レオナードとリアを捜しに食堂を出た。今すぐ二人に僕の気持ちを伝えたくてたまらなかった。

もしかしたら、彼らには愛していた人がいたかもしれない。ベルンハルドさんがその愛した人だとしても、どうか僕を選んでほしい。

どうしても無理ならばここを去るだけだ。

一人でぐるぐる考えていたって仕方がない。こうなったら当たって砕けろだ！

寮内を二人を捜して歩き回る。すれ違った団員のみんなに聞いて回ったけど、三人を見た人はいなかった。一体どこにいるんだろう。多分三人はナイショの話をしているはずだ。

それならば、この領内で団員の人が誰も入れない場所で話をしているに違いない。どこだろう、そんな場所があるかな。

「あ……屋上！」

レオナードが夜な夜な一人で自主訓練をしている屋上は、彼の執務室の奥にある階段からしか入れない。あそこなら他の団員に聞かれることはない。

僕は急いで三階に行くとレオナードの執務室の扉を開けた。執務室には誰もいない。部屋の奥にある扉を開けて屋上への階段に足をかけた、その時。

「とにかく、このことはソウタには言うな。分かったな」

「分かっていると何度言わせれば気が済むんだい。それほど薄情者ではないよ」

階段の上から聞こえてきたのは、レオナードとベルンハルドさんの声だった。そこにリアの声が重なった。

「ソウタがこれを知ったらどう思うだろうか……」

一体何の話をしているんだろう。心臓がドキドキとうるさいほど鳴っていた。とにかくここを離れなくてはいけない。

僕は静かに、でも素早く後退ってレオナードの執務室から出た。

寮長室に戻って高なる胸に手を当てて落ち着こうとした。

「ソウタ……？」

しかし後方から聞き慣れた声がかかった。後ろを向くと、レオナードが心なしか驚いた様子で僕を見ていた。

さっきの話を聞いたことがバレただろうかとヒヤヒヤしたが、どうやらそうではないようだ。レオナードはすぐに具合の悪そうな僕を見て心配そうな顔をした。

「どうした、どこか具合でも悪いのか？」

「あ、うん、少し……。でも少し休めば大丈夫だから」

「ずいぶん顔色が悪い。とりあえず座れ」

「あ……」

レオナードやリアとの関係がギクシャクして、久しぶりに触れたレオナードの手がひどく懐かしくて泣きそうになる。

レオナードが僕を長椅子に座らせている間に、リアが膝掛けを用意してくれた。

「大丈夫かい、温かい飲み物でも持ってこようか」

「ううん、平気。それよりも僕、二人に……」

そこまで声にして僕のそばに跪《ひざまず》いている二人を見る。真正面から顔を見るのも数日ぶりだ。なんだか堪えていた涙が溢れそうだ。

「どうした、ひょっとしてイーヴォの野郎に何かされたか？」

レオナードが急に剣呑《けんのん》な表情になったので、僕はすぐに首を横に振った。

「ううん、イーヴォはすごく優しくしてくれるよ。僕の仕事もちゃんと手伝ってくれるし」

「なんだ、随分と仲良くなったんだな」

あれ？　なんだか急に雲行きが怪しくなってきた。レオナードの隣ではリアが無言のまま怖いくらい瞳に怒気を湛《たた》えている。

「ソウタ、もしかして私たちのいないところでイーヴォと親しくなったのかい？」

「親しくっていうか、僕たち友達になったんだ。だから、楽しく過ごせてるよ……」

僕が言い終わらないうちにレオナードが鋭い口調で遮る。

「ちょっと待て、ソウタ。あいつと仲良くする必要はないぜ。そばに置いたのはあくまで俺たちがいない間の警護のためだ」

「……どうして仲良くしちゃいけないの？」

「あいつはお前に下心があるからに決まってるだろうが」

――そんな馬鹿な理由ってある？

レオナードの言い草にカチンときた。

「それじゃあ、レオナードの言うことが事実だとして、そんな下心のある人を僕の警備につけたってこと？」

レオナードがぐっと言葉を詰まらせた。

ほら、図星じゃないか！

「とにかくだ、あいつとは必要以上に口をきくなよ」

「私からも同じ忠告をさせてもらう。ソウタ、君はそういったことには鈍感だ。自分でも気を付けてほしい」

二人の言い方といったらそれはもうひどいものだった。

これじゃあまるで僕が二人の伴侶がありながら、下心丸出しで近づいてきたイーヴォにホイホイついて行ったみたいじゃないか！

「……に、それ」

沸々と込み上げる怒りに震え、拳をぎゅっと握った。

「ん？　なんだって？　よく聞こえなかったが、とにかくお前は俺たちの言うことを聞いておけ」

「私たちの忠告を理解してくれたかい？」

この二人の発言がとどめになって、僕の怒りはついに噴火してしまった。

「僕はそれほど馬鹿じゃない！　なんて自分勝手なんだ、二人とも！」

「お、おいソウタ」

「どうしたんだいきなり」

「いきなりじゃない！　ベルンハルドさんが寮に来てからこっち、三人して秘密の話だかなんだか知らないけどイチャイチャしちゃってさ！」

「待て、誰がいちゃついてたって？」

「レオナードだよ！　僕にも見せないような無邪気な顔して意気揚々と昔話なんかしちゃってさ、

僕のことそっちのけだったくせに。リアだってそうだよ！　子供みたいな顔して懐かしいなとか言いながら三人で顔突き合わせて！　なんの話をしてるのかも全然教えてくれないし。浮気してるのはそっちだよ！」

「おい、ちょっと待て！　なんだか分からんが誤解してるぞ！」

「そうだよ、ソウタ！　私たちが君を愛していることは君が一番知っているだろう？」

僕だってよく知ってるつもりだった。でも、もしかしたら違うかもしれないんだもの。どうやって信じていけばいいのか分からないよ。

「僕を愛してるって言ったけど、僕がこの世界に来なければ……黒の旗手の予言がなかったら……、ベルンハルドさんと恋人になりたかったんじゃないの⁉」

「え、私⁉」

ここまでずっと無言で見守っていたのに、突然僕に名指しされたベルンハルドさんが目をまん丸にして驚いている。

「だって僕はずっと放っておかれたんだから！　もう、レオナードとリアなんて知らない！」

「はあ⁉」

「ちょっと落ち着きなさい、ソウタ！」

「来ないで！　僕は怒ってるんだからね！」

僕を宥めようと近づいてきた二人に、僕は噛み付かんばかりに歯を剥《む》いて怒った。

もうこうなったらとことん喧嘩してやる！

僕は放心状態の二人を部屋に残して、ズンズンと足音を鳴らしながら階段を一階まで降りた。今日はもう寮長室には戻るつもりはない。玄関で寝てやるから！

「おやおや、随分と派手な喧嘩をしたようだね。階下まで声が響いていたよ」

「あ、マヌエルさん……。すみませんお見苦しいところを」

くすくすと笑うマヌエルさんは、なんだか悪戯《いたずら》っ子のような顔をしている。

「よし、ソウタ。実家に帰る準備をしてくれ」

「実家、ですか？」

「そうだとも。伴侶と喧嘩をしたときは実家に帰るというのが常套《じょうとう》手段さ」

「でも、僕の実家は……」

僕の実家はこの世界にはない。

というか、母さんが死んでしまったから実家そのものがないと言っていい。

マヌエルさんは僕の考えていることが分かったのだろう、パチンとひとつ指を鳴らすと得意げにこう言った。

「君はあいつらの伴侶になったんだから、もう一つの実家があるだろう？」

「もう一つの実家……？　あ、ひょっとしてレイル城!?」

「そうとも！　伴侶の実家は君の実家さ。マティス殿とヴァンダリーフ殿にあの二人の悪口を言いつけにいくとしよう」

マヌエルさんは楽しくて仕方がないというふうに、さあ善は急げだよ、と言って、僕の手を引いてさっさと寮を出た。

さてはこの人、僕たちの喧嘩を楽しんでいるな……

でもたしかに寮の他に行くあてのない僕にとって、レイル城はとてもいい避難場所とも言える。

まあちょっと、避難先がお城っていうところは気がひけるけど。

いいや、僕は怒っているんだ。

この際、レイル城でもいい。二人に僕が本気だということを分からせるチャンスかもしれない。

「分かりました！　僕、実家に帰らせていただきます！」

「そう来なくては！　私の馬であっという間だよ」

「はい！　お願いします！」

二人して馬で夜のレイル領を駆け抜ける。目指すはレイル城だ。

◇◇◇

王立第二騎士団寮とレイル城との距離は徒歩で十五分ほどの近さだ。マヌエルさんの馬で駆けたら、あっという間にお城に着いた。

勢いで寮を出てきてしまったけれど、本当に大丈夫なんだろうか。冷静に考えたら夜更けの突然の訪問は失礼かもしれない。

ましてや相手は義兄とはいえレイル領主だ。

「あの、マヌエルさん……やっぱりさすがに突然すぎるんじゃ……」

「心配しなくても大丈夫だよ、マティス殿はこういうのが大好きだからね」

「あ、それはなんとなく分かります……」

マティスさんって結構レオナードをからかうのが好きだからなぁ。今回の喧嘩にも嬉々として食いついてくる可能性は高い。

馬を降りて門番にマヌエルさんが名を告げると、すぐに通された。建物へと続く長い道を、マヌエルさんと一緒に歩く。

レオナードとリアは今頃どうしているだろうか。ついに追いかけてくることはなかったけど、僕に呆れたかな。

まあ、来ないでって言ったのは僕なんだけど……

今になって隣に二人がいないことが、こんなに心細くて寂しいと気がついてしまった。

「ソウタ！」

僕たちがそろそろ城の中に入るための大きな扉にたどり着こうとした時、扉が開いて中からマティスさんが僕を呼びながら走ってきた。

「あ、マティスさん……。うわっ」

「ソウタ、うちの愚かな弟が済まなかったね」

がばりと僕に抱きついたマティスさんが力強く抱きしめてくれた。上背のあるマティスさんの胸に抱き止められると、僕はすっぽりと埋もれそうだ。

大きな手が僕の頭をよしよしと撫でてくれた。

「いえ、違うんです……。僕が悪いんです。勝手に落ち込んで八つ当たりしちゃったから……」

「まさか。どう考えても君に不審を抱かせる行動をとった二人が悪いんだ。それに、たとえ君の八つ当たりだったとしても、それを全部受け止めるのが伴侶だろう？　まったくあいつらときたら不甲斐のない……」

マティスさんは僕を抱きしめていた腕をそっと離すと「さあ、おいで」と手を引いて城の中に招き入れてくれた。

実はレイル城に入るのはこれが初めてだ。

外観も白壁に濃紺の屋根が素敵なお城だけど、城の中もそれは美しかった。

大理石の床はピカピカに磨かれていて、壁には無数の絵画が飾られている。天井には豪華なシャンデリアがぶら下がっていて、大きな窓にはたっぷりとしたビロードのカーテン。

所々に置かれた大きな花瓶には様々な花が生けてある。

僕が西洋のお城と言われて思い浮かべる、豪華で華麗な城だ。

今さらながら、レオナードがこんな素敵で豪華なお城で幼少期を過ごした生粋の貴族だということに驚いてしまう。だって、普段はあんなにぞんざいな口振りなんだもの。

あ、でも食事をしている時はすごく所作が綺麗なんだ。やっぱりあれは小さい頃からの教育の賜物なんだなぁ。

ポカンと口を開けてキョロキョロしていると、マヌエルさんにくすくすと笑われてしまった。

「そんなに口を開けていると顎が外れてしまうよ」

「そ、そうですね……！」

「さて、それでは君のことはマティス殿とヴァンダリーフ殿にお任せして、私は第二騎士団寮に戻るとしよう。君が不在の間は私がしっかりと寮の面倒を見るから、ゆっくりするといいよ」

マヌエルさんはマティスさんに挨拶を済ませると、カツカツと足音を優雅に響かせて城を後にした。

僕はマティスさんに導かれるまま二階の奥にある部屋に着いた。そこはどうやら寝室のようで間取りや家具の配置は寮長室と似ていた。

僕たちが入ると、部屋の長椅子に座っていた男性が立ち上がった。リアの叔父さんでマティスさんの伴侶であるヴァンダリーフさんだ。

ヴァンダリーフさんもまた、僕を見るなり岩のように大きな身体で僕を抱きしめてくれた。

「随分やつれたな。温かい茶を用意したから、まずは座って落ち着きなさい」

「はい……。ありがとうございます」

普段は無口のヴァンダリーフさんが、僕に言葉をかけてくれたことがとても嬉しかった。本当に心配してくれていると実感できて、無性にほっとした。

ヴァンダリーフさんに手を引かれて椅子に座ると、用意してくれたお茶を飲む。紅茶に似た柔らかな香りが鼻腔をくすぐり、口をつければほんのりと甘い。

ああ、これはいつもリアが淹《い》れてくれるお茶の味に似ている。リアもいつだって僕の体調を気遣ってくれるもんね。そういうところは叔父さんと似ているのかもしれない。

急に押しかけてきたのにもかかわらずこんなに温かく迎え入れてくれて、なんだか本当に実家に帰ってきたみたいだ。

あれ……でもどうして僕がマヌエルさんとレイル城に来ることを知っていたんだろう。それにマティスさんとヴァンダリーフさんは、僕とレオナードとリアが喧嘩したことも知っているような口振りだ。

僕がその疑問を口にする前に、マティスさんが答えを教えてくれた。

「君がここに来る少し前に、レオナードから至急の便《たよ》りが届いてね。君がとても怒って家を出てしまったから、多分そっちに行くだろうって。無事に到着したことを知らせないと団員総出で街中を捜索しかねないな」

マティスさんは長椅子の横にある小机に備え付けられたメモ用紙にペンを走らせると、ぴい、と指笛を鳴らした。

笛の音に反応してやってきた小鳥に手紙を託すと、レオナードに渡すよう言って窓から鳥を放つ。これでレオナードとリアに僕がレイル城にいることが知らされたわけだ。

家を出ると騒いでおきながら目と鼻の先のレオナードの実家に逃げ込んだと知られるのは、ちょっぴり恥ずかしい。

「そうだったんですね……」

「さてと。君が溜め込んでいる伴侶への不満を、全てこの私とヴァンに打ち明けてごらん」

向かいの椅子に座りながらマティスさんが楽しそうに身を乗り出す。

ヴァンダリーフさんはやれやれといった表情をしていたが、僕と目が合うと静かに、でも力強くこくりと頷いてくれた。

僕は二人に促されるまま心の内を曝《さら》け出した。

二人が聞き上手なもんだから、それはもう洗いざらい。

自由の羽傭兵団の二人、特にベルンハルドさんが来て以降、レオナードとリアは僕よりもベルンハルドさんといる時間のほうが圧倒的に多くなったこと。

これまで他の人に託したことなんてなかった僕の護衛を、自分たちが嫌っているイーヴォに任せたことで僕は傷ついたこと。

自分はベルンハルドさんと何やら秘密の話をしているのに、僕とイーヴォが仲良くなって友達になることには有無も言わさず反対してきたこと。

そこまで話したところで、マティスさんは顔を思いきり顰《しか》めて怒ってくれた。ヴァンダリーフさんも無言のまま眉間の皺《しわ》を深くしている。

「話を聞いたら、ソウタは全然悪くないじゃないか！　そんな状況に置かれたら誰だって不安になるだろう」

「伴侶の気持ちも分からないようでは、まだまだあの二人も子供だな」

「ほんとだよね、ヴァン。私たちを見習ってほしいものだ。ただね、ソウタ。これだけは二人の名誉のために言っておくけれども、ベルンハルドと二人の間に恋愛感情はない。それは私が保証するよ。二人は君を溺愛している」

マティスさんの言葉が僕の心にすっと入ってきて、今までのモヤモヤが一気に晴れたような気がした。

でも恋愛感情じゃないとしたら、あの三人に漂《ただよ》う特別な空気の正体は一体……

「あの三人が君に秘密にしていた話の内容は、私が言うよりもレオナードとリアから直接聞くのがいいだろうな。ベルンハルドと二人の間柄についてなら、私が話してもいいが……。それとも当事者である君の口から伝えるかい？」

「え？」

マティスさんが目線を僕の後ろに移したので、反射的に振り返る。すると部屋の扉にもたれかかるようにしてベルンハルドさんが立っていた。

いつの間に部屋に入ってきたのだろうか。気配すらしなかった。

ベルンハルドさんは驚く僕の顔を見ると、もう我慢できないというように吹き出した。

「えっ、なんで笑って……」

「ふふ、あははは、だって君……！　私とあのレオナードとリアが恋仲だって⁉　なんて面白い冗談なんだ！」

お腹を抱えて笑うベルンハルドさんは、寮で見せていた厳格な雰囲気とは随分違って無邪気な子供のようだった。こんな顔をする人だなんて思わなかったのでびっくりしたけれど、笑われるのはあんまり嬉しくない……

「ああ、ごめんごめん、笑ってしまって。そんなふくれっつらをしないで機嫌を直してくれ。なるほど、君のその純粋さがレオナードとリアの心を溶かしたというわけだね」

ベルンハルドさんは僕の隣にどかりと座ると、マティスさんとヴァンダリーフさんに慇懃《いんぎん》にお辞儀をした。

「お久しぶりでございます、マティス殿、ヴァンダリーフ殿下」

「やめろ、気味が悪い。しばらく顔を見せないと思ったら、本当に自由の羽傭兵団の団長になっているとはな」

「昔から心配ばかりかけるやつだ」

二人の口振りからすると、彼らもまた親しい間柄だということがわかる。

「さてと、ソウタ。そろそろ知りたくて我慢できなくなってきただろうから、私と彼らの間柄を説明するとしようか。私たちはね、かつて殺し合いの戦いを繰り広げた仲なんだ」

「こ、殺し合った……!?」

全く予想外の答えで理解が追いつかない。

「え、それってどういう……」

「ああ、いい反応をするね。君を見ているとゾクゾクするな。かなり昔の話をすることになるんだが、私は知っての通りザカリ族の両親のもと、ライン王国の北にある雪山で生まれた。ザカリ族ではね、男児は幼い時分から必ず戦いの訓練をさせられるんだ。いつかライン王国を襲い、その領土を自分たちのものにするためにね。私もそう教育されてきたし、ライン王国を乗っ取ることを何一つ疑わなかった」

ベルンハルドさんは自身の右側にある大きな火傷の跡を指差した。

「私が十歳の時、ザカリ族はライン王国を手中に収めるため総攻撃を開始した。レイル領も標的だ。私はレイル領に火をつける役目だったんだよ。かつてレイル領を焼き放ったのは、この私だ」

「そ、そんな！　十歳の子供がそんな危ないことを……」

「私も今ならそう思う。実際、私は捨て駒だった。だって火をつけてしまったら、自分も火の粉から逃れられないのだからね……。私は作戦を決行し、成功させた。仲間が領主とその伴侶、マティスとレオナードのご両親を殺し、領民が厚く信仰していた星導教の施設に火を放った。あとは逃げるだけだったんだが、あいにくと火の回りが速くてね。この通り顔に火傷を負い、瓦礫の下敷きになった」

僕は何も言えなかった。

目の前で静かに微笑んでいるベルンハルドさんが、本当にそんなことをしたんだろうか。

それじゃあレオナードとリアにとって、ベルンハルドさんは完全に敵ではないか。

「不思議だと君も思うだろう？　なんの因果か私は助けられ、この城の牢に繋がれた。子供だから処刑は免れたがね。ある夜、牢に繋がれている私のところにレオナードとリアがやってきた。手に剣を携えてね。牢の鍵を開けて私の手錠を外すと剣を差し出したんだよ。そしてレオナードにお前を殺すと言われた」

ベルンハルドさんは懐かしそうにくすくすと笑いながら、昔話の続きを教えてくれた。

「さっきも言った通り、私は幼少から戦いの訓練を受けている。こいつらを倒して自由の身になろうと決意したね。そこからはレオナードとリアと、三人で殺しあった。たかが十歳だが、三人とも剣の扱いには長《た》けていた。至る所に傷を負いながら必死に戦ったよ」

「ベルンハルドさんはお一人でレオナードとリアの相手をしたんですか？　二人とも強いのに……」

「戦いにおいて、最も大事なのは過去に命のやり取りをしたことがあるかどうかなんだ。その点で私には利があった。すでに何人か殺《あや》めていたからね。あいつらに同じ経験があったら私は今ここにいないよ」

なんて過酷な生い立ちなのか。

戦争とは無縁の環境で生きてきた僕にはとても想像つかない。

「お互いかなりの傷を受けたところで、そこのヴァンダリーフ殿下に見つかってしまってね。私はいよいよ死を覚悟したわけだが、なぜか無罪放免になった上にこの城で下働きをさせられることになったんだ」

ヴァンダリーフさんは居心地悪そうに、もぞもぞと体を動かした。

「子供に罪はない。それにお前の世代でザカリ族のそういう考え方を断ち切りたかったのだ。私のもとで再教育させた」

「再教育というよりも、こき使われて厳しく躾《しつ》けられただけだ。レオナードとリアは隙あらば私を殺そうとしていたしね。まあそれは今も変わらんが……」

「お前たちの殺し合いが次第に殺気のないものになった時に、私は己の勝利を確認したよ」

「教育の勝利、ね……。まあそのおかげで私はこの城を飛び出して傭兵団に入ることができたわけだし、あなたには感謝しているよ」

「お前に感謝される日が来るとは思わなかったな。だが、元気な顔を見られて安心したぞ」

「私もいい大人になったのでね」

ベルンハルドさんとヴァンダリーフさんの会話は知らない人が聞いたら殺伐として聞こえるかもしれないが、僕には会話の奥にお互いへの愛情が見えた。二人は師弟のような関係なのかもしれない。

「そうだったんですね……」

「そうだ。そういうことなので、ソウタが心配しているような関係ではないから安心してほしい。むしろその逆かな」

「そうでしょうか……。特別な絆で結ばれた親友って感じですよね」

ベルンハルドさんは僕の言葉に面食らったように目を見開いて、あははと高らかに笑った。

「いまだに私の命を狙ってくるあいつらが親友ねえ、それは面白いな」

「あの、今さらなんですが……。この度はとんだ失礼をしてしまって、その、すみません……」

こんな辛い過去を持った人に、僕は勝手に嫉妬して喧嘩に巻き込んでしまった。もうどれだけ謝ればいいのやら……恥ずかしすぎる。

「いや、気にしていないよ。君のおかげで二人の腑抜けた様子を堪能できた。とても面白かったよ」

「お、面白かったですか……？」

「ああ、面白かったよ。ソウタ、あの二人はあの大事件があってから何かを所有しようとしたことがないんだ。いつかは消えてなくなることを身をもって経験したからね。二人の執務室には、彼らの私物がほとんどないだろう？」

「はい、それは僕もちょっとだけ気になっていました」

僕の寮長室から続くレオナードの執務室は文字通り空っぽだし、リアの部屋には仕事の書類は山盛りだけど、リア個人の持ち物は何もない。

「守るもの、大事なもの、そういうものをあいつらは持たない。だが久しぶりに再会したら、二人は君を伴侶に迎えていた。自分たちの命よりも大事なものを一つだけ所有していたんだ。私は心底驚いたし、まあ、少しだけ嬉しかった。彼らをそうさせたのは私だからね……」

「ベルンハルドさん……」

「だから君は安心して、二人の唯一の所有物として、存分に甘やかされればいいのではないかな」

「はい……！　ありがとうございます！」

ベルンハルドさんがくれた言葉は、このところ萎《しぼ》みっぱなしだった僕の元気を取り戻してくれた。

いまだにお互い殺すつもりがあるなどと言いながらも、二人を密かに心配していたベルンハルドさん。

きっとレオナードとリアも同じように、ザカリ族として命を無駄にしかけたベルンハルドさんの幸せを密かに願っているのだろう。

ベルンハルドさんは僕をじっと見つめると、一つだけ忠告させてくれ、と言った。

「ソウタ、君はおそらくこれからライン王国とザカリ族の因縁について知ることになる。でも君はその渦《うず》に呑み込まれてはいけない。常に外側にいなさい。それは君にしかできないことだし、それが最も大事なことだから」

「はい……」

ライン王国とザカリ族の因縁。

これを知ればレオナードとリアのことをもっと深く理解することができると確信している。

でも同時にその一端を聞いただけでも悲しく暗い歴史だと感じていた。僕が軽はずみに聞いてしまっていいのだろうか、二人が僕に言いたくなった時に聞いてあげればいいのではないかと考えて、あえて遠ざけてきた話題でもある。

でも、もうこれ以上逃げるのはやめたい。

真正面からこの国の抱える歴史と向き合って、レオナードとリアを深く知っていくんだ。そう決意を新たにした。

誰も言葉を発しないしんと静まり返る寝室で、マティスさんがいきなり手をパチンと叩いて静寂を破った。

「さて、ソウタは気持ちが落ち着いたかな？」

「はい、なんだか僕の勘違いで皆さんを振り回してしまい恥ずかしい限りですが、気持ちはだいぶ楽になりました」

「うん、それではもう今日は寝よう。夜もだいぶ更けた。話なら明日でもできるからね」

マティスさんの提案に、ベルンハルドさんも椅子から腰を上げる。

「では私も宿に戻ります。ソウタ、また後日」

ベルンハルドさんは僕たちにお辞儀をするとさっさと部屋の扉に向かう。僕が背中に向かってお礼を言うと、振り返って微笑んでくれた。

それを見送ると、マティスさんが話しかけてきた。

「ソウタはこの部屋を使いなさい。隣は私たちの部屋だから何かあれば遠慮なく呼んでくれ」

「ありがとうございます……。あの領主様のお部屋の隣を使ってしまっていいんでしょうか」

「この部屋はね、もともとレオナードの部屋なんだ。リアもよく泊まりに来ていた。伴侶の君が使ってはいけない理由なんて一つもないよ」

「ここがレオナードの部屋……」

マティスさんとヴァンダリーフさんは僕に「おやすみ」と言い、それぞれおでこにキスをしてくれたあとで、部屋から出ていく。急に静かになった部屋を、僕は改めて眺めた。

部屋の壁に置かれた暖炉《だんろ》の上には燭台の他に、小さな男の子の肖像画があった。

燃えるような金色の髪に、透き通った灰色の瞳は、間違いなくレオナードだ。これは五歳くらいだろうか。愛らしい笑顔のレオナードは、今の姿からは想像できないほど可愛らしい。

その隣には、真面目な顔の男の子も飾られていた。これはすぐに誰だか分かる。リアだ。今と全然変わっていない余裕のある出立ちに、昔からそうだったのかとちょっと笑ってしまう。

僕は二人の肖像画が入った額縁を持ってベッドに潜り込むと、それをぎゅっと抱きしめた。

一人だけど、一人じゃない。そんな不思議な感覚だ。色々ありすぎて疲れていたのか、僕はその夜ぐっすりと眠った。


窓の外からうっすらと朝を告げる鳥の鳴き声が聞こえる。

柔らかな日差しが起きる時間だと告げているけれど、ぽかぽかと暖かくて、目を開けるのがもったいない。

「うーん、もうちょっと……」

もう少し朝寝を続けたくてもぞもぞと身じろぎしたが、ここが王立第二騎士団寮じゃないことを思い出して飛び起きた。

「そうだ、ここレイル城だった！　マティスさんとヴァンダリーフさんよりも早く起きなきゃ！」

いくら実家のような安心感があるとはいえ、ここは伴侶の実家である。

自分だけ朝寝坊なんて絶対にやっちゃいけない。僕は大いに慌てて身支度を済ませると部屋を飛び出した。

「え、っと……。そういえば僕はどこに行けばいいのかな」

とりあえず朝なのだから食事を摂る部屋にいけばいいのだろうけど、その部屋がどこにあるのか知らない。しばらくうろちょろしていると、執事のような姿をした人が僕を見て深々とお辞儀をしてくれた。

「あの、すみません。マティスさ――マティス様とヴァンダリーフ様に朝のご挨拶をしたいのですが……」

「では、こちらへどうぞ」

執事さんが庭の奥へ案内してくれた。

そこは咲き誇る花々に囲まれた四阿《あずまや》だ。四阿の中には小さな机と椅子が並んでいる。

「少々お待ちくださいませ」

執事さんはもう一度僕にお辞儀をすると去っていった。

マティスさんとヴァンダリーフさんの姿はまだ見えない。ひとまず僕が朝寝坊をしたわけではなくてよかった。

僕は二人を待つ間、四阿の周りの花壇を見て回った。花壇では柔らかな色彩の小さな花がそよ風に揺れている。

「可愛い花だな」

別に豪華絢爛というわけではない。でもずっと見ているとなんだか幸せな気持ちになる不思議な花だ。

しゃがんで花に夢中になっていると後ろから足音が聞こえてきた。マティスさんとヴァンダリーフさんが来たみたいだ。急いで立ち上がって振り返る。

「あ……。レオナード、リア……」

なんと、マティスさんとヴァンダリーフさんではなくて、レオナードとリアだった。

二人はいつもの隊服ではなく、淡い空色に金糸の施されたジャケットにリボンタイのシャツを着ていた。

腰に下げた剣はいつもとは違って豪華な宝石が嵌め込まれている。二人とも髪を綺麗にセットしていて、咲き誇る花の中を颯爽と歩く姿はまるで絵本の中の王子様のようだった。

「え、一体どうしたの？　そんな服を着て」

僕の問いかけには答えずに、二人はおもむろに片膝を地面について首《こうべ》を垂れた。

「ちょっと、二人とも？」

「此度《こたび》は我が最愛の伴侶に対し、その尊厳を傷つけ蔑《ないがし》ろにする態度をとったこと深く謝罪する」

「汝の深い御心で我らを許してほしい」

二人は突然、僕の手をそれぞれ握ると手の甲に静かに唇を当てた。

こ、こういう場合、僕はどうすればいいのかな……

許すも何も、もう全部僕の勘違いだったわけで。とにかくそのことは正直に伝えたほうがよさそうだ。

「ゆ、許します。勘違いで騒いだ僕が悪かったです……。あ、でも僕に色々内緒にしているのと、放って置かれたことは、まだちょっとだけ怒ってます……」

「ふ、くく……」

「うふふ……」

二人は唇を僕の手に当てたまま肩を震わせて笑いを堪えている。一生懸命頑張って雰囲気に合わせた返事をしたのに、笑うなんてひどい。

「もう、笑わないでよ」

「こういう時は全て許しますって言えよ」

「君は本当に……。愛おしすぎて思わず笑ってしまう」

二人は手を離して顔を上げて笑った。ものすごく久しぶりに笑顔を見た気がして胸がじんと熱くなる。

レオナードが腰に下げていた剣を引き抜くと、捧げ物をするように両手で持って厳かに差し出した。

「この剣を持って俺の左肩に当てろ。大丈夫だ、儀式用だから刃は潰してある」

「うん……」

僕は言われた通りに剣を受け取った。儀式用とはいえ、ずしりと重い。レオナードの左肩に剣をそっと置くように当てた。

「改めて俺を許すと言ってくれ」

「あなたを許します、レオナード」

「ありがたき幸せに存じます。生涯を通じて二度と伴侶である貴方を悲しませないと誓う」

レオナードが僕から剣を受け取ると、リアも同じように自分の腰から剣を抜いた。

「あなたを許します、リア」

「貴方の寛大な御心に感謝いたします。二度と貴方に涙を流させないと誓う」

僕は胸がいっぱいで何も言えずにしばらく立ちすくんでしまった。二人の真摯な謝罪が心に沁みる。

こんな真摯で目が眩《くら》まんばかりの謝罪をされたことなんてなかった。でも、それなら僕だって二人に言わなくちゃいけない。

僕は立ち上がった二人と入れ替わるように、その場に片膝をついた。

「僕も、二人に謝罪させてください」

「おい、お前は悪くないんだから……」

「ソウタ、立ち上がってくれ……」

「いいえ、僕は伴侶である二人の心を信じきれずに、他の人に気持ちがあるのではないかと疑いました。自分勝手な嫉妬をして周囲を巻き込んで騒動まで起こしてしまったこと、心から反省しています。どうか二人に許してもらえますように」

僕の心からの謝罪に、レオナードとリアは二人してしゃがむと僕をぎゅっと抱きしめてくれた。

「お前の可愛い嫉妬なら、何回でもやっていいぞ」

「私もその度に、君への愛を深めることができるからね」

「うん、ありがとう。ごめんね……」

三人揃ってぎゅうぎゅうと抱きしめながら、謝罪しあった。日常が戻ってきたみたいで幸せだ。

「ねえ、さっきから気になっていたんだけど……。二人のその服、どうしたの？」

「これはね、本来は婚姻の儀式で着る衣装なんだよ」

「婚姻!?」

思わず声を上げてびっくりしてしまった。そんな大事な服を着て謝罪に来てくれたの!?

「本当はすぐにお前を追いかけて、部屋に閉じ込めてやろうかなとも思ったんだけどな」

「えっ!?」

「マヌエルがお前に付き添うって言うから、俺たちは一晩かけて覚悟を決めた」

レオナードとリアはさっきまでの雰囲気から一転して真剣な表情を浮かべる。

「ソウタ、俺とリアの……、いやこのライン王国には暗い歴史がある。それをお前に伝えることを極力避けてきた」

「うん」

「君がそれを知ったら、私たちの運命に巻き込んでしまうのではないかと考えていたんだ」

レオナードとリアはそこでお互いに顔を見合わせると小さく頷いた。

「だが、今回のことでそれが逆にお前を傷つけていると知った。……ソウタ、お前は知る覚悟があるか？　俺たちの過去を」

「もちろん聞かないという選択肢もある。今ならまだ……」

「ううん、聞きたい。二人の全部を聞かせてよ」

僕は二人の顔を見つめてはっきりと自分の意思を伝えた。もう聞く覚悟はできている。

この国に起きた出来事も、レオナードとリアの過去も。

僕たちは四阿《あずまや》に移動して椅子に座る。

一息ついたところでレオナードが、ゆっくりと語り始めた。

「ソウタはライン王国の歴史についてどこまで知っている？」

「ほとんど知らない。今から千年前に建国されたってことは聞いた」

「そうだ。ライン王国が建国されるまで、この地域は大小様々な部族がひしめき領土を奪い合っていた。その部族の中で台頭したのがヒュストダール族だ。彼らは周辺地域を平定し、各部族の領主を従えて国家を形成しこれを統治した」

「それがライン王国の始まりなんだね」

「地域の平定には多くの困難と犠牲を払ったと言われている。そんな時に、一人の救世主が現れた。その男はどこからともなく現れてライン王国の建国に大いに力を貸したという。男は真っ赤な髪に灰色の瞳を持っていた。名をマクシミリアン・ブリュエルという」

「え、それってレオナードのご先祖様？」

レオナードは「ああ」と頷き、先を続けた。

「マクシミリアンはヒュストダール族と共に戦いライン王国建国に力を貸したが、自分が国の中枢に入ることを良しとしなかった。そこでヒュストダール族の部族長、のちのライン王国初代国王は、彼に領土を与えることにした。マクシミリアンが希望したのが今のレイル領がある場所だ」

そんなはるか昔からレイル領がブリュエル家のものだったことを聞き、僕は驚いた。

「当時は何もないただの砂漠地帯で、どの部族もこの土地を欲しがらず半ば放置されていた土地だった。マクシミリアンは彼に心酔した一部のヒュストダール族と共に移住し、この地を一大交易地にした」

「すごい人だね……」

「歴史家の中には、ブリュエルは異世界からやってきたのではないかと考える者もいる」

「異世界？　僕と同じように？」

「そうだ。千年も経った今となっては、確かめようがないがな。もしかしたら俺の先祖はお前と同じ境遇だったのかもしれない」

そうか、遥か昔にも僕と同じような人がいたかもしれないんだ。僕は大昔の、まだ砂漠地帯だったレイル領に立つ一人の青年を思い描いた。

真っ赤な髪を靡《なび》かせて砂の大地に立つマクシミリアンは、さぞ勇壮だったことだろう。千年も前の、なかば伝説と化している人だというのに不思議な親近感を覚えた。

「マクシミリアンはレイルに根をはり、レイルは代々彼の直系の子孫が治めた。ライン王国からは感謝と信頼の証として自治権を授けられ、ライン王国とブリュエル家は強固な同盟関係を結んだ」

レオナードは言葉を切ると、少しの間目を閉じた。

「時代は進み、今から五百年ほど前。ライン王国に危機が訪れる。北方から賊が攻めてきたんだ。ザカリ族だ」

「ザカリ族……」

彼らとライン王国に確執の歴史があったことはなんとなく予想はしていたけど、そんな昔からだったなんて……

「ザカリ族は元々北方の山岳地帯を領土としていた。しかし長年にわたる天候不順などで生活が困窮したんだ。彼らは南下してライン王国を手中に収めようとした」

「戦争になったの？」

「戦争になった。当時のライン王国国王があわや王座を奪われるところだった。だが、ブリュエル家の軍隊が駆けつけてザカリ族を退けた」

なるほど、それじゃあ王家であるヒュストダール家にとって、ブリュエル家は命の恩人でもあるわけか。

「ライン王国の被害は大きかった。しかしそれも交易によって得た資産をブリュエル家が提供したことで、数十年後にはライン王国は力を取り戻しさらに大きくなった」

「ライン王国にとって、ブリュエル家の人たちっていうのは恩人なんだね」

「そうなんだろうな、俺ですら王都に行けば拝まれる」

苦笑いをするレオナードだけど、ブリュエル家の血を引いていることはきっと彼にとって誇らしいことに違いない。苦笑いは多分照れ隠しだろう。

「国家の危機を救ったブリュエル家に、ライン王国はさらなる信頼の証としてあるものを差し出した。叙任権だ」

「叙任権？　そういえば、前にレオナードがザカリ族と戦う時にそんなことを言ってたね。即位叙任権だっけ」

「その通り。当時のライン王国では新しく国王が即位する際に、王国内の高位貴族十名がその者の即位を認めることで、正式に王位に就ける、という仕組みだった。それをブリュエル家に一任したんだ。それ以降、現在に至るまでライン王国の新しい王はブリュエル家に認められた者だけが即位できる」

僕にはこの叙任権っていうものが、頭では理解できても実感を持って感じるのは難しい。でも、ライン王国の人にとって最も重要なものの一つだということは理解できた。

それだけライン王国の人たちは、ブリュエル家の人たちが味方でいてくれるのが嬉しかったんだろうなと思う。

「強い絆で結ばれているんだね」

「そうだ、古来よりライン王国を作ったヒュストダール族とブリュエル家の絆は強い」

「それじゃあ今その叙任権はマティスさんが持っているの？」

「ああ、兄上がブリュエル家の継承者でレイル城主だからな」

「じゃあ今のライン王国の国王様は、マティスさんが認めたの？」

僕の質問に、レオナードが黙った。

眉間に皺《しわ》を寄せて空を睨みつけるレオナードは怒ってるみたい。この質問、しちゃいけなかったのかな。

「……認めていない」

レオナードが絞り出すように、震えた声を出した。

「え？」

「現在ライン王国の玉座に座っている男は、ブリュエル家が認めた男ではない」

「え、そんな……！」

「今の国王は偽物なんだ。ライン王国の正統な王は代々ヒュストダール族の血を引く者。だがあの男は、ヒュストダール族の血を引いていない。一滴たりともな」

「じゃあ一体いま王位についているのは誰なの？」

「あの男はザカリ族の血を引く者だ。ライン王国を手中に収めたい奴らが送り込んだ、魔物なのさ」

ザカリ族の血を引く偽の国王……

僕はいよいよ、レオナードの話が核心に近づいたことを確信した。

「レオナード、ここからは私が話そう」

隣でリアが沈痛な面持ちでレオナードを見つめた。

「ああ、それがいい。お前の出自にも関わる話だからな」

「……ソウタ、ここからは私の祖父母と両親の話をしよう」

僕はごくりと喉を鳴らしながら頷いた。

「もう五十年ほど前の話になる。先の国王であったシュミーデル三世は、西側で国境を接する隣国から伴侶を娶《めと》った。伴侶は国の近衛兵団に所属していて、勇敢で心の優しい立派な方だったそうだ。シュミーデル三世とは晩餐会で出会い二人はあっという間に恋に落ちた」

それだけ聞けば素敵な話だけど、リアの表情はちっとも嬉しそうじゃない。

「伴侶は三男だったこともあって婚姻の準備は何の障害もなく進んでいたという。ところが、輿入れ直前になって事件が起きた」

ああ、また事件……

一見平和そうなライン王国は、僕が思いつかないほど辛い過去をたくさん抱えている。こんなに緑豊かで美しい街なのに。

これからリアの口から語られる事件が、悲しい結末でなければいいのに。それが無理な話だと分かっていても……そう願ってしまう。

「伴侶が行方不明になったんだ」

「行方不明？」

「当時は伴侶と数十人の侍従が、国境付近の別荘地で輿入れの準備を行っている最中だったが、部屋にいたはずの伴侶が忽然と姿を消したという。侍従たちは血眼になって捜したが伴侶の姿は見つからず、生存は絶望的と思われた。しかし三日後、彼は無事に戻ってきた」

「……伴侶様に何があったの？」

「発見された当時、本人は意識が朦朧としていて何も覚えていなかったらしい。呆然と別荘地の門の前に佇《たたず》んでいるところを侍従たちに発見されたと聞いている。シュミーデル三世は報告を聞いても婚姻を破談にしようとは考えなかった。それほど伴侶を愛していたんだろうな」

一瞬だけ、リアの全身を覆っていた緊張感がふっと途切れたような気がした。王と伴侶の愛はきっと本物だったのだろう。

「二人の婚姻は滞《とどこお》りなく行われ、晴れて夫婦となった。誰もが行方不明の事件を忘れるほど、ライン王国は幸せに包まれていたという。しかし、二人が異変に気付いたのはそれから数ヶ月が経った後だった。伴侶の腹に新しい命が宿っていることがわかった時だ」

「え？　お子様が生まれるのは嬉しいことではないの？」

「伴侶の生まれ故郷では、結婚した二人は六ヶ月間同じ寝床に入ってはならないという習わしがあった。ライン王国にはない風習だったが、シュミーデル三世は伴侶の故郷に敬意を表してその風習に従ったんだ」

「それじゃあ……」

「二人は子作りをしていなかった。それなのに腹の子はわかった時にはすでに五ヶ月だった」

「お腹にいたのはシュミーデル三世との子ではない……？」

「ああ。伴侶は身に覚えがないと主張した。シュミーデル三世も伴侶がそのような不貞を働く男ではないとわかっていたからそれを信じた。では、なぜ子が宿っているのか……」

リアは吐き捨てるように言葉を繋いだ。

「行方不明になった時に何かがあったってこと？」

「ソウタは、寮の池の周りに生えている花のことを覚えているかい？」

「えっ？」

急に話が変わったので驚いたけど、リアに言われたことを必死で考えた。

池の周りの花……たしか僕が寮に来た最初のほうに、ミュカの巣がある場所で眠りこけたことがあった。

「僕が寝ちゃった、あの青い花のこと？　たしか、ねむり草だよね……」

「そうだ。ねむり草は水辺に咲く花で、その香りには催眠効果がある。生息地域は限られているが入手は簡単だ。伴侶が戻ってきた時の状態から推測して、彼はねむり草で意識を手放していたのではないかと思われた」

リアの言葉が重くなる。レオナードも眉間に皺《しわ》を寄せて険しい顔つきのまま、机の上に置いていた手をぎゅっと握った。

「何者かが伴侶を眠らせて、孕《はら》ませたんだ」

そのまま、リアは黙り込んだ。レオナードも僕も無言のままで、僕たちのいる四阿《あずまや》には鳥の鳴き声がやけに騒がしく響いていた。

「二人の苦しみは想像を絶するが、それでも二人は強かった。犯人は分からないままだったが生まれてくる子供に罪はないと、産み育てる決心をしたんだ。妊娠が分かってから半年後、生まれた子供の髪は青かった」

「青い髪……！　それって」

「ザカリ族だよ。青い髪は彼らの部族出身である印だ」

リアが吐き捨てた。

ザカリ族。ライン王国にとって、この名前はもはや呪いだ。

「ライン王国とその伴侶はその事実に絶望しながらも、ザカリ族の血を引くその子供を愛情を込めてその手で育てた」

言葉で言うのは簡単だけど、簡単にできることじゃない。二人の間にはどれほどの思いがあっただろう。それを思うだけで、胸が苦しくてたまらない。

想像できないほどの苦しみの中でも、子供に憎悪を向けなかった二人は立派だ。

その子はきっと幸せだっただろうな。だって両親の愛情を受けながら育ったんだから。中には髪色だけで批判をする人もいただろう。もしかしたらいじめにあったことだってあったかもしれない。

僕だって、父親がいなかったせいで学校でからかわれたこともある。

それでも母さんが僕を愛してくれたから、少しも辛くなかった。その子もきっと僕と同じような気持ちだったと信じてる。

「シュミーデル三世と伴侶の間にはその後三人の子が生まれた。ザカリ族の血を引いた子供に王位継承権が与えられることはなかったが、他の王子たちと分け隔《へだ》てなく育てられた。三人の王子たちは長子となるその子供を兄と慕い、彼もまた王子たちを可愛がった」

「そっか。幸せに暮らすことができたんだね」

「……」

「……リア？」

「……少なくとも、周りにはそう見えていた。月日が経ち、長子が十八歳、ライン王国の継承権を持つ次子が十七歳となったとき、事件が起きた」

リアが、僕を見ながら悲しく笑った。

「成人を翌年に控え、国家の重要な役職に就く予定だった次子が、突然死んだ。狩りの最中の事故死だった。次子の名前はイェルディン。私の父だ」

「そんな……」

リアは悲しい笑顔のまま、少しだけ頷いた。

「狩りでは長子と数人の侍従が一緒だった。長子の話によると獣狩りの真っ只中、乗っていた馬が暴走、馬もろとも崖から転落したということだった。この悲報に国中が打ちひしがれた。しかし悲劇は終わらない」

終わらない悲劇。まだこれ以上の悲劇があるっていうの？

「狩りに同行していた侍従二人が、次子の馬が暴走した時に怪しい男の影を見たと報告していた。国王はこの報告を重要視したものの、報告した侍従たちは突然行方不明となってしまい真偽が分からなくなった」

どこまでも終わることのない負の連鎖に寒気がする。今は平和に満ちている国が一体どれほどの悲劇を経験したのだろうか。

「さらに悲劇は重なる。次子の喪が明けぬうちに、三子が食事の最中に突然倒れた。彼は三日三晩苦しみ、そして死んだ。十五歳だった。表向きは食中毒だと言われているが、彼を診た者は毒を飲まされた可能性が否定できないと言った」

なんて恐ろしい話だろう。僕は震えが止まらなかった。

レオナードが隣に来て僕を抱きしめてくれた。

「国王のもとには、十四歳になったばかりの四子と十八歳の長子が残った。この時点で国王には誰かが次子と三子を殺したのではないかという疑惑があったようだ」

「それって、もしかして……」

僕の言葉にリアは苦しそうに頷くと先を続ける。

「今や四子が王位継承者だ。もし彼に何かが起きたら、ライン王国には後継者がいなくなってしまう。そこで、シュミーデル三世は四子を王都から出すことにした」

「それはきっと勇気がいることだったよね」

「そうだな。これは賭けではあったが、王都から物理的な距離を置くことで彼の身の安全を図ろうとした」

「うん、僕も国王様の気持ちがわかる気がする」

「国王の護衛を担当する近衛兵団の中から指折りの騎士を選んで、四子を密かに隠した。四子の居場所は国王と伴侶、それに二人に近しい者数人を除いて誰も知らなかった。それなのに……」

「……四番目の王子に何があったの？」

「行方知れずとなった」

空気が重い。息がうまくできなくて、血の気が引いていく。

それでは、誰もいなくなってしまうじゃないか。

……いや、一人だけ無事な人がいる。

でも、その人はヒュストダール族の血を引いていないんだ。

「シュミーデル三世は四子を、伴侶の故郷である隣国で匿うつもりだった。しかし、あともう少しで国境を越えるというところで何者かに襲われた。国境近くの山道で護衛の騎士たちの死体が発見されたが四子の姿はどこにも見当たらず、生きているのか死んでいるのかも分からなかった」

「王子は今も行方知れずなの……？」

「えっ？」

「この呪われた悲劇の中で唯一の救いだ、ソウタ。君はその方と既に面識がある」

「ヴァンダリーフ叔父だよ。レオナードの兄・マティス殿の伴侶だ」

「ええっ！　ヴァンダリーフさんが!?　でも、生きていたんだ！　よかった……本当によかった！」

「ああ、生きてはいた。だが死んだほうが楽だとご本人は何度思っただろうな」

リアがぼそりとつぶやいた一言に、僕の気持ちは一瞬で萎《しぼ》んでしまった。ヴァンダリーフさんは過酷な環境で生きながらえたようだ。

「ヴァンダリーフ叔父は北方の国に炭鉱奴隷として売られたんだ」

「そ、そんな……！」

「幼少の頃から剣の才能があった彼を、犯人は殺すことができなかった。瀕死の状態で山道に転がるヴァンダリーフ叔父は偶然通りかかった盗賊に攫われて奴隷となった」

王族でありながら奴隷として生きなくちゃいけなくなったヴァンダリーフさんの気持ちを思うと、悲しみが込み上げてくる。

「このことが分かったのは随分後になってからだ。ヴァンダリーフ叔父は長く行方不明だったから、誰もがもう亡くなっているに違いないと思っていたのだ。次にあの方のお姿を確認できたのは十三年後、今から十五年前の事だ」

「そんなに長く奴隷だったなんて……」

「ああ。相次ぐ不幸で、ついにシュミーデル三世の伴侶の精神は限界を超えてしまった。長く床に伏せった結果、自分が子供を産んだという事実を忘れてしまった。シュミーデル三世は伴侶のために王都から少し離れた場所に離宮を用意して、そこに住まわせた。定期的に離宮に通いながら一連の事件の犯人を探し続けることになる。十三年かけて、シュミーデル三世はついに犯人を確定する証拠と証言を得たんだ」

「犯人が分かったの⁉」

「ああそうだ。シュミーデル三世は綿密に計画を練って、犯人を捕らえようとした。しかし……」

しかし……？　犯人を捕まえたんじゃないの？

「捕らえる直前で、犯人の毒牙にかかってしまった。シュミーデル三世と伴侶は彼らの王子を殺した犯人の手によって殺害された」

「ああ……、なんてことだろう」

「国王が亡くなったことによってライン王国の正統な王家の血筋は途絶えた。犯人はそう思ったようだ」

僕はハッとしてリアを見た。

「そう、私がまだ残っていた。巧妙に隠された私の存在を犯人は知らなかった」

そうだ、この人は王位継承者だった次子の子供。正統な血筋の継承者なんだ。

「私の存在が新たな悲劇を生むことになるんだよ、ソウタ」

するとレオナードが吐き捨てるように言葉を繋いだ。

「お前ももう気付いていると思うが、この一連の事件の犯人を伝えておこう。二人の王子と国王夫妻を殺害し、ヴァンダリーフ殿を奴隷に落とした男。そして俺の両親と司教様たちを殺した男の名はアシエール。現在ライン王国の玉座に居座る偽の国王だ」

レオナードの言う通り犯人はザカリ族の血を引く長子なんじゃないかなって、なんとなくわかってた。でも、認めたくなかったんだ。

シュミーデル三世も、彼を産んだ伴侶も、三人の兄弟たちも、みんな彼を迫害しなかったじゃないか。

もちろん、僕は当時のことを知らないから本当のところはわからない。

それでも、たとえ王位継承権はなかったとしても、ちゃんと幸せになる環境は十分あったはずだ。

アシエールはちゃんと家族として扱われたと、僕は信じたい。

……本人はそう思わなかったってことなのかな。

だから自分の家族を殺してしまったの？　兄弟たちだって少なくとも半分血が繋がっているよね。

一体アシエールの心のうちに、どんな闇が広がっているんだろうか。

「アシエールは本当に……自分の家族を殺してしまったの？」

「ああ、そうだ」

レオナードが即答した。

「王子達の相次ぐ死去とヴァンダリーフ義兄上の行方不明を受けて、当時のライン王国上位貴族とブリュエル家当主だった父は国王と共に犯人探しを始めた」

ここでついに、レオナードのお父さんもこの悲劇に巻き込まれてしまうのか。そう思ったらやりきれなくて、僕は唇を噛み締めた。

「長子を疑う声は当時からあったようだが、証拠は何もない。父は手がかりを求めて、次子のイェルディン王子の足取りを追っていたらしい。そして、見つけたんだ。赤ん坊だったリアを」

「リアの存在は誰も知らなかったの？」

「どうやらイェルディン王子の身の回りの世話をしていた侍従が、事情を知っていたらしい。だが彼は王子の事故死に責任を感じて自ら命を絶ってしまっていた。今となってはその死も怪しいものだが、いずれにしてもリアのことは忘れられていた」

「そうだったんだ……。それじゃあレオナードのお父さんはどうやってリアを見つけたんだろう」

「父は王子が定期的に南部に視察に出向いていることに着目した」

「南部地域は海に面しているんだったっけ？」

「そうだ。今も昔も外国との海洋貿易で栄えている南部に、王族は定期的に視察を行なっていて、イェルディン王子は十六歳の頃からその視察を引き継いでいた。父が南部に足を向けた時、夜更けに一人の青年が訪ねてきたらしい」

「青年？」

「ああ彼は海洋沿岸警備部隊の隊員だと名乗り、父をブリュエル家の当主と知ってお願いがあると言ってきたそうだ。その青年は腕に赤ん坊を抱いていた」

「……それがリア？」

「そうだ。青年は、赤ん坊はイェルディン王子と自分との間にできた子供だと父に説明したようだ。その証拠にと、王子から送られた手紙と指輪を差し出した。青年は王子の死を聞いて、怖くなったそうだ」

「怖い？」

「ああ。自分の子供もいつか殺されるんじゃないか、とな」

「事故死だって信じてなかったんだ……」

「信じていなかった。なぜなら王子の手紙に、用心するよう書かれていたから」

「アシエールのことが書いてあったの？」

「その通りだ。手紙を読むと王子は数年前から長子を危険視していた節がある。王子は十六歳で初めて南部に赴いた際に、案内をしたその青年と恋に落ちた。身分の違う二人は、その恋を側近以外には秘密にしていたが、これはおそらくアシエールに勘付かれるのを恐れてのことだろう」

血がつながっていないとはいえ、それまで仲良く生活していた兄を疑わなくちゃいけないなんて。十六歳の青年には辛いことだったに違いない。リアのお母さんとの出会いは、きっとその傷を癒してくれるものだったのかも知れなかった。

「王子は偽名で海沿いに家を買い、視察に来た時には内緒で恋人のもとに通っていた。王子は二人の間に子供ができたことを知って喜んでいたそうだ」

そうだったんだ。でも、王子はリアが生まれてすぐか、彼に会うことなく亡くなってしまった事になる。

王子は小さなリアを抱っこしたかな。可愛いなって思ってくれただろうか。きっと今の立派なリアの姿を見たら、喜んだだろう。何人もの幸せな未来が、アシエールによって奪われている。

「父は赤ん坊を預かることにした。その青年も一緒にレイル領に来るよう説得したが、青年はそれを拒んだそうだ」

「どうして？　リアと一緒に来てくれれば親子で過ごせるのに……！」

「自分も一緒に行くことでアシエールに存在を嗅ぎつかれるのを恐れたんだろう。父はレイル領に帰って、赤ん坊のリアを司教様に託した」

司教様のことは詳しく話していなかったな、とレオナードが思い出したように言って僕に説明してくれた。

「星導教という、ブリュエル家が代々信仰している宗教があったんだ。司教は星導教の最高指導者で、親のいない子供を教会で育てていた。父はリアをそこに紛れさせた」

「リアは、自分が王子の子だって知っていたの？」

僕の質問に、リアは首を横に振った。

「いや、知らなかった。司教様からそれを知らされたのは、レオナードと『盟友の誓い』を結ぶ時だったな。司教様は私たちが誓いを結ぶことに運命的なつながりを感じると言っていた」

「そうだな、あの時はただ特別な繋がりを結ぼうって気持ちだけだったからな。王子の子とわかっていて誓ったわけではなかった」

「……アシエールはリアに気づかなかったの？」

「いや、あいつは父に遅れて南部にいる隠し子の存在に気付いたらしい。リアを司教様に預けてすぐに、リアの母親である青年は何者かに殺されてしまった。アシエールはリアを俺の父が連れ帰ったことまでは突き止めていた」

またただ。アシエールが動くたびに誰かが命を落としていく。どうしてそこまで王家の人たちを憎むんだろうか。僕の心の奥底に、彼への怒りが沸々と湧き上がってくる。

僕の大好きな二人が大切にしている人たちが、次々彼によって消されてしまった。

だってこの後、レオナードの両親も司教様も、死んじゃうんでしょう？

そんなのってあんまりだよ。

「それでも、シュミーデル三世が生きている間はまだ良かった。国王がアシエールを厳しく監視することで、彼の暴走をなんとか食い止めていたからな」

「そっか……。それじゃあしばらくは膠着状態だったってことだよね。いつそれが変わってしまったの？」

「今から十五年前、ついに高位貴族と父がヴァンダリーフ義兄上を見つけた時だ」

レオナードの表情がみるみるうちに険しくなっていく。

「義兄上ははっきりと覚えていた。十三年前に自分を襲った青い髪の男たちが『アシエールの指示で殺しに来た』と言ったことを。シュミーデル三世は一気にアシエール捕縛に動いたが、どういうわけか国王側の計画が奴に筒抜けになっていた」

「誰かが裏切って計画を漏らしたってこと？」

「そうだ。裏切り者は宮廷財務長官の座についていた高位貴族、スローム・ディル・オブリエンだ。国王と伴侶はスロームの手引きで城に侵入したザカリ族によって殺された」

レオナードはふう、と息を吐くと、

「俺はまだ当時十歳だったが、今でもその時のことは鮮明に覚えている。王国中が大混乱だった。一報を聞いて父は激怒していたよ。すぐに王都に飛んで貴族達と話し合いの場を設けたようだ。国王の死去に伴って迅速に後継者を決定する必要があったんだ」

「王になる資格があるのはヴァンダリーフさんのはずだよね？」

僕のといにレオナードは大きく頷いた。

「王位継承権はヴァンダリーフ義兄上にある。父は義兄上を次期国王とするつもりだった。だが、義兄上が長く奴隷であったことを理由に、アシエールが反対を唱えた。そして、自分こそが国王にふさわしいと主張した」

「……アシエールが大勢の人の人生を不幸にしたのは、自分が国王になるためだったの？」

「だろうな。もう少し正確にいうと、ザカリ族が千年にわたって幾度となく手を伸ばしたライン王国を、自分こそが手に入れたいと思ったんだろう」

「おかしいよ、そんなの」

「そうだ、おかしい。だがあの男はそれを渇望し、王位継承権を持つ家族を全員殺した。唯一生きている末弟も元奴隷という足枷《あしかせ》をはめられている。あと一歩で望むものに手が届くところまで来たアシエールの最後の障壁は、俺の父、クリスティン・ブリュエルと高位貴族たちだった」

ああ、アシエールにとってレオナードのお父さんが唯一にして最大の障壁として立ちはだかったってことだ。

「父は断固として、アシエールを次期国王とは認めなかった。アシエールには王位継承権がない。そして、もし元奴隷である四子が王位を継げなかったとしても、自分のもとには次子・イェルディンの血を引く子がいる」

アシエールの即位に反対したから。リアを匿ったから。

そんな理由で、レオナードのお父さんは殺されたのか。人の命が失われるには、あまりにも理不尽な理由だ。

「裏切り者のスロームを除く高位貴族達は父に同調した。ここにきて、アシエールはもはや手段を選ばなかった。ライン王国の首都にザカリ族を引き入れると、彼らに命じて父と、高位貴族たちの城を攻撃した」

「なんてひどい話だろう。あまりにもひどすぎるよ」

「レイル城では攻撃に備えて専任護衛団が守りを固めていた。指揮していたのはギヨーム叔父だ。当時俺は城にいて、兄上は王都にいて不在だった。ギヨーム叔父は俺の身の安全を図るため、司教様に託すことにした」

「そうだったんだね……」

「父と母に挨拶をしようと叔父と司教様と一緒に両親のいる執務室へ向かったんだ。俺たちが執務室に入ったのと同時に部屋の窓が破られた。侵入してきたザカリ族の連中が、俺の目の前で……」

そこまで言ったところで、レオナードの言葉が途切れてしまった。彼の胸に込み上げる感情が、手に取るようにわかる。僕だってもう、聞いていられないよ。

「レオナード、分かった。もういい、言わなくて大丈夫だよ」

「……いや、大丈夫だ。俺の目の前で、ザカリ族が父と母を殺した。叔父はすぐさま俺と司教様に逃げるように言ってザカリ族たちに斬りかかっていった。俺は司教様と共に、星導教の施設内にある秘密の部屋に、リアや他の孤児たちと隠れたんだ。そして――」

レオナードはそこで言葉を途切れさせた。

「レオナード、ここからは私が話を引き継ごう」

何も話せなくなったレオナードに代わって、リアが続きを話してくれた。

「レオナードと私たちはしばらく部屋で隠れていたが、ザカリ族が追ってきた。私たち子供は司教様をはじめ大人たちに連れられて、とにかく逃げた。奴らは火を放ち、建物を破壊しながら追ってくる。私とレオナードは司教様と一緒に教会に逃げ込んだ」

まだ十歳そこそこだっただろうに、レオナードとリアはどれだけ怖かっただろうか。考えるだけで二人をこんな目に合わせた人たちへの怒りが込み上げてくる。

「三十人いたはずの他の子供と星導教の大人達は、もはやどこに行ったのかわからなかった。司教様は私たちに最後の言葉を残して、崩れゆく瓦礫の下敷きになった。私たちは捜しに来てくれたギヨーム様のおかげで瓦礫から這い出ることができたんだ」

「レオナードとリア以外の人たちはどうなったの？　子供たちは？」

「その時生き残った子供は私たちの他に二人しかいなかった。ダグとジョシュアだ」

「……！」

そうだったんだ。時々、ダグとジョシュアがレオナードやリアに対して親しげだなって思う時があった。どことなく家族的な雰囲気を感じていたけど、ダグとジョシュアがリアと一緒に生活していたのであれば納得だ。

「国王を殺し、レオナードの両親を殺したアシエールは、生き残っていた高位貴族五人の爵位を剥奪し力ずくで玉座に座った」

「だから、偽の国王なんだね」

「そうだ。これであの男は国を手に入れたと思ったようだ。しかし、ライン王国の国民は強かった。彼を国王と認めないと、国民が武器を取って城を囲んだのだ」

ひょっとしてまた新たな犠牲が生まれてしまうのかと、僕は自分の拳を強く握りしめる。

「全員が戦争の空気を感じていた。しかしギヨーム殿が国民をなだめてくださった。ご自分が偽物の国王の暴走を抑えるから、時期を待てとね。ブリュエル家はいつでもライン王国を助けてきた。国民はギヨーム殿の言葉に頷くしかなかった」

「ああ、よかった！　それじゃあ、ギヨームさんのおかげで戦争は回避できたんだ」

「そうだよ、アシエールは玉座に座ることしか興味がなかった。あの男は、とにかく王国の領土を自分のものにしたいだけだ。一方で、裏切り者のスロームは、偽の国王に加勢して甘い汁を吸いたかった。王国の潤沢な資金を自分のものにしたかったから裏切ったわけだ」

なんて強欲で独りよがりな考えだろうか。スロームという人は自分のしでかしたことをなんとも思っていないのだろうか。

「スロームは資産がなくなってしまうから、戦争で国内が荒れることは避けたかったんだよ。ギヨーム殿の戦争回避の提案に、奴は嬉々として乗ってきた」

愚かな男だ、とリアが吐き捨てるように言った。

「アシエールは内政を全てスロームに任せると、城で贅沢のかぎりを尽くして過ごすようになった。ギヨーム殿はスロームと交渉してご自身で王立騎士団を率いることになさった。まあ、幼いレオナードはギヨーム殿が裏切ったように感じただろうね」

「チッ、あの時勢いでアシエールの首を切ってしまえばよかったんだ」

レオナードは悔しそうに舌打ちをしたけれど、リアは「本当はギヨーム様のことを誰よりも信頼しているんだよ」と教えてくれた。

「勝手なことを言うんじゃねえよ……」

不機嫌そうに言い放って、レオナードは僕にライン王国の現状を教えてくれた。

「リアが言ったようにアシエールは政治に興味がない。自然と財政は逼迫し、今ではレイルの援助なしでは国が立ち行かなくなっている。王都のヒュースタッドはかつてないほど荒れている。ギヨーム叔父がなんとかしてはいるがな。国民の我慢もそろそろ限界だろう」

「そんな国民の救世主は君だよ、ソウタ」

突然リアにそう言われて、僕は心底驚いた。

「えっ僕!?」

「司教様が今際《いまわ》の際に、私たちに言葉を遺されたと言っただろう？　司教様は、つむじ風に乗って黒髪黒目の旗手がやってくるとおっしゃった。そうして私たちと伴侶の契りを結んで王国を元の持ち主に戻すだろう、とね」

「黒の旗手が現れた時に耐え忍んだ十五年間が報われる。司教様のその言葉が、俺とリアにとって最後の希望だった。いや、俺たちだけじゃない。叔父も兄上たちにとってもだ。まあ、お前には想像しづらいかもしれないけどな」

「それ……。本当に僕でよかったのかな」

「当然だろう？　正直に言うと、黒の旗手っていうのはもっと山のように頑強な一騎当千の手練れだと勝手に想像していた」

「僕は剣もろくに使えないんだよ」

「それに体もひょろひょろで馬にも乗れないもんな」

「うっ、すみません……」

「初めてお前を見た時は驚いたよ。あんまり想像と違うんで、最初は様子を見るつもりでそばに置いた。でも、確かにお前だ。ソウタは強い心を持っている」

レオナードが優しく囁《ささや》いた。

「それに、慈悲と奉仕の心も持ち合わせている。君が正真正銘の黒の旗手だ」

リアが隣で力強く頷いている。

「その証拠に、事態は十五年ぶりに再び動き出した。この件は早々に決着をつける」

「決着って……武器を持って戦うってこと？」

「……俺とリアはあいつと同じ土俵には立たないさ。話し合いで片がつけばそれに越したことはない。あの男には王座から御退陣いただくだけだ」

そう言って笑うレオナードの明るい笑顔を見て、やっと僕も大きく息を吸うことができた。

「さて、俺たちの長い昔話はこれで終わりだ」

「ソウタは何か質問はあるかい？　もう隠し事はしないと堅く約束したわけだから、なんでも答えるよ」

リアの言葉で今までの張りつめた空気がふっと和《やわ》らぐ。

僕は今一番知りたいことを聞くことにした。

「結局、ベルンハルドさんとの内緒話はなんだったの？」

「ああ、それか。彼個人にではなくて傭兵団として仕事を依頼したんだよ。実はいま南部の商人たちの不満が爆発寸前でね」

「不満？　それってアシエールに対してってこと？」

「そう、反乱を起こしかけているんだ。だから私たちの代わりにベルンハルドに彼らとの話し合いと抑止をお願いしたんだよ」

国の財政が逼迫《ひっぱく》しているって言っていたし、不満の原因はその辺りと関係がありそうだ。

でも国内で起こりそうな反乱だったら、王立騎士団が止めに入るのが一番早いし確実だと思うんだけど……

そんな僕の疑問にレオナードが答えてくれた。

「俺ら騎士団が制圧に行けば、火に油を注ぐことになりかねないんだよ。連中には俺らがアシエールの手先に見えるだろうしな」

「あ、そっか！」

たしかに、今の話を聞いた僕にはアシエールと騎士団の違いがわかるけど、この話を聞かない限り、王立騎士団は王様の支配下の兵だ。

レオナードは僕の言葉に「だろ？」と続けた。

「だから裏の手を使って秘密裏に話し合うってわけだ。それに俺たちの部隊からもすでに人を送ってある」

「え、第二騎士団の部隊から？　僕全員レイル領にいると思ってたけど……。どこかで点呼間違えたかな」

「いや、お前はまだ会ったことがない連中だな。覚えてるか？　お前がここへ来た翌日にミュカが連中の手紙を持って帰ってきただろう」

「……あっ、特別部隊！」

レオナードが頷いた。

たしかあの時は北方の山にいる密猟者を捕まえに行った……って言ってたっけ。

「ベルンハルドたちにはこれから南部に行ってもらう。特別部隊と合流して反乱を未然に防ぐのが任務だな」

「なんだ、そうだったんだ」

「お前はこの国の事情を知らねえから、この話を聞けば緊張したり動揺したりするんじゃないかと思って黙っていたんだが……。おかしな方向に邪推されて参ったぜ」

「えへへ……」

「ベルンハルドと俺たちが恋仲とはねえ……。ありえねえな」

レオナードはものすごく嫌そうな顔をしながら唸っている。

リアも眉間に深い皺《しわ》を寄せておかしな顔をしていた。

「私たちはいつでもソウタに幸せでいてほしい。だから暗い話題をソウタの耳に入れないつもりで君を遠ざけた訳だが、そのせいで君を嫉妬させていたというのがなんともね。君の嫉妬は大いに嬉しいが、嫉妬の相手が相手だけに、うまく喜べないな」

「う……。それはごめん。だってあんまりいつも三人で一緒にいるから」

今思えばなんて変な勘違いをしちゃったのかな、って思う。

僕が眉尻を下げると、リアはふっと微笑んだ。

「南部の件について作戦を練っていたんだ。商人の反乱の動きがこちらの想定よりもだいぶ早まってね」

「あ、そうなんだ！」

「……それよりも私としては君にくっついていたイーヴォのほうが気に食わないがね」

さっきまで微笑みを湛《たた》えていたリアの雰囲気が一瞬にして剣呑《けんのん》になってしまった。

……うわ、結構怒ってるな……

でもこれに関しては僕も一言、二人に言いたい。

「それなんだけど、どうして二人は僕の護衛役をイーヴォにお願いしたの？　二人ともイーヴォのことすっごい嫌ってるのに。イーヴォはいい人だったから、僕は一緒にいるのは楽しかったけど……」

「あいつは今俺たちが一番ぶちのめしたい野郎なんだが、同時にお前を守ることについては一番信用できる奴だったからだよ。腹立たしいがな」

「えっ、どういう意味？」

レオナードはムッとした表情で僕の頬をムニッと押してくる。

「むうう……っ、ひょっと！」

「あの野郎はお前に惚れてるんだよ、この鈍感が……！」

「ふへ？」

イーヴォが……僕に惚れてる……？

「見てりゃわかるだろうが、俺はお前のそういうところが心配なんだよ……」

深いため息と共にレオナードの両手が僕の頬から離れていく。そして代わりにぎゅっと抱きしめられた。

「あいつはお前に惚れてる。だから万が一ソウタの身に危険が及んだ時には必ずお前を守るだろうと踏んだ。別に団員をつけてもよかったんだが、あいつらは模擬試合の訓練でマヌエルにしごかれてたから、お前を守りきれるかと言われたら微妙だ」

「……イーヴォは別に僕のこと好きじゃないと思うけどな。友達になろうって言った時もすぐ笑っていいよって言ってくれたし」

「友達になんかなってんじゃねえよ、あんなクソ野郎と」

「い、痛い痛い！」

レオナードが僕を抱きしめる腕に思いっきり力を込めた。

「ソウタ、レオナードと私はね、作戦を練るために君の側にいられなかった。それがどれだけ苦しかったか君に分かるかい？」

「う……」

「それなのに君はイーヴォと楽しそうにしているし……。君が心変わりをするとは思わなかったが、気分は最悪だったよ」

「あぁ、本当だよ」

リアは僕が痛がっているのが分かっているのに、全然助けてくれなかった。

それどころか穏やかな笑みを浮かべて話を続けている。

「まあでも、君が可愛らしい嫉妬をしてくれたから結果的には良かったかな。ソウタがふくれっつらをしたり拗《す》ねたりする姿を見られたのは楽しかったよ。でももう少しだけ分からせてあげる必要はあるかもしれないね。どう思う、レオナード？」

「賛成だな、リア。どうやらソウタは俺たちの気持ちを疑っていたらしいからなあ」

僕を抱きしめていた腕をゆるめたレオナードが、にやりと笑った。あれ、これ僕お仕置きされるパターン……？

「い、いやだから……、あの時は自信を失ってて気持ちが後ろ向きだったっていうか。本当は二人ともマヌエルさんとかベルンハルドさんみたいに綺麗な人を恋人にしたかったんじゃないかなって思っててですね……」

「ふうん」

「なるほど、ね」

……ま、まずいなこれは。

どうやっても逃げられない気がして僕は「あはは」と笑って誤魔化してみたけれど、もちろんそんなことで二人が誤魔化されるわけがなかった。

僕はその後、レオナードに担がれてレイル城の中に戻されてしまった。

レイル城にあるレオナードの部屋に連れ戻された僕は、二人に前後から挟まれるように、ぎゅっと抱きしめられた。

先ほどのレオナードのハグはちょっと痛かったけど、今のは痛すぎないちょうどいいくらいの力加減だ。

「あの、レオナード、リア……んんっ⁉」

僕の言葉に無言で返したレオナードが、婚姻服のジャケットを乱暴に脱ぎ捨てた。

そして僕を引き寄せて唇を重ねた。

「今日は君が私たちの愛を二度と疑わないようにたくさん可愛がってあげるからね」

耳元で囁《ささや》くリアの低い声に、身体がぞわりと反応する。

「ソウタ、俺たちはお前の伴侶なんだ。よそ見をすると思われていたのは心外だぜ」

「あっ、レオナード……」

「安心していいよ、いきなりはしない。君の身体が悲鳴を上げないようにじっくり解《ほぐ》してあげるからね」

「ん、リア……」

二人に口付けされ耳朶《じだ》を同時に愛撫されて、足腰に力が入らなくなる。そのまま後ろに倒れると、リアの胸にもたれかかるようにして体を預けた。

「私たちは死ぬまで三人一緒だ」

「それを決して忘れるんじゃねえぞ」

「……うん」

僕は体を震わせながらコクリと何度も頷いた。

「ねえ、レオナード」

「ん？」

欲情に滾《たぎ》った二人を見て、僕は正面にいるレオナードの首に腕を回した。

太くて男らしい首筋に手を這わせながら、レオナードの唇にちゅっと口を寄せる。レオナードが一瞬目を瞠《みは》るのを見て、僕は少しだけ口角を上げた。

「僕、レオナードが好き」

「ソウタ……」

頬を緩めるレオナードを見やり、今度は後ろで僕を抱きしめながら、僕の肩に顔を埋《うず》めるリアを振り返る。

「リア、好きだよ」

「ああ、私もだよ」

リアとも啄《ついば》むようなキスをした。

リアも頬を緩め、僕をじっと見つめている。

「……二人同時にキスできたらいいのにな」

レオナードとリア、二人の頭を優しく撫でる。

——愛おしい。

胸が締め付けられてうまく呼吸ができないくらい気持ちが溢れる。

僕、この二人を愛してるんだ。

二人の緩んだ表情を見て、心の底から愛おしさが湧き上がってくる。

「僕……二人とずっと一緒にいたい」

思わずぽろっと言葉がこぼれる。

僕の言葉を聞いたレオナードとリアは、何を思ったか二人して僕の前に跪《ひざまず》いた。

「ソウタ、俺たちの伴侶になってくれたことに感謝するよ」

「この命尽きるまで、共に人生を歩んでくれるだろうか」

紫色の視線と灰色の視線が、僕の視線と交錯する。

差し出された二人の右手を、僕はぎゅっと握りしめた。

……答えなんて、もう決まってる。

「はい、この命尽きるまで、伴侶として二人とずっと一緒に……」

二人が僕の手の甲にキスをしてくれたから、僕もお返しに二人の手にキスをした。大きくて筋張った雄々しい騎士の手が、今は無性に愛おしい。

そのまま二人と代わるがわる、互いの唾液が糸を引くほど情熱的なキスをしながら、僕たちはベッドになだれ込んだ。

ベッドの上で、僕は二人に着ているものを剥ぎ取られていく。

少し前の僕だったら恥ずかしくて嫌だと騒いだのだろうけれど、今日はこの先を想像しただけで興奮してしまう。

正面にいるリアが僕にキスをしながら上着のボタンをゆっくり外すと、背後で僕を抱きかかえるレオナードが上着を僕の腕から脱がせた。

「あっ……」

上半身裸の僕の胸にレオナードが手を這わせてきて、優しく撫でてくれる。それだけで僕の頭はとろりと蕩《とろ》けそうだ。

リアが僕に何度もキスをしながらふふ、と笑った。

「今日のソウタは随分と敏感だね」

「ん、だって、二人に触られるの気持ちいい……。ね、リアも、脱いで」

「ああ、そうしよう」

僕から一度離れたリアが、まるで見せつけるようにシャツとズボンを脱いでいく。

さっき僕とキスしたばかりのリアの唇はお互いの唾液で艶《つや》めいていて、ひどく扇情的だった。もう一度その唇に口付けしたい……

「リア、早く……もう一回……」

「……煽《あお》るね。食らいつきたくなる」

べろり、と分厚い舌で自分の唇を舐めるリアからは雄の色香が漂《ただよ》っていて、僕は思わず生唾を呑んだ。

「おい、ほどほどにしろよ」

後ろでレオナードがリアを嗜める。

しかしそのレオナードも、雄の色香を濃く纏っていた。

「レオナードも、脱いで、よ」

「俺は次。リアでぐずぐずになったお前を骨までしゃぶってやるぜ」

「ひあっ」

そう言いながら僕の首筋に舌を這わすレオナードが、がじりと耳朶《じだ》を甘噛みする。

ビリリとした小さな痛みと、僕の体をぎゅっと抱きしめるレオナードの熱で、僕の股間のモノがむくりと反応している。

リアがそれに気づいて、両手を伸ばすとあっという間に僕の下穿きを剥ぎ取る。空気にさらされて萎縮した僕の芯を、リアの右手がツツと撫でた。

「んあっ」

「いい声で鳴くね。私だけに集中して、ソウタ」

「う、んむ……」

僕のモノをゆっくりとさすりながらリアがキスをしてくれる。

最初は啄《ついば》むだけだったキスは次第に激しくなっていき、リアの舌が歯列をなぞっていく。その感覚だけで背筋が震えてしまう。

少しの間リアの舌にされるがままになっていると、彼は僕の口内に舌を入れ、もったいぶるようにゆっくりと僕の舌を搦《から》め捕《と》った。

リアは巧みに舌を動かして僕の口内を嬲り、それと同時に緩急をつけながら右手で僕の芯を上下に擦り上げる。

ねっとりと舐め回したかと思うとじゅるりと吸う。

僕はうまく息を吸うことができない。

口蓋を舐められた時には、未知の快感に背筋がぞわりとわななく。口内の刺激に反応するように、ぷくり、と鈴口から先走りが溢れ出た。

「あぅっ、あぁ、いい、きもちい」

思わず漏れ出た言葉に、リアは満足そうな顔をしてふう、と息を吐いた。

「反応が早いね、ソウタ。キスだけでガチガチだよ」

「気絶しない程度にな、リア」

「善処はする」

二人の物騒な会話を聞きながらも、体が自然と更なる刺激を求めている。うずうずと体の中で何かが蠢いているようだ。

——もっと触って。

——もっとキスして。

——もっと……

もう、僕の頭には理性なんてものはない。

気がつくと、僕は自分で腰を振ってリアの手に先走りを擦り付けていた。

リアの身体に触りたくて仕方がない。

ごくりと唾を飲み込むたびに動くリアの喉仏があまりにも艶《なま》めかしくて、僕は彼の首筋に顔を寄せるとペロリと舐めた。

リアの汗と肌の味がする。

「甘い……はぁ……」

しょっぱいはずのそれは、なぜだか甘く僕の舌を蕩《とろ》けさせる。

僕は夢中でリアの首筋に舌を這わせて、その下にある鎖骨を甘噛みした。

「ソウタ……私の膝に乗って」

興奮したように息を吐くリアは、まるで獣のような瞳で僕を見つめてくる。僕は言われた通りにリアの膝の上に乗った。

リアと対面する形になると、猛獣の前に生贄に出された子羊の気分だ。

思わず体が震えたけれど、これは恐怖じゃなくて歓喜の震えだ。

リアは僕の腰を引き寄せると自身の下穿きをずらす。

リアのたくましい腿《もも》の先に聳《そび》える雄芯は、僕という獲物を前にして見事に雄々しくそそり勃っている。

「あ、おっきい……」

僕の声にリアの芯はさらにビキビキと血管を浮き立たせている。リアのそれはいつにも増して大きかった。

僕のなんて、半分にも満たないかもしれない。

まじまじと見つめていると、お尻に何かがたらりと垂らされた。

「ひあっ」

「ああ、冷たかったか。少し我慢しろ」

後ろでレオナードがどこから取り出したのか、小さな瓶から油のようなものを僕のお尻に垂らしたようだ。

ふんわりと熟れた果実のような甘い香りが部屋中に漂《ただよ》い始める。

「レオナード、なに、それ」

「香油だ。何も心配ない。リアを見てな」

「んんっ、あ、ああっ」

レオナードの言葉を受けて、リアはいきなり僕のささやかなモノと自分のそれを合わせると、両手で包んで一気に擦り始めた。

「ふぁぁっ、あっリアっ」

「ソウタ、いまは私だけ見てて……」

リアの熱くて硬い雄心で僕の裏筋が刺激されて、もうどうしようもなく気持ちがいい。それと同時に、レオナードの筋張った指が僕のお尻の窄みをゆっくりと愛撫し始めた。

二人に恥ずかしい場所を刺激されて、ゾワゾワとした気分になる。

レオナードの指は窄みの皺《しわ》に香油を塗りたくって、僕のお尻を優しく撫でる。

ときおり窄みを指がぐっと押すと、僕の身体の奥深くから得体の知れない快感が溢れる。

早く二人とここで繋がりたい。

そう思い始めたことで、残っていた理性も吹き飛んだ。

「レオナ、ド、はやく……」

「少しずつ、な」

少し息を荒くして答えたレオナードは、香油をいっぱいに垂らした指を少しだけ僕の中に入れた。

ほんの少しだというのに、違和感でいっぱいだ。

でも、リアが僕にキスしながら前をいじってくれるので、あっという間に快感で上書きされる。

レオナードの指は後腔を少し入っては出てを繰り返していたが、少しずつ動きを大きくして、僕の中に入ってくる。

「んっ――！」

進入してくるレオナードの指と、リアによってもたらされる芯への刺激で、僕は白濁をリアの手の中にぶちまけた。

「はあ、あ、はぁ」

「いっぱい出たね」

「ん……」

体全体に広がった快楽を受け止めきれず、ぐったりとリアにもたれて息を整えていると、僕のお腹にリアのモノが当たる。

そういえば彼はまだ達してない。

限界寸前とばかりに膨張するそれを見て、再び興奮してきた。

レオナードの指がまだ僕の体の中に香油を塗っていて、ゾワゾワした刺激を絶えず僕に与えているのも原因かもしれない。

「ソウタ、まだまだ終わらないよ」

「こっちも、な」

「あ、うん、もっと……」

リアはくったりとしてしまった僕の芯を再び扱き始め、レオナードは指を二本に増やしてさっきよりも強く僕の中を擦り上げる。

僕は二人からの刺激にすすり泣いて、もう何も出ないはずの僕のモノは、なんだかわからない透明な液をたぷたぷと垂らしている。

「く……っ」

少しだけ苦しそうに顔を歪ませたリアを見て、レオナードが指を一気に引き抜いた。

「うあぁっ」

指を引き抜かれた時の刺激が、神経を痺れさせる。僕はのけぞって、そのままレオナードにもたれかかった。

「ソウタ……」

レオナードの上で半ば仰向けになっている僕を見下ろしながら、膝立ちになったリアが自身の屹立を扱き始めた。

熱い息を吐きながら欲望を滾《たぎ》らせた瞳で僕を見つめるリアは、なんて官能的なんだろうか。

「リア、ここにぶちまけて……」

僕は無意識のうちに、自分の薄っぺらなお腹をさすっていた。

「くそっ、ソウタ……！」

いつもは穏やかな口調のリアが、獣が獲物を狙うような表情で僕の体に精を放った。

リアの体液でお腹が熱い。

ぶちまけられた精から放たれる雄の匂いに、僕は恍惚感でいっぱいになった。

「はあ、きもちいい……」

「……とんでもない子だな、君は」

「え、なに」

「到底このままでは治まらない」

「えっ」

自身の欲を存分に放ったはずのリアの股間は、嘘のように再びそそり勃っていた。

「だが残念ながら、交代だ。レオナードの次にまた気持ち良くしてあげよう」

ちゅっとおでこにキスをしたリアはベッドの横にずれる。

すると、今度はレオナードが僕の前にやってきて、顔を覗き込んだ。

「さて、どこからしゃぶりついてやろうかな」

「レオナード、んあっ」

僕の足を持ち上げたレオナードが、足の指をねっとりと舐める。

「あ、んんっ、レオナード……っ」

レオナードが僕の右足の指をねちねちと舐《ねぶ》っている。

まずは親指、次に人差し指と、順番に舌で舐め上げて口に含む。その間、レオナードはまるでその行為を僕に見せつけるかのように、僕から目を離さなかった。

レオナードの燃えるような熱い視線が、僕の身体をぞわりと震わせる。

「ソウタ、お前の体は甘いな」

彼は僕の足の指から口を離して、今度は足首に舌を這わせる。時折甘噛みしながら、レオナードは僕の足を堪能していた。

だんだんとレオナードの舐める場所が僕の太腿《ふともも》に移動してきて、一番柔らかい太腿《ふともも》の内側をカリッと噛んだ。

「ああっ、う、んっ」

少しの痛みはあっという間に快楽に変わる。

レオナードの愛撫で僕の脳は蕩《とろ》けそうだ。

「さて、さっきの続きだソウタ。へばるなよ。リア、お前は後ろに」

「ああ」

横にいたリアが、今度は僕の背後に回ってさっきのレオナードと同じように僕を抱え込む。僕の足から手を離したレオナードが、僕の股の間に身体を割り込ませた。

そして、シャツをゆっくりと脱いでいく。

目の前で露わになるレオナードの見事な身体。

綺麗に割れた腹筋に伝う汗がものすごく色っぽい。

レオナードは服を脱ぎその辺りに放ると、僕の太腿《ふともも》をグッと持ち上げる。後ろにいるリアが僕の足を持って固定した。

つまり今の僕は、レオナードに触られた窄みを、彼に晒している……

それを自覚すると、顔がとんでもなく熱くなった。

「レオナード……。これ、恥ずかしい……」

「いい眺めだ……。今すぐめちゃくちゃにしてやりたい」

レオナードはそこへ自分の股間を押し付けた。まだ下穿きを穿いたままのレオナードの硬いそこが、僕の窄みを刺激してくる。

それだけなのに、僕の心はぞくりとした。

「はやく、レオナード……。繋がり、たい」

「……っ、タチの悪い男だな、ソウタは」

レオナードがグッと奥歯を噛み締めたのがわかった。

でもだって、早く欲しい。

二人の熱が。

「ソウタ、君はなんて扇情的なんだ……」

僕の背後で、リアがそう呟いたかと思うと、僕の両足をがばりと大きく開いた。もはや窄みだけでなくて僕の芯もレオナードに丸見えだ。

「ああっ」

レオナードが香油を再び僕のお尻の間に垂らすと、指をずずっと中へ入れてきた。さっき少し解《ほぐ》されたそこは、反発する事なくレオナードの指を受け入れる。

レオナードはずるずると抜き差しをしながら僕の中をそっと擦り上げる。

同時に、僕の足を持っていたリアが両腕を僕の膝下から回り込ませて、両指で僕の胸のしこりを刺激してきた。

「や、あっ、ああんっ」

二ヶ所からの刺激が、僕の理性を奪っていく。

「あっ、気持ちいいっ、レオナード、リアっ」

レオナードの指はすぐに二本に増えて、僕の中をグチュグチュと蹂躙《じゅうりん》している。

その時、彼の指が僕の中の固い何かをコリッと引っ掻いた。

その強烈な刺激は、まるでむき出しの神経を撫でられたかのようで、びりびりと全身に痺れが広がった。

「ああっ、や、だ、めっ」

「お前はここが気持ちいいもんな」

やだって言っているのに、レオナードはそう叫ぶ僕を見てにやりと笑い、そこばかりを執拗に責めてくる。

「リア、お前はソウタの可愛い乳首を存分に遊んでやれ」

「了解」

リアはそう答えると、再び僕の両方の乳首をぎゅっと摘《つま》んだ。

「あ、んっ」

「ああ、君のここがぷっくりとしてきた。果実のようだね」

「い、いやぁ、もう触らないでぇ」

僕がどれだけ叫んでも、レオナードもリアも全然やめてくれない。

そればかりか、二人とも僕がやだと言えば言うほど、激しく僕の身体を責め立て、いじめてくる。

もう僕は息も絶え絶えで、芯からはまた透明な液体がとぷとぷ溢れてきてお腹を濡らしている。

「……くそっ」

レオナードは膝立ちになると、まだ穿いたままだった下穿きをずらして自分の屹立を、僕の前に晒した。

それは大きくて、太くて、ビキビキと血管を浮かべながらむくむくと膨張を続けている。

「あ、すご、い……」

「リア、ソウタの膝を貸せ」

リアが僕の足を離す。

レオナードはその足を持ったかと思うと、そのまま僕の太腿《ふともも》を閉じた。

「あ、やだ、それじゃやだ！　挿れてよお」

「まだ挿れない。今日はお仕置きだからな」

そう言いながら、レオナードは僕の太腿《ふともも》の間にずいっと彼の屹立を滑り込ませた。

レオナードのものが僕の芯に当たってしまって、ものすごい刺激的な絵面だ。レオナードはそのまま一気に腰を打ち付け始めた。

「あぁっ」

「ソウタ……」

レオナードが僕の太腿《ふともも》の中で楔を抜き差ししながら、僕の名前を呼ぶ。

胸をのけぞらせて刺激から逃れようとする僕に、リアが笑いかけた。

「いい顔をしているね、ソウタ。でも逃げちゃダメだ、まだ終わらないよ」

「くっ、リア、今だめぇ」

レオナードからの刺激に合わせて、リアが僕の乳首を弾いてこねくり回す。

僕は叫び声を上げながら二人の愛情を享受する。二人は僕の体をどこまでも責め立て、僕を快楽で包む。

レオナードの雄芯が白濁の飛沫《しぶき》を僕のお腹に撒き散らすのと同時に、僕も透明な液体をばしゃりと飛ばす。

そのまま快感に耐え切れず、僕は温かい二人の体に挟まれて、気を失った。

第三章　模擬試合、開幕！

東西南北の大きな道が交わる交易の拠点として、普段から賑わっているレイル領。

普段でも商人や観光客の多い街だが、今日はさらにとんでもない数の人々が押し寄せていて何倍も騒がしい。

レイル領民はもちろん、この日のためにレイル領に集まった人たちのお目当ては、もちろんレイル城で開かれる王立第二騎士団の模擬試合と、中央市場でのお祭り。

数日前までは「たくさん人が来てくれて盛り上がればいいなあ」なんて呑気なことを思っていたけれど、どうやら僕の心配は杞憂だったようだ。

模擬試合の前日から、レイル領にある四ヶ所の関所には大勢の人が押し寄せて、宿はどこも満員になった。

準備をしている時にすでに宿屋のみんなから「泊まれる部屋を増やして準備万端です」っていう報告は上がっていた。

正直に言うとその度に心の中で、そんなに人が来るだろうかっていう不安がなかったわけではない。

いざ蓋を開けたらほとんど誰も泊まりに来なかった……なんていう悲劇は絶対に避けたかったたし、

できる限り寄付を集めたい気持ちもあった。だから事前にレイル領に来た商人には、模擬試合の宣伝をしていたのだ。

だから、僕たちの宣伝作戦は成功を収めたのだが……

「とはいえ、これは予想以上だな……」

段々と人が増えていく街を見て、嬉しくなった。

「寄付いっぱい集まるといいなぁ！」


模擬試合当日。

僕は朝早く起きて、模擬試合に出る団員のみんなに声をかけて回った。

今回、レイル城で行《おこな》われる模擬試合に出るのは各部隊二人ずつ。

誰が一番強いのかを決めるトーナメント制の試合ではなくて、事前に抽選で決めた相手と一度だけ試合をする……という形式にした。

もちろんみんなは気合十分だ。マヌエルさんも「稽古の甲斐あっていい試合ができそうだ」と太鼓判を押してくれた。

「みんな怪我にだけは気をつけて頑張ってね！」

「はい！」

「寮長も観に来るでしょ？」

元気に返事をするみんなに、僕も元気に返した。

「もちろん！　みんなのかっこいい姿、ちゃんと観てるからね！」

一人一人とハグしながら、「頑張って」と伝えて回った。

僕は模擬試合に参加する団員たちの後に、レオナードとリアと一緒に試合会場に行く予定となっている。

この声かけが終わったあとに、二人と中央市場のお祭りの様子を見て回るんだ！

模擬試合はお昼過ぎからだけど、早朝からお祭りは大盛り上がり。

たくさんの出店と中央市場の各所で行《おこな》われる催し物を見に、たくさんの人が押しかけている。

模擬試合に出ない団員たちが剣の型を披露するのも見に行く予定になっていて、こっちもすごく楽しみなんだ。

「さて、僕もそろそろ着替えを済ませないと」

僕が今着ているのは、ふんわりとした素材の白いシャツに太腿《ふともも》の辺りに膨らみのあるズボンだ。

つなぎの作業着ばかり着ている僕としてはこれでも十分おしゃれなんだけど、今日はもっと豪華な服を着ないとだめらしい。

寮長室に戻ると、レオナードが僕を待っていた。

彼は既に着替えを終わらせている。

いつもと違って柔らかな黒の上下の制服には、金色の刺繍《ししゅう》がこれでもかと施されていた。襟元やボタンには宝石があしらわれていて、豪華絢爛だった。

普段はシンプルな服を好むレオナードだけど、やっぱりかっこいいから、こういった形式ばった衣装も似合うのだろう。

「レオナード、かっこいい……」

「そりゃどうも」

「今日は正真正銘、第二騎士団の騎士団長って感じがするね！」

「いつもはどんな感じがしてたんだよ……」

「え、あはは……。だっていつもは隊服をちょっとだけだらしなく着ているから」

「今日は模擬試合だからな、正装がふさわしいってことぐらい分かってるんだよ」

僕はレオナードに手伝ってもらいながら正装に着替えた。

彼と同じ黒の上下に金の刺繍《ししゅう》と宝石たっぷりの服だ。

「な、なんか落ち着かない」

「いつもの服が質素すぎるんだよ」

レオナードはまじまじと僕を眺めていたが、頭の天辺から靴の先まで堪能するようにゆっくり見てから、ふっと笑って僕のおでこにキスをした。

「よく似合っている」

「あ、ありがと……」

耳元で囁《ささや》かれて、ほっぺたが熱い。

どれだけ親密になっても、やっぱりこういうスキンシップは慣れない。

「ねえ、リアは？」

「あいつは外で馬をひいて待ってるぜ。それじゃあ行くとするか」

「うん！」

レオナードは僕の手を取ると、優しく握ってくれた。

僕とレオナードが玄関に出ると、リアが馬の鞍《くら》の締まりを確認しているところだった。

「ああ、やっと来たか」

レオナードや僕と同じく黒い正装を身に纏ったリアが僕たちに気づき、馬をひきながらやってくる。

リアは僕の格好を見て、頬を緩めた。

「ソウタ、よく似合っているよ。その美しい肌に黒の服がよく映える」

「へへ、ありがと」

リアはため息をつきながら、僕の頬をそっと撫でた。

「さあ、君はレオナードと一緒に馬に乗ってくれ。ちゃんとまっすぐ前を見ていれば怖くないからね」

「うん、分かった……」

「レオナード、出発しても問題ないか」

「ああ、行こう」

リアはひいていた黒毛の馬に颯爽と乗ると、両側に控えていた騎馬部隊のみんなに整列するよう合図をする。

銀に近い金髪と黒い正装の装飾が陽の光に煌《きら》めいて、馬上のリアはとっても凛々しかった。

「ソウタ、どうしたんだい？　ぼうっとして。大丈夫？」

「リア、王子様みたい……すごい……童話の世界みたいだ」

「うん？　まあ、王子だからね」

リアは僕に向かってウインクをすると騎馬部隊のほうに踵《きびす》を返して行ってしまった。

そうだ、リアってば王子なんだった。

何だかリアの魅力を再発見したようだ。

「それじゃ、俺たちも行くぞ」

「わかった！」

レオナードの手を取り、僕たちの乗る馬へ向かう。僕たちが乗る馬も黒毛が艶《つや》やかで逞しい体つきをしている。

「ほら」

「ありがと、レオナード」

彼の助けもあって無事に馬に乗る。

一人で乗りこなすリアとは違って僕は一人じゃ馬を操れないから、レオナードと一緒に乗ることになっている。

僕は数人の騎馬部隊に先導されながら、中央市場に向かって移動し始めた。

寮を出てしばらく行くと、領民が楽しそうな声をあげながらお祭りを楽しんでいる。彼らは馬上の僕たちを見つけると、すぐに声をかけてくれた。

「レオナード様〜！」

「リア様！」

二人は沿道の声援に慣れた手つきで手を振ったりして応えている。さすがは王立第二騎士団の団長と副団長。声援に応える姿が様になってる！

「すごい……！　やっぱり二人とも人気者なんだね」

「ん？　そうでもない。それに今日はみんなお前を見てるぞ」

「えっ僕？」

「そうだ、お前だよ。試しに手を振ってみろ」

周りを見てみると、たしかに沿道の人たちの中には、僕の名前を呼んでくれる人も多かった。

でも僕は今までの人生でこんなに声援をもらったことがない。

一体どうやったらいいのかわからずに二人に倣《なら》って、近くで手を振っている人にちょっとだけ微笑みながら手を振ってみた。

「うわっ可愛い！　僕に笑いかけてくれた！」

「馬鹿、今のは俺に笑ってくれたんだ！　ちゃんと目が合ったんだからな」

「慎ましく微笑むあの姿を見ろ……。愛らしさの奥に妙な色気があるぜ」

ざわつく町の人たちが怖い……

え、本当にあれ僕のこと言ってる？

「ほらな」

「レ、レオナード、なんかすごい事になってる」

さっき試しに笑いかけた辺りの人がぼうっと呆けている傍らで、別の人たちが何やら興奮気味に叫んでいる。

「寮長～！　麗しい微笑みを僕にもくれ！」

「その瞳で俺を見つめてくれ！」

「寮長バンザーイ！」

そう言いながら彼らは小さな紙のようなものを掲げた。

みんなが持っているあれは――僕の肖像画だ！

よく見ると、僕の肖像画だけじゃなくてレオナードやリアの肖像画を持っている人もたくさんいる。

「ねえ見て！　みんな僕たちの肖像画を持ってるよ！」

「ああ、そうだな。あれがあれば奴らもここにいるソウタが誰のものか、わかるだろ？」

「へ？」

意味がわからなかった僕は振り向いた。

その途端、レオナードが僕にキスをした。

ほっぺたとかじゃなく、唇に。

公衆の面前で……な、何を⁉　恥ずかし過ぎて死ぬ！

「お前は俺とリアだけのものだ。忘れるなよ」

息がかかるほど近くでレオナードがそう囁《ささや》く。

遠くのほうでものすごい歓声が上がっている気がするけど、耳が遠くなったみたいに何も聞こえない。

それなのに、レオナードの声だけははっきりと聞こえる。

僕は身体の力が抜けてしまって、中央市場に着くまでの間、後ろに座るレオナードの腕にしがみつくしかなかった。

歓声の花道の中を進み、やがて僕たちは一際喧騒が激しい場所へとたどり着いた。今回の主な催しが行《おこな》われる、中央市場だ。

「ほら、着いたぞソウタ。ここで馬を降りる」

「ん……」

「はは、口づけひとつで腰砕けか？」

「な、そ、そんなことないけど公衆の面前とか……恥ずかしすぎて！」

「はははっ」

笑い事じゃないー！

笑いながら僕を馬から下ろしてくれたレオナードに食ってかかっていると、馬を先導の騎馬部隊に引き渡してきたリアが戻ってきた。

「二人して随分楽しそうだな」

「リア聞いてよ、レオナードったらさっきみんなが見てる前で僕に――んんっ⁉」

僕はレオナードへの不満を伝えようとしたんだけど、リアは黙って近づいてきたかと思うとぐいっと僕の腕を掴み、キスしてきた。

リアの唇は温かくて、少しかさついている。

それが逆にぞくりとした刺激を与えた。僕らの周りでは、みんなのさらなる歓声が聞こえてくる。

少しの間口付けを交わして離れたリアは、何だか不思議な表情をしていた。

「レオナードだけ抜け駆けは許し難いな」

「はん、嫉妬深い男は嫌われるぜ」

「お前だって群衆の男どもに独占欲を刺激されたんだろう」

「俺たちへの歓声とは明らかに種類が違った。胸糞悪いぜ」

「まあ、それは同感だがな」

いきなり二人からキスされた僕をそっちのけで談笑するレオナードとリアが憎い。

僕はじとりと責めるような視線を送ったけれど、二人は反省する様子は全くなく、無駄なように思ってすぐに諦めた。

その後気を取り直して、僕たちは中央市場の中でお店を見て回った。

あちこちでいろんな人から声をかけられながら回るのは、なんだか新鮮な気持ちがして、とても楽しかった。

「あ、これさっきみんなが持っていた肖像画だ！」

店先に並べてあった僕たちの肖像画は、次々に売れていく。

以前、僕たちの肖像画を販売したいと申し出てくれた商人さんが扱う品より安価で、領民が気軽に買うのにちょうどいいもののようだ。

「これ、僕も買おうかな」

「はあ？　自分の肖像画をか？」

「いや、自分のはいらない。レオナードとリアの肖像画だよ！」

「私たちの肖像画を？　本人が目の前にいるのにかい？」

どうやら僕が二人の肖像画を買う理由がさっぱり分からないようだった。

僕だってそりゃあ本物のほうがいいよ。

けど、自分の伴侶の顔が商品になっているなんて経験、そうそうできるものじゃないし、ここは全種類集めたくなるもんでしょ？

「うん、二人の肖像画なら全商品欲しい」

「ふうん、よくわからねえが……。たしかにお前の肖像画なら欲しいかもな」

「そうだね、私たちも買おうか」

結局、三人であぁだこうだ言いながらお互いの肖像画を買った。

これはずっと大事にしよう。

胸のポケットに入れていつでも眺められるようにしようかな。

和気あいあいと中央市場での買い物を楽しんでいると、あっという間に日が高くなり模擬試合の時間になった。

名残惜しかったものの、僕たちはレイル城の模擬試合会場に向けて移動した。

◇◇◇

模擬試合の会場は、すでにかなりのお客さんが詰めかけていて、熱狂に包まれていた。

試合は会場であるレイル城の屋外訓練場の中央に用意された、大きな円形の舞台で行《おこな》われる。観客席はその円形の舞台をぐるっと囲うように配置されている。

僕たちは一番試合の見やすい中央部分に席を用意してもらっていた。隣にはマティスさんとヴァンダリーフさん、マヌエルさんも座っている。

「やあ、ソウタが準備した中央広場での祭りは盛況のようだね」

「はい、マティスさんとヴァンダリーフさんの助けもあって素晴らしいものになりました。盛り上がって良かったです」

「領民が喜んでいるから、今後も定期的にこういう祭りを開くのもいいかもしれないな」

などとみんなで談笑していると、やがて甲冑《かっちゅう》を纏った二人の騎士が舞台にあがった。

いよいよ模擬試合が始まる。

第一試合は歩兵部隊のヘイリーと偵察・斥候部隊のグレアムによる試合だ。

訓練場の真ん中まで歩み寄り、お互いに剣を交える。それが試合開始の合図だ。満席の観客席から大きな拍手と歓声が湧き上がった。

ヘイリーとグレアムは試合開始の合図と共に後ろに飛んで一気に距離を取ると、剣を突き出してじりじりと距離を詰め始める。

正午を過ぎた競技場には燦々《さんさん》と陽の光が照り付けて、二人の甲冑《かっちゅう》が宝石のように輝いていた。

「が、がんばれ！」

「いけぇ！」

「騎士様がんばって！」

二人の戦力は拮抗していて、初戦から一進一退の攻防が続く。観客たちは二人の剣技に声を上げながら模擬試合を楽しんでいた。

少ししてグレアムの剣が弾かれて手を離れたところで、盛大な拍手が辺りに響いた。第一試合は歩兵部隊のヘイリーの勝ちだ。

二人が一礼して舞台からはけるとすぐに別の騎士団員がやってきて、第二試合が始まった。

第二試合、第三試合と素晴らしい試合が続いていく。僕はありったけの声を出して大切な騎士団のみんなを応援した。

手に汗握る模擬試合が続き夢中になっていると、あっという間に時間が過ぎていく。

マヌエルさんからは事前に日没になる前に模擬試合を終了するよう言われている。おそらく次が最終試合になるだろう。

盛大な拍手とともに、今しがた決着がついた騎士たちが舞台から去っていく。

「次の試合で終わりかな？」

事前に知らされていた情報だと、最後の対戦はお楽しみということだった。

しかしいつまで経っても騎士は出てこない。

「……あれ、次は誰の試合だろう」

首を傾げると、レオナードが何食わぬ顔で声を発した。

「よし、リア行くか」

「そうだな」

「え、待って！　どこに行くの？」

突然、レオナードとリアが二人して椅子から腰を上げる。次が最後の試合なのに帰っちゃうの⁉

慌てる僕を見て、二人はニヤリと笑った。

「模擬試合の最後は私とレオナードが戦うんだよ」

「ええっ⁉」

僕はのけぞらんばかりに驚いた。

最初にこの企画を出した時には二人はやる気に満ちていたんだけど、騎士団員のみんなに反対されて参加を断念していたから。

「二人は出ないでほしいって、みんなに言われてなかった⁉」

「ああ、あいつらとはやらないぜ。実力差がありすぎるからな。最終試合はリアと俺の試合なんだ」

「リア対レオナード⁉」

「応援してくれると嬉しいよ」

僕の驚いた声に、レオナードとリアがくすくすと笑い、そのまま席を立ち行ってしまった。

「嘘……。聞いてない……」

隣でマヌエルさんが微笑んでいたあたり、彼はおそらく知っていたのだろう。

それにしても……リア対レオナードの試合なんて嬉しいけど、それ以上に悩ましい。

「一体どっちを応援すればいいんだろう」

もちろんどっちか一方を応援するなんてできない。両方応援したいのだけど、そうなると応援の仕方がわからない。

僕はとにかく二人が怪我をしないように祈るしかなかった。

悩んでいるうちに、舞台上に甲冑《かっちゅう》をつけた二人が現れた。

レオナードは細身の剣を両手に持ち、リアは大振りの剣を右手で握っている。会場は今日一番の歓声で満たされていた。

しかし二人はいつものように手を振り返したりすることはなく、じっと互いを見つめ続けている。

二人が集中していることが伝わってきて、ごくりと固唾《かたず》を呑んだ。

歓声が止み、舞台上の二人は十分な間合いをとると、双方とも剣を掲げた。

——試合開始の合図。

次の瞬間、レオナードとリアはものすごい速さで距離を詰めると、勢いよく剣を振るった。

ガキン、ガキンと剣同士が擦れ合う音が競技場に響くが、先ほどの団員たちの試合で聞こえたものとは比べ物にならないほど強く、重い音だった。

甲冑《かっちゅう》だけでも相当な重さだというのに、二人は軽々と舞台上を動き回り、俊敏で華麗な剣捌きを披露する。

「二人とも、すごい!! レオナード! リア! どっちも頑張って!!」

僕はありったけの声で二人を応援した。

二人とも相当な手数を繰り出している。

しかしその全てを巧みに躱《かわ》すため、なかなか決着がつかない。

白熱する試合とは対照的に、陽はどんどん落ちてついに空は真っ暗になり、二人の試合は引き分けとなってしまった。

兜《かぶと》をとって、汗を拭いながら互いの健闘を称える二人の姿は、それはもう美しく、観客のみんなも大喜びだ。

もちろん僕だって例外じゃない。

「うう、かっこいい……!!」

素晴らしい試合に感動して涙ぐみながら、観客に手を振るレオナードとリアにいつまでも拍手を送った。

それからレオナードとリアが舞台を降りるまで、拍手の音が鳴りやむことはなかった。

模擬試合は大成功を収め、かなりの金額の寄付を集めることができた。

中央市場で開かれたお祭りの売り上げもあるので、これで嵐やザカリ族によって傷ついたレイルの街の復興には十分だろう。

「良かったー、模擬試合がちゃんと成功して！」

団員のみんなと合流し、寮に戻る。僕が安堵のため息をつくと、みんなも安心したような表情を浮かべた。

「本当に良かったですよ、大成功ですね！」

「それにしても最後に団長と副団長が試合をするとは思いませんでしたよ」

玄関先で武具を外しながら口々に言うみんなも、満足そうだ。あんなにかっこいい二人の姿を見てしまったら、そうなるだろうな。

最初こそ不安だったけれど、やって良かったなと心から思えた。

「みんなの試合も格好良かったよ！　お疲れ様でした！」

「お疲れ様でした！」

疲れているだろう団員たちを早々に休ませると、僕も寮長室に戻る。部屋ではすでにレオナードとリアが僕を待ち構えていた。

「ソウタ、今日は疲れただろう？　早く寝てしまおう」

リアにそう言われると、途端に疲労を覚え、体がどっと重くなる。

模擬試合の準備もあったし、レオナードとリアと喧嘩もした。

思いもよらなかったライン王国の過去を聞いたことを思い返すと、肉体的にも精神的にも疲れているのは当たり前だ。

「ほら、さっさと寝る支度するぞ」

「うん！」

二人が僕の寝巻きの準備をしてくれる。

着心地のいい寝巻きに着替えてベッドに倒れ込むと、二人も僕を挟むようにベッドに潜り込んだ。

お布団に入ったばっかりなのに、もう瞼が閉じてしまいそうだ。

「ねえ、レオナード、リア。今日の試合の二人すっごくかっこよかった」

「そうかよ、それは良かったな」

「内緒で試合に出た甲斐があったよ」

やっぱり最初から僕には内緒のつもりだったんじゃないか……

「うん、団員の人たちがいっぱい試合をしてたけど、やっぱり二人が一番だよ」

「部下の試合内容に劣るわけにいかねえからな」

「そう、だね……」

そこまで言ったところで、僕は限界を迎えた。

もうこれ以上瞼を開けていられないみたいだ。

「ふふ、ソウタもよく頑張ったね」

「ああ、今日の模擬試合の成功はお前の頑張りのおかげだな」

レオナードとリアが僕を両側からぎゅっと抱きしめてくれる。二人の温かな体温に包まれながら、僕は幸せな気持ちで眠りについた。

◇◇◇

「それではソウタ、あまり頑張りすぎないように」

「はい！　本当にありがとうございました」

翌日、僕の代わりに寮長を務めてくれたマヌエルさんが王都に戻ることになった。

元々模擬試合のための訓練で来てくれたので、いつかは王都に帰ってしまうのはわかっていたけれど、いざその日が来ると寂しい。

「何かあったら、必ず私に相談しなさい。いいね」

「……はい！」

力強く僕の手を握ってくれるマヌエルさんに返事をしながら、僕は彼に一礼する。彼は「それじゃあ」と言って、颯爽と愛馬に乗って行ってしまった。

「なんだか寂しくなっちゃうな」

彼の後ろ姿を見ながら呟く。

すると、レオナードとリアが僕の肩に手を置いた。

「まあ王都まではさほど遠くもないからな。あいつのことだから時々こっちに遊びに来るだろ」

「その時はもうちょっとゆっくり話がしたいなぁ」

「随分とドタバタしていたからね」

レオナードとリア、僕の三人でマヌエルさんの後ろ姿が見えなくなるまで見つめていると、入れ替わるようにひょっこりとある人物が寮に顔を出した。

「よう、ソウタ！」

「イーヴォ！」

ニコニコと人懐っこい笑みを浮かべてやってきたのは、イーヴォだ。

「なんだか久しぶりに顔を見た気がするなぁ」

「ああ、こっちでもちょっとした野暮用をしてたからな」

「そうなんだ！」

自由の羽傭兵団は、どうやらレイル領でも何かの任務をしていたらしい。どんな任務だったのかは知らないけれど、あまり触れないほうが良いのだろう。なんだか楽しい依頼じゃないような気がするし。

僕がぼうっと考えていると、イーヴォが顔を覗いてきた。

「なあ、あの耳飾りのことなんだけどよ」

「あっそうだ！　返さなくちゃね」

「いや、いいんだ。やっぱまだ借りを返した気にはなってねえし、俺の気が済むまで耳飾りはお前が持っててくれ」

「え、いいの？」

「いいぜ、友達のよしみだろ？」

「うん！」

イーヴォがそう言って手を差し出したので、僕は喜んで握手をしようとした。すると横からするりと手が伸びてきて、イーヴォの手をバシリと払った。

「俺たちの伴侶に気安く触るんじゃねえよ」

レオナードがムッとしながらそう言い、リアが僕のことを自分の背中に庇った。二人とも眉根を寄せて剣呑な表情をしている。

「耳飾りの件は了解した。君は次の任務があるのだろう？　こんなところで油を売っていないで早く仕事に行きなさい」

「ちょ、ちょっと二人とも！」

僕の言葉など聞かず、二人はイーヴォへの敵意を剥《む》き出しにしたままだ。そう言えば、この二人、イーヴォに敵対心を持っていたんだ！

「へいへい、相変わらずの過保護っぷりだな。ソウタ、こんな奴らやめて俺にしとけよ」

ヘラヘラと笑いながらそんなことを言うもんだから、レオナードとリアの機嫌はさらに悪くなってしまう。

もう、いい加減嫌い合うのをやめればいいのに。

そんなことを思っていたら、もう一人の人物がするりと門の前に現れた。青髪の美丈夫、ベルンハルドさんだ。

「こら、私の大事な部下をいじめるのはやめてもらおうか」

「誰がいじめただって？　楽しくお喋りしてただけだぜ」

悪びれもせず言い放つレオナードに、ベルンハルドさんはふっと笑みをこぼす。どうやら別れの挨拶をしに来たようだった。

「私たちはこれから任務で南部へ向かう。無事に反乱を防いだら、再び会うこともあるかもしれない」

「ああ、よろしく頼むぜ」

ベルンハルドさんがレオナードとリア、それぞれと固く握手を交わし僕のもとにやってきた。僕も手を差し出した。

「ソウタ、君に会えて良かったよ」

「はい、僕もです。道中お気をつけて」

ベルンハルドさんは僕の差し出した手を取ったが、そっと僕を抱き寄せると、二人に聞こえないように耳打ちをした。

「南部の反乱は君に思わぬ不幸をもたらすかもしれない」

「え……？」

低い声でそんなことを言われて、ドキッとする。

「常に自分自身を見失わないように行動しなさい。自分の心の思うままに。いいね？」

「は、はい……」

「いい子だ」

それだけ言ってベルンハルドさんは僕の背中から手を離すと「それでは」と言って踵《きびす》を返した。

「では、またいずれ」

「ソウタ、あんまり二人にいじめられんじゃねえぞー」

ひらひらと手を振りながら、自由の羽傭兵団の二人も騎士団寮を後にした。

二人の姿が見えなくなると、僕は考えこんでしまう。

……僕にもたらされる不幸ってなんだろう。

彼は不確かなことを言って僕を惑わすような人では決してない。この間の件はそもそも僕の勘違いによるものだ。

まだ行ったこともない南部で起こる反乱が、僕にどんな不幸をもたらすのか、想像がつかない。

「ソウタ、寮の中に戻ろうか」

「あ、うん！」

リアの言葉で我に返り、僕は二人と一緒に寮へ戻る。

でもそれからずっと、ベルンハルドさんが言った謎の言葉が、頭から離れることはなかった。

寮長として仕事をしてる間も、レオナードやリアと一緒に寝ている間も、彼の言ったことが頭の片隅にこびりついていた。

しかしベルンハルドさんたちと別れてから一週間、王立第二騎士団寮はいつも通りだ。今のところ不幸の気配は全くない。

「あれは、ひょっとして僕をからかったのかな」

僕がトラブルに巻き込んでしまったのは事実だし、もしかしたらその意趣返し……とか？

「うーん、でもあんな別れ際にそんなことをする人には思えないしなぁ」

玄関横の机で頬杖をつきながら唸っていると、レオナードとリアが玄関に入ってきた。今日は二人でマティスさんのところに行っていたはずだ。

「二人ともおかえり！　用事は無事に済んだ？」

「ああ、模擬試合と祭りで集めた寄付の最終的な金額を確認してたんだ。君のおかげで想像以上の金額になったよ」

「本当⁉　良かった！」

「そこでだ、お前に特別な報酬が出た」

レオナードがひらひらと見せたのは紙だった。

「特別な報酬？　僕は何もしてないから、いらないんだけど……」

リアがくすくすとおかしそうに言った。

何かおかしいこと、僕言った⁉

「君ならきっとそう言うと思って、お金ではないものにしてもらったよ」

「お金じゃないもの？」

なんだろう……お金じゃない報酬って……

僕が首を傾げていると、レオナードがニヤリと口角を上げた。

「五日間の休暇だ」

「休暇？」

「そうだ。寮長の仕事を一旦休め」

「え、急にそう言われても他にやることなんてないし」

僕がそう答えると、レオナードとリアは顔を見合わせた。

そしてプッと噴き出した。

「え、なになに⁉」

「ほらな、ソウタなら絶対こう言うと言っただろ？」

「一言一句同じとは。負けたよ」

二人して声をあげて笑い出してしまった。

なんだか仲間はずれにされているような気がして、納得がいかない。

むー、と頬を膨らませていると「ごめんごめん」とリアが言った。二人はひとしきり笑ったところで、本題に入った。

「ねえ、ソウタ。君に提案があるんだが……。私たちと一緒に王都へ遊びに行かないかい？」

「王都に⁉」

「ほら、この間ベルンハルドのやつが急にやってきたから、お前と遊ぶ約束を反故《ほご》にしちまっただろう？」

あ、そういえばベルンハルドさんが来た時に「ピクニックしよう」って言ってたんだっけ。

でも今回はピクニックじゃなくて、王都観光!!

「そういえば僕ずっとレイルの街にいるから、この世界に来てから王都って行ったことないな……」

「まぁ王都は少し荒れているとはいえここより大きな街だし、近くに丘や森もある。退屈はしねぇだろうな」

「うん、楽しそう！　一緒に王都に行って遊ぼ！」

こうして僕は思わぬ形で休暇を手に入れ、レオナードとリアの三人で王都観光に繰り出すことになった。

僕がこの世界に来て初めてのまとまった休暇だ。

レオナードとリアと一緒に楽しめたらいいなぁ！

第四章　忘れられない思い出

ソウタに王都への旅行を提案したら、想像通り大喜びだった。

……おそらくこれが、俺たちとソウタの最初で最後の旅行になるだろう。もちろんそれをあいつに悟られてはいけない。

俺とリアは細かい打ち合わせをして、王都への旅行を計画することにした。

この時期に急遽王都へ行くことになったのには理由がある。それは南部の商人同盟の連中が痺れを切らしたことが原因だ。

王都を襲撃し偽の国王アシエールを王座から引き摺り下ろすという悲願は、ソウタが俺たちのもとにやってきたことで、急速に現実味を持って進んでいた。

しかし王都を襲撃するにあたり、アシエールの戦力に対抗すべく、各地に散らばっている戦力を王都に集めなければいけない。

もちろん、アシエール側に気取られることなく、だ。

少し前までは、どうやって王都に戦力を集中させるかが一番の課題だった。

そんな折、南部の連中が良い策が出ないことに痺れを切らして、連中だけで王都に乗り込むと言い始めたのだ。

そんなことをすれば、まともに戦うどころか、とっととやられて今まで忍耐してきた俺たちの決心もパアだ。

「全く、南部の連中にも困ったもんだぜ……」

「ベルンハルドに南部の者たちを抑えに行ってもらうのは、名案だったな」

王都への旅行を明日に控えた夜、俺とリアはすやすやと眠るソウタを挟んで、明日からの行動の確認をしていた。

「しかもちょうどいい時期にソウタが寄付集めの模擬試合をするっていう案を考えてくれたのが、まさに奇跡だったな」

「自由の羽傭兵団なら国家とは完全に切り離された集団だから、南部の連中も話を聞くだろうし、模擬試合で大金が動くと気づいたアシエールとスロームは、間違いなく王都でも同様の大会を開くことに賛同するはずだ」

「ああ。あいつらへの提案はギヨーム叔父に任せよう。俺は王都に着き次第、至急ギヨーム叔父と会って計画を練ってくる」

「そうだな。初日は私がソウタのそばにいよう」

リアがすやすやと寝息を立てるソウタを愛おしそうに見つめている。

最近、命を賭して何かをしようと計画すると、どうしても考えてしまう。

――ソウタとこれからもずっと、一緒に生きたかった。

もともと俺たちは長生きなんざするつもりはなかったし、ザカリ族と相打ちになる覚悟はとうの昔からしていた。

しかし幸か不幸か、最愛の伴侶を見つけてしまった。これは一体どんな皮肉なんだろうな。

「ソウタが南部を気にいってくれるといいが……」

リアが心配そうに言った。

ソウタと出会ってからのリアは妙に心配性になってしまった。今まではリアが誰かを心配するなとなかったのに。

まあ俺もリアと同じ気持ちを抱くようになったから、リアのことは言えないが。

「あそこなら気候も穏やかだし、活気がある。ソウタの能力なら新しい職に就くことも容易《たやす》いだろ。あとはベルンハルドたちがソウタが暮らす家を探してくれるのを祈るばかりだな」

「そう……だな」

リアはソウタをじっと見つめながら返事をする。

きっと、リアも俺と同じことを考えているのだろう。

だが今回ばかりは、それは叶いそうにない……

「王都襲撃は一ヶ月後。それまでに家探しは終わっているはずだ」

「ソウタが一人でも生きていけるように、できる限りの準備をしてやらないとな」

俺はリアに返事をする代わりに、ソウタの頬にキスをした。

幸せそうな表情を浮かべるこいつを悲しませてしまうことだけが、心残りだ。

「こいつの人生は、俺たちが守るぞ、リア。俺たちがそばにいられなくとも、不幸にならないように」

「……この子は真実を聞いたらきっと怒るな……」

「だろうな。だが、それでいい。生きてさえいてくれればいいんだ。こいつに予言通りには寮旗を持たせないっていう判断を変えるつもりはない」

「無論だ」

王都襲撃まで一ヶ月ということは、俺とリアがソウタと共にいられるのもあと一ヶ月。それまでに俺たちとの思い出を作ってあげたい。

いつまでも色褪《いろあ》せることのない、綺麗な思い出を。


王都に向かう馬車の中で、ソウタはいつも以上にはしゃいでいた。

車窓を眺めては小麦畑に感動し、農夫と挨拶を交わす。俺の心臓は楽しそうに笑うソウタを見るたびにキリキリと痛んだ。

伴侶を欺《あざむ》いているという罪悪感と、共に過ごす時間があまりにも少ないという寂しさ。それらがないまぜになっているようだ。

最近のソウタは俺とリアの顔を見ただけで、俺たちの感情を読み取れるようになっていた。しかし苦しい心を見透かされてはいけない。ソウタにバレたら、一環の終わりなのだから。

俺は気持ちを切り替えて、愛おしい伴侶の姿を目に焼き付けることにした。

レイルの街から王都までの道のりはそれほど遠くない。今日は朝早く寮を出たから、夕方には王都の関所にたどり着いた。

俺たちは顔を隠すために帽子を目深《まぶか》にかぶって行動することにした。三人が王都に来ていることを、アシエールたちに気づかれちゃいけないからだ。

ソウタは不思議そうにしていたが、レイル領主の一族である俺は王都では目立ってしまうから、と言うとすんなりと納得してくれた。

関所は主に王立第一騎士団が警備を担当しているから、関所では止められることなく、すんなりと王都へ入ることができた。

「わあ……。これが王都かぁ！　建物が大きくて高いね！」

王都の中心地を歩きながら、ソウタが感嘆の声を上げた。

レイルの街は兄上の尽力もあって、古い建物は当時のまま綺麗に保たれていて、さらには新しい建物も次々と建ち始めている。

対して王都はただ建物が大きいだけで、年月が経ったことを隠そうともしない。

「まあ、建物はでかいな。俺はごちゃごちゃとしてて、あんまり好きじゃねえが」

「たしかにレイルの建物は温かみがあって手入れが行き届いてるような気がするね。王都の建物はなんだか、古い？」

「よくわかったな。ここにある建物のほとんどが先代の王が建てたものだ。アシエールたちは公共の事業にはこれっぽっちも関心がないんだよ」

「そっか。財政が逼迫《ひっぱく》してるって言ってたしね。公共事業とか景観保護とかに回すお金がないのかも」

ソウタはまるで自分のことのように、王都が再び美しい都に変わるためにどうしたらいいか、考えているようだった。

こいつは本当に優しい男だ。いつも他人のために行動することを厭《いと》わない。

だから俺とリアは、ソウタをこれでもかと甘やかす。そうすることがたまらなく嬉しくて、俺たちの甘やかしでソウタが笑顔になれば、俺たちも満たされた気持ちになれた。

「王都でこの間みたいな模擬試合でもして資金を稼ぐっていうのもありかもな」

それとなくソウタに王都襲撃の隠れ蓑として使う計画を漏らしてみた。

きっとソウタは乗ってくるだろう。

リアが視界の端で眉間に皺《しわ》を寄せているのが見えたが、別にソウタにバラすわけではない。

「あ、それいいね！　この間も想像以上にお金が集まったし」

「だろ？」

「うん！　あのくらいのお金があれば、このあたりの建物の外壁はすぐに直せるんじゃないかな！　それにお釣りも来るんじゃない？」

予想通り乗り気になったソウタに、俺はさりげなく続けた。

「ああ。となれば善は急げ、だ。早速ギヨーム叔父に会いに行って、王都での模擬試合なんかの計画を聞いてもらうとするか」

「うん！　そういうのは早いほうがいいもんね！」

「たしかあいつは今日、王都の議会に出てるはずだ。ソウタ、せっかくの旅行で申し訳ないが、少しだけ別行動をしてもいいか？」

「ギヨームさんに会いに行くってことだよね？　もちろん！」

ソウタは俺が別行動をとることを無邪気に了承してくれた。

――心が苦しい。

純粋な伴侶の心を踏みにじる行為は、胸が痛くなる。その痛みを誤魔化すように、俺はソウタを力強く抱きしめた。

「レオナード、ソウタが潰れる。私がソウタのそばにいるから大丈夫だ。お前はギヨーム殿に会ってこい」

「ああ。ソウタ、リアから離れるんじゃねえぞ」

「うん！　行ってらっしゃい！」

計画通りに言葉を発したリアと、そっと目で頷き合う。俺は名残惜しくもソウタから体を離し、彼の頭を撫でてから、その場を離れた。


ソウタとリアと別れた俺は、ギヨーム叔父と約束していた場所まで身を隠しながら走る。

ギヨーム叔父には事前に、三人で王都に行くことと、一ヶ月後に王都襲撃の計画があることを伝えてあった。

待ち合わせ場所である裏路地の寂れた酒場に着くと、すでに酒場の隅の席にギヨーム叔父の姿があった。

挨拶もそこそこに要点だけかいつまんで話すと、叔父はすぐに全てを理解した。こういうところは素直にすごいと思う。

「なるほど。王都で資金集めの模擬試合を開催すると。全国各地の騎士団や守備兵の力を、一般市民に見せることと、それによって資金を集めると謳《うた》っておいて、実際は王都の襲撃とアシエールの捕縛のための戦力を集める、ということだな」

顔を顰《しか》めてギヨーム叔父は考え込む。

きっと彼は損得や計画による被害の予測を立てているのだろう。

「南部の連中が暴動を起こしかけている今、これ以上の案は思いつかない」

「うむ、わかった。この案を宮殿内の仲間には伝えておこう。お前たちは特別部隊を使って各所に連絡をとりながら備えてくれ」

「言われなくとも」

用件の済んだ俺はさっさと席を立つ。出入口の扉に手をかけようかというところで、ギヨーム叔父に呼び止められた。

「……あの子はどうするつもりだ」

「……あいつは行進には参加させない。旗を振る前にねむり草で眠らせて、自由の羽傭兵団に預けて南部に避難させる」

「そうか……。お前とリアと三人で、南部で暮らす選択肢もあると思うが――」

「ねえよ。父上と母上の復讐は、必ずこの手で果たす」

ギヨーム叔父の戯言《ざれごと》にそう言い捨てて、俺は今度こそ酒場を後にした。

用事が終われば、あとはもうソウタとの思い出作りだけだ。

俺は急いでソウタとリアのもとへ戻った。

ソウタ、俺たちはお前を愛している。

この王都で時々は思い出してもらえるような、綺麗で楽しい思い出を作ろう。

——俺たちがこの襲撃で死んだとしても。

◇◇◇

ギヨーム殿との打ち合わせを終えたレオナードが私たちと合流したのは、三日間の王都旅行の二日目だった。

私とソウタはレオナードがいない間、王都の近くにある森の中を散策したり、小川のほとりでピクニックをしたりしてすごした。鳥の囀《さえず》りや川のせせらぎを聞きながらソウタと過ごす時間は、途《と》轍《てつ》もない幸福感を与えてくれる。

今は森から王都へ戻り、店で土産を見ていた。ちょうどその時、レオナードがギヨーム殿との相談を終えて戻ってきた。

王都内だから合流しようと思えばすぐにできたが、アシエールたちに気取られないように、わざと一日遅らせた、というわけだ。

「で、何を物色してたんだ？」

レオナードの問いかけに、ソウタは楽しそうに言葉を弾ませた。

「できれば僕、三人でお揃いがいいなって思ってて……」

ああ、なんて可愛らしい……。三人でお揃いのものを身につけたいとはにかむソウタは、まるで天使のようだ。

ソウタはかなり迷っているようで、ああでもないこうでもないとブツブツ言いながら店を回っていた。

ソウタのこういう姿を見るのが、私は好きだ。平和そのものの、幸せな世界でソウタとずっと一緒にいられたらどれだけ素晴らしいだろうか。

だがそれはあと一ヶ月で終わりを迎える。ならばせめてその残された時間をソウタと過ごしたい。

「お揃いか、装飾品はどうだろうか」

「装飾品か！　いいかも！」

喜んで装飾品の店を覗きに行くソウタを目で追いながら、私はそっとレオナードに耳打ちした。

「ギヨーム殿との打ち合わせはどうだった」

「問題なく進んでいる。このままいけば計画通り実行できそうだ」

「そうか、では私はこのあと夜に一度抜けるぞ」

「了解」

二人で耳打ちをしていると、ソウタが何かいいものを発見したようだ。愛らしい顔をさらに破顔させて私たちに見せてくれたのは、腕輪だった。

「これだったらすぐなくすこともないし、いいんじゃないかな」

「お、いいな」

「では、これを三人分購入しようか」

レオナードと私が商品を購入している間も、ソウタは終始嬉しそうにニコニコと微笑んでいた。

どうかいつまでも、その笑みを絶やさないでいてほしい。

……そして、これは私のわがままになってしまうのだが、私とレオナード以外にその笑みを向けないでほしい。

いつまでも私たちだけを想って生きてほしいと思うのは、あまりにもわがままなのだろうな。

私たちは腕輪を購入すると、早速それを左腕に着けた。

「えへへ、お揃いだね」

嬉しそうに笑うソウタを、私は脳裏に焼き付ける。

――死が訪れる瞬間、この幸せな顔を思い出せるように。


夜がやってきて、私たちは三人一緒に同じ寝具に潜り込んだ。宿の寝具は寮長室のものより小さかったが、それでも三人でくっついて寝るには十分な大きさだ。

すやすやと寝息を立て始めたソウタの顔を眺めてから、レオナードと目配せをして私はそっと宿を出た。

外套を着てフードを目深《まぶか》にかぶり、王都の中を足早に進む。

たどり着いた先は、大通りから外れたところにある一軒の民家。扉を数回叩くと、中から大柄な男がぬっと顔を出した。

この男は王立第二騎士団の特別部隊の団員である。

「お疲れ様」

「お久しぶりでございます」

「無事に任務を続けているようだな」

「はい、今回の件も滞《とどこお》りなく任務終了できそうです」

男はそう言いながら私を部屋の奥に案内する。

案内された先にはやや大きい机があり、何人かがすでにその周りに集まっていた。

「各方《おのおのがた》、お集まりいただき感謝する」

「いえ、我々の悲願がついに叶うのですから、どうということはありませんよ」

私は皆の顔を一通り眺めると、大きく頷いた。

ここに集まっているのは王国の北方、西方、東方、南方の諸侯たちである。

彼らと私とレオナードはいわば同志だ。全員がアシエールを王座から引き摺り下ろしたいと願っている。

私は早速彼らに、王都で開かれる模擬試合を隠れ蓑にして各領地から戦力を呼び寄せ、一気に王都を襲撃する計画を伝えた。

伝え終わるや、皆は頷いてくれた。

「なるほど、それならば兵力を動かすのに良い理由になります」

「気取られることなく動ける、良い策でありますな」

「そうだろう、この案で行こうと思うがどうか」

最終的に、私の提案に全員が賛成してくれた。

これでこちら側の戦力は揃った。

「ときにリア殿」

「どうした」

ふと手をあげて発言を求めたのは、南方の代表者。

「私共南方の民は偽の王であるアシエールと共に、財務長官のスロームも失脚させたいと思っている。このまま王都を襲撃したとて、敏《さと》いあいつは逃げるだろう。何か、奴がアシエールと繋がっているという証拠はないか」

「ああ、それならば」

私は南部の代表者の前に、小さな瓶をコロン、と置いた。

「こ、これは……！」

「ヤギの紋章の入った瓶だ。先日のレイル領で起きたエルン橋崩落の現場で見つけた。この紋章はまさしくやつのものだが、この瓶が落ちていた場所にはザカリ族が何十人といた。この瓶があれば、にすること。


スロームごときどうとでもなる」

「これで、やっとあの男に復讐できます！」

私は首を強く縦に振った。

ここにいる皆は同じ気持ちなのだ。憎きアシエールとスロームを打ち倒し、ライン王国を元通りにすること。

その一点で協力していけば、願いは叶うだろう。

「ところで、皆にもう一つ報告をしなければならない。以前話した予言にあった黒の旗手のことだ。私とレオナードは彼を戦場には送らないことにした」

私の言葉に、皆がしばらく絶句している。

それもそうだろう、彼が戦場で旗を振ればこそ、私たちの悲願は叶うと、皆考えていたのだから。

困惑と異論の視線を受けた私は、彼らが何かを言い出す前に、口を開いた。

「言いたいことがあるのはわかる。しかし彼はこのライン王国に渦《うず》巻く憎悪とは無関係だ。私たちは彼に闇を背負わせたくない」

私とレオナードの自分勝手な想いが届くかはわからない。だがこれだけは曲げることができないのも、事実であった。

少しの間、部屋を沈黙が支配する。

「これは少し、強引かもしれませんが……」

しばらくして、東方の代表者が重苦しい沈黙を破った。

「黒の旗手には、戦場ではなくそちらの寮の前で、旗を持っていただきましょう。旗を持ったことが勝利を引き寄せる鍵になるかもしれませんので」

彼の提案は強引で、冷静に考えれば到底受け入れがたい。

しかし、他の者にも気持ちは伝わったようだ。ここまで来たのだから、今さら黒の旗手の予言に頼る必要はないのではないか、と。

「ああ、感謝する。我々の寮長には一度だけ旗に触れてもらう。だが、戦場には連れて行かない。それで構わないか」

私の提案に、全員が賛成してくれた。

これでお膳立ては全て整った。

あとは一ヶ月後に王都で行《おこな》われる模擬試合を待つばかりだ。

私たちは早々に解散し、会合がアシエール側に見つかっていないことを確認してから、散り散りに立ち去った。

宿に帰ってきて、もう一度布団に滑り込む。

ソウタとレオナードはぐっすり寝ていたようだったが、私の気配にレオナードが気がついた。

「どうだった？」

「ああ、うまくいったよ」

「そうか。あと一ヶ月か。長いようであっという間だな」

「ああ」

そう言って、二人でソウタを抱きしめながら眠った。

王都観光三日目。

私たちは三人で近くの湖を散策した。そこはほとんど誰もいない風光明媚な場所で、美しい景色を独り占めできてソウタは嬉しそうだった。

できることなら、ここで時間が止まり、ずっとソウタとともにいたい。しかし無情にも陽は傾いていく。

「ソウタ、王都は楽しかったかい？」

キラキラとした視線で湖を眺めるソウタに、私は問いかける。

すると彼は眩《まぶ》しいくらいの笑みで「うん！」と答えた。

「とっても楽しかった！　きっとおじいちゃんになってもこの時のことを忘れないと思う！」

ソウタの言葉に私はつい涙がこぼれそうになって、湖を見るふりをしながら彼に隠れて目頭を押さえた。

君が今言った何気ない一言が、どれだけ私を、そしてレオナードを喜ばせたか、君は知る由もないだろう。

どうかいつまでも。いつまでも、いつまでも忘れないでくれ。

私とレオナードが、君のそばにいたことを。

心の中でソウタにそう何度も懇願した

◇◇◇

王都から帰ってきた僕は、来月に開かれることになった王都の模擬試合——闘技大会に向けて、早速準備を始めることにした。

今回はレイル領での模擬試合とは違って王都で行《おこな》われるので、騎士団は王都まで行進することになる。

つまり僕は寮長として、初めて寮旗を持って先頭に立つ必要があるのだ！

寮旗は武具庫の一番奥の壁に飾られていて、見たことはあるけれど実はまだ触ったことがない。

銀色の鷲が装飾された黒い旗で、いつも武具庫に入ると目に入るから「綺麗だなぁ」なんて思っていた。

ちなみに寮旗は全長三メートルほどの大きさで、明らかに重そうだ。

今から旗を持つ訓練をしないと、当日は王都まで保つかどうか以前に、持ち上げられるかどうかも怪しかった。

「みんなの先頭に立つのに、僕がふらふらしていたら格好がつかないもんね、これから毎日旗を持ち上げる訓練をしなくちゃ」

話を聞くと、闘技大会にはライン王国各地にある騎士団や守備隊、自警団が一堂に集まるらしい。

ということは、僕がみっともないことになったら、ライン王国の全土に『あそこの寮長はみっともなかった』と広がってしまう訳だ。

「これは気合を入れて頑張らなくちゃ！」

僕は気合十分に、訓練場で団員に稽古をつけているレオナードとリアのもとへ行き、寮旗を掲げる練習をしたいとお願いした。

しかしなぜか、その場で却下されてしまった。

「旗を振る練習？　そんなもん必要ねえよ」

「え⁉」

「そうだよ。旗はただ柄を握ればいいだけだし、仮に王都まで保たなかったとしても、私とレオナードが支えてあげるからね」

「え……でも」

もう少し反論しようと思ったものの、二人はこの件については譲るつもりはないようだ。

そう言われたら、後は何を言ってものれんに腕押しである。

「もしかしたら当日、持ち上げられないかもしれないし……」

「あれは見た目以上に軽いから大丈夫だ。それより旗を持つ練習をする暇があるなら、俺の世話をしてくれよ」

レオナードはそう言うと、僕を後ろから抱きかかえてそのまま砂の上に腰を下ろしてしまった。

僕はレオナードの膝に子供のように乗っている状態だ。

「えっ、ちょっとレオナード⁉」

「ん、なんだよ……」

レオナードが後ろから両腕を僕の腰に回しつつ、肩に顔を埋《うず》めた。

稽古をつけてもらっている団員たちは、もう見慣れた光景だと言わんばかりに稽古を続けている。

いや、せめて何か突っ込んでよ……！

リアも僕とレオナードを、なんでか微笑みながら黙って見ている。いつもだったら「レオナードだけなんてずるい」なんて言って、交ざってくるのに！

最近少しだけ、レオナードとリアに対して思うことがある。

どうも、王都から帰ってきてから、レオナードとリアがちょっと変なのだ。

というのもレオナードは所構わず僕にぎゅうぎゅうとくっついてくるようになってしまって、なんだかまるで大きな赤ちゃんみたいになっている。

反対にリアはそんな僕をちょっとだけ遠くから見つめていて、まるでどんな一瞬も見逃さないぞとばかりだ。

二人とも一体どうしちゃったんだろうか。

いや、変といえば二人だけじゃなくて騎士団のみんなも変なんだよなぁ。

どうも最近僕と話していると、妙に涙ぐむ団員がちらほら現れ始めた。最初は僕が何かしちゃったかと動揺したけど、どうもそういうことではないらしい。

でもその団員たちに理由を聞こうと思っても、なんでもない、と言って誤魔化されることが一度や二度ではない。

「じゃあ一体、なんなんだろう……」

その日、僕は庭の草むしりを黙々とこなしながら、最近のみんなの態度がおかしいことの原因を探ろうとしていた。

「ギュイ」

隣ではミュカが僕の仕事を手伝ってくれて、大きな嘴《くちばし》で丁寧に雑草を抜いている。

このところずっと遠い場所との手紙のやりとりに追われていたらしいミュカが帰ってきたのは数日前だ。

僕たちは再会を喜んで抱きしめあい、それ以来、仕事の時はずっと一緒にいる。

「ねえ、ミュカもさ、騎士団のみんながちょっと変だと思わない？」

「ギュウ」

「でしょ、おかしいと思うよね？　うーん、でも思い当たることがないんだよね」

「ギュイ？」

「最近あったことと言えば、王都でも今度闘技大会っていうこの間の模擬試合みたいなことをすることになった……ってことだけど」

僕はそこまで考えて、ある考えにたどり着いた。

「ひょっとして、緊張してるのかな⁉　今度の模擬試合っていろんな場所から強い人たちが集まってくるから、勝てるかどうか不安なのかも！」

「ギギッ」

ミュカも僕の結論に賛同してくれたような気がした。

おかしなことを言うようだけど、最近なんとなくミュカの言っていることがわかるような気がするんだよね。

そこら辺にいる鳥の言葉はさっぱりわからないんだけど……

「うーん、緊張かぁ。僕は騎士じゃないから緊張の解《ほぐ》し方はわからないな。僕だったらどうするかな……」

そこまで考えて、あっ！　と閃き、僕は大きな声を出して立ち上がった。

「そうだ、お守りを作ってみんなにあげるのはどうかな！」

「ギュ？」

「お守りっていうのはね、神様の強い力がこもったものなんだ。僕は神様じゃないからとくにご利益はないかもしれないけど、頑張ってっていう気持ちをこめることはできるでしょ？」

「ギギュッ！」

ミュカが賛成するように翼を大きく羽ばたかせてくれたので、僕はお守りを作るための材料を探しに、武具庫に行くことにした。

武具庫は狭くてミュカは危ないから、廊下で待っていてもらう。

「たしか……武具庫の隅にまとめて置いてあったはず……。あ、あったー！」

僕が見つけたのは、以前団員のみんなが「もう着られないから」と言って処分しようとした隊服だった。あまりにもったいないので、回収してここに置いておいたのを思い出した、というわけ。

「この隊服だったら、使えるかも」

早速一つ作ってみようと、僕はその中からジャケットを一着取り出すと、玄関の寮長机に向かう。

机の中からハサミと裁縫道具を取り出して、隊服を切ったり縫ったりしていく。ミュカは僕の手元を大人しく見ている。

「ほら、ここに王立第二騎士団の紋章が付いているでしょ？　これを切って他の布と繋ぎ合わせれば……」

慣れた手つきで針を使うと、すぐに目的の形になった。

「ほら、お守りの完成だよ！」

「ギュイギュイ」

「我ながらいい出来だよね！　ミュカもそう思う？」

「ギュッ！」

「よし、このまま全員分、頑張って作ろう！」

僕は早速武具庫から新たに隊服を取ってきて、片っ端からハサミで騎士団の紋章だけを切り取っていく。そして他の布と組み合わせて袋状にする。

少し面倒だけど、縫う場所はちょっとだけだし思っている以上に煩雑な工程はない、というのが救いだった。

僕は団員のみんなが闘技大会の稽古でいない時を見計らって、全員分のお守り作りに没頭した。

数日後、粗方《あらかた》のお守りを作り終えた！

あとはレオナードとリアの分を残すだけ。

……なんだけど……

「……なんとなく二人のお守りは特別にしたいんだよねぇ」

とはいえ、お守りの柄や形まで大きく変えてしまうと、他の団員が嫌な気持ちになっちゃうかもしれない。

「うーん、見た目は同じなんだけど、他の人よりちょっと違うものにするのがいいよね……」

うーん、と考える。

そこで、ふと思い出した。

「あ、そういえば！」

僕はさっさと立ち上がり階段を駆け登って寮長室へ行き、クローゼットを開けた。宝石や装飾品の類を置いておく棚のところに、光を反射して煌《きら》めく円型のものが三つ置いてある。

僕がこの世界にやってくる前、バイト先でおじさんたちからもらった五百円玉だ。それを取り出して、作ったお守りの中に入れてみた。

「うん、これいいな！」

幸いなことに、五百円玉は僕が作ったお守りにすっぽりとおさまった。

そういえばちょっと前に、このお金をくれたおじさんたちが出てくるちょっと変わった夢を見た気がしたな……

「そういえば、あの夢の意味もわからずじまいだったっけ」

まあでも所詮、夢は夢。

きっと元の世界が急に懐かしくなって夢を見たんだろうな。

このお守りをみんなに渡すのは、模擬試合の当日にしよう。当日はこの王立第二騎士団寮から王都に向かって全員で行進していくんだって！

で、その先頭には寮の旗を立てることになっている。

もちろん騎手は寮長の僕。

「もうあと四日で闘技大会かぁ、楽しみだなぁ！」

またあの素敵な姿のみんなを観られると思うとワクワクしてしまう。

「そのためにも、体調管理を万全にして、当日に臨まなくちゃね」

僕は気合を入れ直し、残った寮の仕事に取り掛かった。

◇◇◇

翌日、僕は清々しい気持ちでベッドから起き上がった。

昨日は早く寝たから体の疲れも溜まっていない。

両側を見てみると、レオナードとリアはもう起きているようで、姿はない。僕は早く身支度を済ませて二人の姿を探した。

レオナードとリアは玄関に立っていた。

「レオナード、リア、おはよう！」

「ああ、起きたのか？」

「うん！」

レオナードにそう返事をしながら、僕は違和感に気がついた。

……団員が誰もいない？

「あれ？　もうみんな訓練に行っちゃったの？」

「いや、今日から三日、休暇を出したんだよ」

「休暇？」

「みんな闘技大会を前に緊張しているだろう？　だから三日前から休暇にして好きに過ごしてもらうことにしたんだ」

「わあ、それはいいね！」

うんうん、自分の好きな人と一緒にいられたら緊張も解《ほぐ》れるもんね。あれ、じゃあ今日から三日、この寮には僕たちしかいないのか……

「ソウタ、もうこの寮には俺たちしかいない」

「そうみたいだね、しんとしていて変な感じ」

「そうだな。ソウタ……」

レオナードは、真剣な面持ちで僕の前に来ると、僕の体を優しく抱きしめておでこにキスをした。

「ソウタ、お前を抱きたい」

「え、い、いま？」

「そうだ。今すぐに。何せ三日しか休暇がないからな」

三日も、の間違いじゃないかと思ったけれど、どうもそんな雰囲気じゃなさそうだ。朝からベッドに入るなんて、ちょっとドキドキしてしまう。

「なあ、いいか？」

チュ、チュと僕の頬や鼻の頭に唇を当ててくるレオナードからはなんとも言えない甘い雰囲気がして、体がゾワリと疼いた。

「う、ん。いいよ……」

レオナードは僕の返事を聞くと、優しく僕を抱き上げる、そうしてそのまま三階に続く階段を登り始めた。

「あれ、リア？」

レオナードの横にいたはずのリアは僕たちと一緒に階段を登ってこない。どうして？

「ソウタ、今日は一人ずつだ。まずはレオナードに優しく抱かれておいで。その後で私が抱いてあげる」

「え、一人ずつ？」

「なんだ、嫌なのか？」

僕を抱きしめるレオナードの腕に力がこもる。

嫌なわけない。でも……

「初めてだから、緊張しちゃう……」

「大丈夫だ、優しくする」

三階まで上りきったレオナードが寮長室の扉を開けた。

ついさっきまで僕が寝ていたベッドに静かに降ろされる。まだ自分の体温が布団に残っていて、なんだかいけないことをしている気分だ。

「ソウタ」

「ん、んんっ」

レオナードの唇が僕のと優しく重なり、舌が割り入ってくる。

そのままゆっくりとレオナードの舌が僕の口の中を舐め回していく。

いつもはもっと性急に貪るようなキスをするのに、今日のレオナードは優しくて繊細だ。

でもいつもの激しいものに慣れているせいか、ちょっとだけ物足りない気がしてしまう。

僕の気持ちを読み取ったのかレオナードが「はは」と小さく笑った。

「物足りねえか？」

「あ、う、うん……」

「それじゃあ、自分が動いてみな。好きなようにさ」

「え、僕が？」

そんなことしたことないからわからない。

でも、自分の中に、レオナードがもっと欲しいって気持ちはある。

僕はおもむろに自分の舌をレオナードの唇にあてがって、そのままペロリと舐めてみた。

そのまま彼の口の中に舌を入れると、じゅぶじゅぶといやらしい水音を立てながら、僕たちの舌が絡み合う。

「はあ、あ、レオナー、ド」

「どうした？」

今日のレオナードはちょっとだけ意地悪だ。

いつもなら僕が聞かなくたって、気持ちよくしてくれるのに。

「あ、もっと、気持ち……よくなりたい……」

「あぁ、いいぜ」

レオナードは僕の着ていたシャツと下穿きをゆっくりと脱がせると、露わになったお尻の窄みに手を当てた。

「どうして欲しい？　ソウタ」

「え、どうって、いつもみたいに」

「いつもみたいになんだ？」

え、それも僕に言わせるつもりなの!?

頭の片隅でそう思ったけど、僕の返事を待つ間に優しく触れてくるレオナードの手がもどかしくて泣きそうだった。

「いつもみたいにお尻に指入れていっぱいグチュグチュしてほしい……」

「……お望みとあらば喜んで」

僕の答えに満足したのか、レオナードが舌なめずりをして僕の足を持ち上げた。

彼の長い指が、くるくると円を描くように窄みをマッサージしていく。そうして窄みを柔らかくしていって、レオナードの指が少しずつ僕の中に入ってきた。

ゆっくり、ゆっくり、焦らすように。

「んんぅ……ん！」

時折気持ちのいい場所をコリコリと擦るので、嬌声を我慢しきれない。

「あっ、ああっ、レオナードそこ気持ちいい！」

「ああ、知ってるよ。気持ちいいな、ここ」

「んっ、んっ」

いつの間にかレオナードの指は二本、三本と増えていく。けれど、手つきはやっぱり優しいままで、ゆっくりと僕を責め立てていく。

僕の中で燻《くすぶ》っていた快感が、波のように寄せては返しを繰り返している。しかし僕にとってそれは、拷問に似た感覚しかもたらさない。

もっと激しくされたいって思うほどに、レオナードの手つきがもどかしいのだ。

「れ、レオナードぉ」

「ん？」

「もっと、激しいのがいい……。もうレオナードの挿れてほしいよ」

僕の必死のお願いにもかかわらず、レオナードはニヤリと笑ったまま指を抜かなかった。

「もう少し解《ほぐ》したらな」

「やだ、もう大丈夫だから……！」

レオナードを必死に見つめながら何度も懇願した。

その度にレオナードは指に力を入れて気持ちのいいところを擦ってくれるけど、絶対に入れてくれない。

僕はヤダヤダを何度も繰り返して、その度にレオナードにお預けを食らってしまった。

一体どのくらいそんなやり取りをしたのだろうか。

次第にレオナードの優しい手つきに反応するように僕の体は快感を拾い始める。あれだけもどかしかったのに、今になってレオナードの触ったところ全てが気持ちよくてたまらない。

ふわふわとした快感に身を任せるようにしていたが、突然レオナードが激しく指を抜き差し始めた。

今までの優しい愛撫に慣れ切っていた僕に、それは強すぎる快感だ。

「ひあっ……」

声にならない叫びが寮長室に響き渡るのと同時に、僕は精を思い切り吐き出した。

でも、レオナードの指は再び僕の中に侵入してきて、余韻に浸る間もなくゴリゴリと容赦なく攻め続ける。

こうなると、もう頭は快感に支配されて何も考えられない。

レオナードに縋《すが》りながらひたすら快感に耐えたけど、それも長くは続かない。二回目もレオナードの執拗な指によって、あっけなく吐き出してしまった。

「はあ、あぁ……」

浅い息を吐きながら、快楽の余韻に浸る僕に、さらに容赦ない攻めが続く。

指を引き抜いたレオナードが続けざまに、見事に勃ち上がった彼の雄芯をずぷりと押し入れてきたのだ。

「――か、はっ……!?」

大きくて太いレオナードのそれが根元まで一気に差し込まれて、全身に衝撃が走る。僕は息をすることもままならない。

しかしその衝撃以上に、さらに激しい揺さぶりが僕を襲う。

さっきまで散々焦らされたことで、身体中が敏感になっている。

そんなところに彼の剛直を激しく出し入れされたら、僕は快感でおかしくなるだろう。

「やだ、イくっ！　イっちゃう！」

「いいぜ、何度でもイかせてやるよ」

容赦のない打ちつけが僕の身体を激しく揺らした。

もう何も考えられない。

レオナードの激しさに身を任せた僕は、何度も彼に許しを請《こ》いながら彼の与える快感を享受し、精を吐き続けた。

やがて、レオナードが歯を食いしばる音が聞こえて、お腹の中の深いところに温かいものがぶちまけられた。

「あ、あ……、レオナードのが入ってきたぁ。気持ちいい……」

「ん、気持ちいいな」

「うん……」

「だが……まだまだ終わらねぇよ」

完全に獲物をとらえた雄のような眼差しをするレオナードにそんなことを言われたら、僕だって興奮する。

「もっと、もっとレオナード……。いっぱいして……」

僕の返事に満足したのか、レオナードは楽しげに口角を上げると、再び自身の芯を僕の中に突き立てる。

快感と愛おしさが混ざり合って、このまま死んでしまいそう。

半ば上の空でそう呟くと、レオナードが笑ってキスしてくれたので、僕もお返しに窄みをきゅっと引き締めた。


一体どのくらいレオナードと愛を確かめ合っていたのだろうか。

精を放って気を失って、またレオナードと愛し合ってを繰り返して、気がつけばもう陽は落ち夜が更けているようだ。

僕がうっすらと目を開けると、簡素な服を着たレオナードが僕を覗き込んでいた。

「大丈夫か？」

「うん、大丈夫……」

「とりあえずなんでもいいから腹に入れろ」

そう言ってスープを口元に持ってきてくれる。お礼を言って一口飲むと、すうっと体に吸収されていくようだった。

「そのまま飲みながらちょっと待ってろ」

そう言ってレオナードは僕を置いてどこかに行ってしまう。

しばらくは大人しく言われた通りにスープを飲んでいたんだけど、さっきまでレオナードとまぐわっていたこともあって、一人になるのがちょっと寂しい。

しばらくして、ノックの音とともにリアが顔を覗かせた。

「ソウタ、大丈夫かい？」

リアの紫色の瞳が僕とレオナードの欲情の跡を見て、激しく燃えているのがわかる。

僕も今、リアの温もりが欲しい。

「リア、早くこっちにきて……」

さっきまでレオナードと快感を貪っていたせいか、瞳が潤んで仕方がない。

「ソウタ……」

「早く、リアとも抱き合いたい」

するとリアは上着を脱ぎながらベッドまで歩いてきた。

僕はもう我慢ができない。

すぐにリアを引き寄せてその分厚い唇にキスをした。

「はあ、は、む……んんっ」

「ああ、ソウタ、君は本当に可愛い」

リアの舌が力強く僕を責め立てる。

僕とリアの唾液が口の中で混じり合って甘く口内を満たしていった。

リアはすぐさま下穿きを脱ぐと、聳《そび》え立つ自身の芯をいきなりずぶっと入れてきた。

「ああっ！」

レオナードとの痴情の後だからか僕の身体は敏感になっていて、リアのそれが入っただけで体が震えてイってしまった。

ブルブルと震えるように痙攣《けいれん》する僕の身体を見て、リアがさらに芯を大きく立たせながら打ち付け、激しく責め立てる。

「ひぃっ、あ、リア……っ、リア！」

どすん、と重量感のある一撃が、何度も何度も、止まることを知らずに僕の身体に打ちつけられる。

もう何度身体を震わせたかわからない。ただとにかく今考えられることは、リアが好きだということだけだ。

「リア、リア好き！」

「くっ、あまり煽《あお》らないでくれ……！」

リアが歯を食いしばった瞬間、ものすごい速さで僕の中が擦られて抉《えぐ》られていく。

もう何度も精を放った僕の芯はリアにもたらされた衝撃に耐えきれず、ぶらんぶらんと揺れることしかできない。

「すごいっ！　リア、だめ！」

「ふっ……」

リアが僕の身体をキツく抱きしめるのと同時に、僕も全身を戦慄《わなな》かせた。

しばらくの間、お互いに肩で息をしながら、快感の余韻に浸る。リアのものは吐精したにもかかわらず、まだ僕の中で大きく膨らんだままだった。

「ソウタ、私の首に掴まってくれ」

「ん……」

何が起きるのかもわからずリアの逞しい首に縋《すが》り付くと、リアは僕の中に入れたまま突然立ち上がった。

「んあっ、ああ……！」

自分の体重で、体の中に差し込まれているリアの雄芯が、さらに奥までずっぷりと入ってしまった。おそらく根本まで入ってるんじゃないだろうか。

しかしそれに反応することはできず、圧倒的な質量が与える途轍《とてつ》もない快感が、僕の神経を焼き切るようだった。

僕は思いきりのけぞって快感から逃れようとしたが、リアの両腕を振り払うことはできなかった。

そのまま上下に思い切り揺すられて、身体の奥深くを何度も穿《うが》たれる。

もはや声にもならない悲鳴のような嬌声だけが、寮長室に卑猥に響く。

「ソウタ、そろそろイくぞ」

「あんっう、うん……」

首に縋《すが》りつきながらリアの顔を覗き込むと、そこにあるのは獣のように欲を剥《む》き出しにしたリアの瞳。

このままだと僕、食べられちゃう。

理性が目の前の獣から逃げろと言っている。

でも僕の本能はその反対で、たとえ獣のように欲を剥き出しにしたリアであっても、彼の全てを受け入れたいと叫んでいた。

「リア、全部……、もう全部ちょうだい……!!」

「クソっ、ソウタ……!」

僕の太腿《ふともも》をがっしりと掴んだリアが、ものすごい勢いで揺すってくる。もう息をすることもままならず、首にしがみつきながら快楽に耐えた。

重量感のあるリアの芯が抽挿を繰り返すたびに、僕の中から何かがせり上がってくる。これは絶対に良くないと頭の隅では思う。

だけど、もうどうすることもできなかった。

リアが僕の中に精をぶちまけるのと同時に、僕は透明な液体をブシャリとリアのお腹に放ち意識を手放した。

◇◇◇

次に目を覚ました時、僕はベッドに寝ていた。

両脇にリアとレオナードがいて、気遣わしげに僕を見つめていた。なんか大型犬を見ているような気分だ。

「ソウタ、気分はどうだい？」

「無理させちまったろ」

「え、あっ……ん」

右側に寝転ぶリアが、僕の頭をそっと撫でる。

リアに頭を撫でられただけなのに、体がびくりと震えてしまう。ずっと続いた情事のせいで、全身が敏感になっていた。

レオナードとリアと、一人ずつで愛し合ったのは今回が初めて。

二人とも優しくて情熱的で雄々しかった。

一人ずつ愛してくれるのも、大好きだ。

でも、やっぱり……

やっぱり僕は、三人一緒がいい。

僕は気だるさの残る体を何とか動かしてレオナードのほうに這いずっていくと、未だ雄々しく聳《そび》える彼の芯をペロリと舐めた。

唾液で軽く濡らしたあとで、ゆっくりと口の中に入れた。

そのままレオナードの顔を窺《うかが》うと、彼は眉根を寄せて堪えているが、同時に心配そうに僕を見ている。

「ソウタ、お前大丈夫なのか？　疲れてるならいいんだぞ」

「ううん……大丈夫。僕がしたいの」

「……無理するなよ」

レオナードのモノを口いっぱいに含むと、なんとも言えない不思議な喜びが全身を駆け巡る。

こういうスキンシップを僕に許してくれることが、嬉しくて仕方がなかった。

僕は視線を移動させてリアを見ると、少しだけ僕のお尻を持ち上げて誘う。ごくりとリアの喉仏が上下するのが見えた。

「また入れてしまって本当に大丈夫なのかい？」

「うん、早く……」

リアが僕のお尻のほうに移動してきて、ずぷりと再び挿れてくれる。猛ったそれは柔らかい僕の中を擦り上げて、再び体を快感が支配する。

そのことがとても嬉しくて、僕は少しだけ精を放った。

「ソウタはどこもかしこも可愛いな」

「ああ、本当だよ」

じゅぷじゅぷと卑猥な音を立てながらレオナードのものを咥《くわ》える僕を、彼が満足そうに見つめた。

「悪い、ちょっと我慢できそうにない」

「んむっ」

レオナードは僕の頭に手を当てると、僕の頭を動かしつつ自らの腰を振る。

苦しい。辛い。

……でも嬉しくて気持ちがいい。

僕は半泣きになりながらレオナードのそれを受け入れた。

やがて大きく揺さぶっていたリアが僕からモノを引き出して、僕の臀部に吐精した。

それと同時にレオナードも僕の口から芯を引き出すと、顔にぶちまける。

もうずっと三人で愛し合っているから、全身が体液でドロドロになっている。

——それでも、まだ足りない。

涙目でレオナードを見ると、優しい笑顔で頷いてくれた。

「心配すんな、お前が満足するまでくれてやるよ」

「うん……」

僕を仰向けに寝かせ、レオナードが僕の中に入ってくる。

……気持ちいい。

ゆさゆさと体を揺らされて、全身を駆け巡る強い快感に涙と嬌声を流しながら、二人の名前を呼んだ。

リアが僕の頭側にやってきて、僕の胸の突起を弄ぶ。

増した快楽に、再び体を震わせて、精を吐き出した。


それからは散々快感で意識を飛ばしたせいか、あんまり記憶がない。

ひたすら三人で情事を重ねている間に、気がついたら三日目の夜が更けていた。この三日間ろくに食べていなかった僕は、意識を取り戻したときにやっと空腹に気が付いた。

腰が抜けてしまってまともにベッドから立ち上がることができなかったので、柔らかいパンとスープを持ってきてもらって、ベッドで食べさせてもらった。そのまま抱っこされて寮長室からお風呂に移動して、体液でベタベタになった体を綺麗にしてもらう。

敷き直した新しいシーツの上に身体を預けると、これまでの疲れがどっと出てきた。普段はこんなに体を重ね続けることはないから、体が嬉しい悲鳴をあげている。

落ちそうな瞼を堪えようとレオナードとリアの手を握るが、二人がぎゅっと抱きしめてくるものだから、その温かさに負けてしまった。

僕はレオナードとリアに挟まれて、幸せな夢を見るのだった。

第五章　南に向かう馬車の中で

翌日はもう闘技大会だ。

三日もの間あんなにめちゃくちゃに抱いてもらったにもかかわらず、思っていたほど身体はキツくない。寮長室には簡単な朝ごはんと食後のお茶が用意されていて、先に起きていたレオナードとリアが色々と世話を焼いてくれた。

このあと僕は寮長の制服に着替えて行進をしなくてはいけない。そう考えるだけで緊張してきた。

制服に袖を通そうとしていると、まずはご飯を食べよう、とリアが言ってきたので、三人でソファに座って朝飯を食べることにした。

レオナードとリアもちょっと緊張しているんだろうか。

いつもより口数は少なめで、表情も強張っている。やっぱりレオナードとリアも緊張することがあるんだな……

二人の緊張を解《ほぐ》すため、僕は両隣にいる二人に声をかけた。

「今日はいよいよ行進の日だね！」

「ああ、そうだな……。お前、体は大丈夫か？」

「うん、もうすっかり！」

「とはいえ無理は禁物だよ。ほら、温かいお茶を淹《い》れたからちゃんと全部飲むんだよ」

「ありがとう、リア」

リアからティーカップを受け取ると、こくりと飲んだ。爽やかな風味の紅茶でスッキリする味だ。

「うん、美味しい！　なんだか気分がシャッキリする気がする」

「それなら良かった」

三人で穏やかな朝食を済ませたあとは、正式な隊服に着替えて騎士団のみんなが待つ玄関に集合だ。

初めて袖を通す寮長の隊服は、基本的には騎士団のみんなと同じデザイン。しかし寮長だけがその上に、膝丈のマントを羽織ることになっている。

姿見に映しながら、何だか慣れない服を何度も見る。

「僕、これちゃんと似合ってるかなぁ」

「ああ、似合ってる」

「可愛いよ」

二人は笑顔でそう言ってくれた。

……なんだかやっぱり様子が変なような気がする。

普段よりも視線が合わないし、表情は堅いし、声色は低いし……

二人でも緊張することってあるんだね。

まぁ、ライン王国の精鋭が集まる闘技大会だから仕方ないのかもしれないけれど……

――あ、そうだ！

「忘れるところだった！」

僕の言葉に二人がきょとんとする。

そんな二人ににこっと笑いかけ、僕はベッドの脇にある机に駆け寄り、引き出しを開けた。細々としたものが入っている引き出しだけど、一番上に手のひらに簡単に収まるサイズの布。

この間作った、手作りのお守り。

僕はそれを二人に差し出した。

「はいこれ。僕の世界にあった『お守り』っていうお呪《まじな》いだよ。このお守りを持っていれば、きっといい結果になるはずだから」

中には五百円玉が入ってる。とくにご利益があるわけじゃないけど、僕の願いがこもってる。

「闘技大会、頑張ってね！」

二人は僕が渡したお守りを見て、何も言わずに固まっている。

……ひょっとして、この世界では手作りのものを渡すのは、失礼だったり縁起が悪かったりするのかな。

ど、どうしよう……何だか二人のこの後の反応が怖い!!

でも、それはただの杞憂だった。二人はすぐに頬を緩め、僕をがばりと強く抱きしめてくれた。

「最高の贈り物だ、ありがとな」

「こんなに素晴らしい贈り物をもらったのは初めてだよ」

「ふふ、よかった、喜んでもらえて！」

二人は感無量といった表情でお守りを見つめていた。

少ししてそろそろ玄関に集まる時間になると、二人はお守りを名残惜しそうに隊服の内ポケットに仕舞った。

「さて、そろそろ玄関に行くか」

「みんな、もう待ってるだろうからね」

「うん！」

僕は元気に返事をすると、二人と一緒にみんなの待つ玄関へ向かった。

玄関にはすでに騎士団の全員が集まっていた。みんなシャキッとした隊服を着ていて、とても精《せい》悍《かん》でかっこいい。

「みんな、おはよう！」

「「お、おはようございます！」」

僕の挨拶にみんな答えてくれるけど、元気な返事とは対照的になんだかピリピリとした雰囲気が漂《ただよ》っていて、いつもと全然違う。

やっぱり闘技大会に緊張しているのかもしれない。

これは寮長として、みんなの緊張を和《やわ》らげなくちゃ！

レオナードとリアの挨拶が終わりそろそろ出かけるとき、僕はみんなを呼び止めた。もちろん、お守りを渡すため。

「あの、出発の前に僕からみんなに渡すものがあるんだ」

寮長机の下から、箱に入れておいたみんなの分のお守りを取り出した。

「これは僕の世界で持っていると願いが叶うって言われているお守りなんだ。僕が作ったからあまりご利益はないかもしれないけど、みんなの勝利と、怪我がないようにっていう願いをこめたから、もし良かったら持っててほしいな」

「寮長……！」

「あ……ありがとう、ございます……!!」

「……嬉しいぜ……！」

僕は歩兵部隊から順に、一人ずつ団員の名前を呼んで、その団員のために作ったお守りを渡していく。

だがやっぱりなんだか違和感がある。

いつも歩兵部隊は結構チャラついていて、元気に軽口を言ってくるのに、今日は歯を食いしばっていたり、中には半べそをかいている団員がいる。

歩兵部隊の隊長であるセレスティーノも、今日に限ってはなぜか眉間に皺《しわ》を寄せていて、いつものようなモテそうな雰囲気がない。

レオナードとリアに鈍感と言われる僕でも、さすがに違和感を越えて、何か変だなって思い始めた。

歩兵部隊から騎馬部隊、補給部隊などと次々にお守りを渡していると、違和感はなおさら大きくなっていく。

これから闘技大会に行って雄姿を見せつけるというのに、どうしてみんな泣きそうになっているんだろう。

いつもだったら戦いに向けて、檄《げき》を飛ばしているはずなのに。

――南部の反乱は君に思わぬ不幸をもたらすかもしれない。

突然ベルンハルドさんに言われた言葉が頭をよぎる。

これが彼が言っていた不幸ってこと？

全身からサーッと音を立てて血の気が引いていく。

みんなが泣いているのが不幸ということなのだろうか。でもそれは変だ。だってこれから王都に行くだけなのだから。

そんなことを考えながらお守りを渡しているうちに、やがて全員分のお守りを渡し終えた。

みんな大切そうにお守りを受け取ってくれてよかったと思う反面、心臓の鼓動がやけに大きく聞こえてくる。

嫌な予感がして、背筋に汗が一筋流れる。

「ソウタ」

「は、はい!?」

「これを持ってくれ」

レオナードに声をかけられて思わずビクつきながら振り向くと、レオナードが寮旗を持って立っていた。

真っ黒な布に銀色の刺繍《ししゅう》で鳥の紋章が描かれた美しい寮旗だ。

僕の背丈よりも大きな旗が、ゆらりと揺らめいている。

このあとこれを僕が先頭で掲げながら、王都に向けて行進していく。この旗を持つのはこれが初めてだ。

「はい」

僕はごくりと唾を飲むと、レオナードから寮旗を受け取る。レオナードやリアだけでなく、団員のみんなが寮旗を持つ僕に注目している。

レオナードから受け取った寮旗は、見た目からは信じられないほど軽かった。

「え、何これ……。ものすごく軽い……」

その場で上下に軽く振ってみると、団員のみんなが僕が旗を持っている様を見つめている。なんだか僕のこの姿を目に焼き付けようとしているかのようだ。

「ソウタ、寮旗を持った感想はどうだ？」

「うん、すごく軽くてびっくりしたよ！　でもこれを振ってみんなを先導していくから、軽くて良かったな、って……」

レオナードに返事をしたとき、突然の眠気が僕を襲った。

おかしいな、さっき起きたばかりなのに。

「あれ……？」

こんな大事な時に寝ている場合じゃないってわかっている。それなのに瞼が閉じてきて、持ち上げることができない。

「ソウタ、俺はお前に出会えて幸せだった」

「あ……、な、に、これ」

ぼやけていく視界で、レオナードとリアが僕の顔を覗き込む。

二人は眉尻を下げて、目尻に雫を湛《たた》えている。

「なん、で」

「どうか、忘れないでくれ。俺とリアのことを。そして王立第二騎士団のことを」

「ちょ、と……まって……レオナー、ド」

「ソウタ、君は私の全てだ。君にもう会えないと思うと苦しくて心臓がちぎれそうだよ」

「リアも……なんで」

「どうか、どうか幸せに、生きてくれ」

「レオ、ナ……、リ、ア」

悲しげな表情を浮かべる二人の名前を呼んだところまではっきりと覚えている。

でもそこで意識は完全になくなってしまって、その先は、何一つ覚えていなかった。

僕が最後に見た光景は、苦しげな顔をする僕の二人の伴侶と、人目も憚《はばか》らず泣いている団員のみんなだった。

◇◇◇

ふわふわと何かに揺られている。

僕はもしかしたら、雲にでも乗っているのだろうか。

重い瞼を開こうとすると、目の前が白んでいる。

何か大事なことがあって目を覚まさないといけないって思うのに、頭がぼんやりしていてうまく働かない。

多分、これは夢だ。

あたりは深い靄《もや》に包まれていて、少し先さえ見えやしない。

誰かが、僕に手を伸ばしているような気がする。三つの大きな手が、僕を靄《もや》の中から助け出そうとしているみたいだ。

不安に駆られた僕は勢いよく三つの手に手を伸ばした。


「う、ん……。あれ、ここ、は」

「おや、もう目が覚めてしまったようだ。随分と早いな」

「え、もうっすか？　南部に着くのにまだまだ時間がかかりますよ？」

うっすらと意識を取り戻した僕の耳に、聞いたことのある声が届いた。

ゆっくりと目を開けると、僕の隣には青い髪を持つ厳しくも美しい、顔の右側に火傷の痕がある男……

「ベルンハルド、さん……？」

「おい、大丈夫か？」

「イーヴォも。ここは、馬車の中？」

「揺れるから、動くならゆっくり動けよ」

僕がいるのは屋根のない馬車のようだ。さっきからがたがたと揺れながら、どこかへ向かって走っている。

一体どこへ……

いや、それよりも！

レオナードとリアはどこにいるの？　王立第二騎士団のみんなは？

「そうだよ、レオナードとリアは⁉　みんなはどこ⁉」

「王都へ向かったよ」

「王都へ……。あ、そうか闘技大会……」

「君は置いて行かれてしまったね」

ベルンハルドさんが、眉を八の字にして、寝転がる僕を見下ろす。

……置いていかれた？

「え、どうして？　だって闘技大会に出るために行進しないといけないんでしょ？　僕が団旗を振って、王都の闘技大会に出るみんなの先頭に――」

「いや、それは無理だろう」

ベルンハルドさんが淡々と僕の言葉に答えた。

その後今の状況について質問したけれど、時間稼ぎなのか、ふんわりとした答えしか戻ってこなかった。

それに耐えかねた僕は、体を起こしてベルンハルドさんの目をじっと見つめた。

「ベルンハルドさん、一体何が起きてるんですか？」

彼はじっと僕の視線を見つめ返したが、やがてふう、とため息をついて語り出した。その内容は僕にとって、衝撃的すぎるものだった。

「君は、王都に模擬試合に行くと思っている。でもそれは大きな間違いだ」

「……間違い？」

「レオナードとリアは偽の国王であるアシエールを倒しに行ったんだ。闘技大会というのはアシエールを誤魔化すための方便で、その裏で王都襲撃計画を立てていたんだよ」

「王都襲撃計画だって⁉」

そんな話は聞いていない。

大体あの二人、話し合いでなんとかするって言ってたじゃないか！

「お願いです、この馬車を止めてください！　僕は戻らなくちゃ！」

「馬車はもう戻れない。彼らから相応の報酬をいただいているのでね」

あくまで淡々と事実を述べるベルンハルドさん。

恐ろしい話なのに平然と答える彼が、無性に恐ろしくなった。

「ダメです、だって僕は黒の旗手なんだ！　僕がいないと騎士団のみんなは勝てないんじゃないの!?」

「彼ら王立第二騎士団は、自らの栄誉よりも人を選んだのだ。君という人をね。君が戦場に出れば十中八九、死ぬ。それだけは避けたかったんじゃないのかな」

「どういうことですか……」

「この王都襲撃作戦はもとより、多大な犠牲者を覚悟して偽の国王であるアシエールをあの玉座から引きずり下ろし、宮廷財務長官のスロームを捕縛する計画だ」

ベルンハルドさんはそこで、一度沈黙した。

「一騎当千の騎士でも、ザカリ族の大群を相手に無傷で勝利するのは厳しい。彼らは全員死ぬつもりだよ」

ベルンハルドさんの言葉に、頭が真っ白になった。

「死ぬ？　死ぬってなんだ？　誰が死ぬって？」

呂律《ろれつ》が回らない。

僕は今、何を聞いたんだ？

「王立第二騎士団全員だ。彼らは先鋒をかって出てくれた。どうやら最初から、生きて帰るつもりはなかったようだね」

「そんな……」

「だから直前に三日の休暇を与えられたんだろう。最期に愛する人々と過ごせるように。あの二人もそうだったのではないかな？」

そんなことってあっていいのだろうか。

僕はずっと闘技大会が行《おこな》われるとばかり思っていたのに、そもそもそれが真っ赤な嘘だったたということ？

でも、ひ弱な僕だと戦場で死んじゃうから、僕をみんなと一緒には行かせなかったっていうこと？

王都を襲撃して計画を成功させるためには、黒の旗手の存在が不可欠だった。

そんなのって……あんまりだ。

「なんですか、それ。それじゃあまるで、僕は王立第二騎士団の寮長としても、仲間としても、認めてもらえてなかったっていうことじゃないですか……」

「事実は残酷なものだ。実際、君は彼らに置いていかれて、こうして一人取り残された。それが答えだよ」

「お頭《かしら》、そこまでに」

隣でハラハラしながら聞いていたイーヴォが「きつく言い過ぎですよ」とベルンハルドさんを諫《いさ》める。段々と頭の靄《もや》が薄らいできて、少しずつ頭が働くようになってきた。

つまり僕は、二人の伴侶を失ってしまうことになるのか。

仲間だと思っていた第二騎士団のみんなは僕を置いて全員死んでしまって、寮長の座も失って、ベルンハルドさんとイーヴォと一緒に南部に行って、みんなのことは忘れて安全に暮らしてくれってこと？

その結論にたどり着いた僕は、言葉もなくわなわなと震えていた。

握りしめた両の拳が真っ白になっている。

「おや、絶望で泣いてしまいそうかい？」

仕方ないな、という表情でベルンハルドさんが僕を見る。イーヴォは心配そうな表情を浮かべていた。

でもそんなのどうだっていい。

それよりも、沸々と僕の内から湧いてくるものがあったから。

「――む」

「ん？　む？」

「なんだ？」

ベルンハルドさんとイーヴォが怪訝な表情で覗き込んでくる。

僕は思い切り息を吸い込むと、今の気持ちをありったけの大声で叫んだ。

「ムカつく‼」

「えっ」

「はあ？」

二人に構うことなく、僕は怒りのままに捲《まく》し立てた。

「だっておかしいでしょ？　あれだけ僕だけを愛してるだとか信頼してるだとか、なんだかんだ言っておいて！」

「お、おい……？」

イーヴォが僕を落ち着かせようと手を伸ばしてくるけど、僕はそれを叩き落とした。

「それだけして、自分の命の危機に伴侶の命すら懸けられないなんて！　信じられない！　そう思いません⁉」

「は、はあ」

余裕めいた顔をしていたベルンハルドさんが、素っ頓狂な表情をしている。

「僕はもう隠し事はなしにしようって約束したんですよ！　それもついこの間だよ、約束したの！　冗談めいた約束じゃなくて、心の底からの約束！　それなのにこんな大事なことを黙ってるなんて！」

僕の罵詈雑言《ばりぞうごん》は止まらない。

「戻ってきたらあいつら、ただじゃおかないから！」

言いたいことを言い終えて、はぁはぁと肩を動かして、息を荒らげる。

キッとベルンハルドさんを睨みつけると、ベルンハルドさんはやれやれと言うように首を横に振った。

「ソウタ、残念だが、彼らの命は風前の灯《ともしび》だ。すでに僕たちは出発から六時間経っている。しかも王都とは逆方向。彼らはあと数時間で王都に着くだろう。今から私たちが彼らを追ったところで、間に合わない」

「そんなのわからないじゃないですか。今すぐ馬車を引き返してください！　寮に戻って寮旗を持ったら僕も王都に行きます！」

「それはできない相談だ。レオナードとリアの二人から君を安全に南部に移動させるよう直々に依頼を受けているし、それに見合う金をすでにもらっている」

ベルンハルドさんは僕の怒りを知ってなお、レイル寮に引き返すつもりはないようだった。このままだと、本当に間に合わなくなってしまう。

レオナードとリアだけじゃなくて騎士団のみんなと一生会えないまま生きていくなんて、耐えられそうになかった。

「ベルンハルドさん、僕はどうしてもみんなのもとに行きたいんです。どうしたら馬車を止めてくれますか」

僕は自分の気持ちが届くように、真正面から彼に向き合った。ベルンハルドさんが考えを改めてくれるかは分からない。でも、このまま引き下がってしまうのは絶対に嫌だ。

ベルンハルドさんはしばらく僕のことを見つめていた。綺麗な顔からはなんの感情も読み取れなくて、不安が押し寄せてくる。

「自由の羽傭兵団はどんな依頼でも受ける。ただし、金次第だ」

「お金、ですか」

「そう。君には自分の望みを叶えるために、いくら払える？」

「僕が出す金額に納得してもらえたら、馬車を騎士団寮まで引き返してくれますか？」

ベルンハルドさんは僕の言葉に微笑んだ。そんなの、いくらだって払う。僕をみんなのところに行かせてくれるためなら、なんだって差し出す覚悟だ。

「それでしたら僕の全財産を渡すよう、契約を上書きします！　二人がいくら支払ったか知りませんが、とりあえず手元には十万デールあります！」

「足りないな」

「僕、お肉につけるための美味しいソースを作ったんです。ソースが売れれば売れるほど、毎月売上の何割かをもらうことになってます。その権利を差し上げます」

「後は？」

「後はレオナードとリアが僕に用意してくれた服と装飾品、僕の身の回りにある品全てをお渡しします！」

「そんなことをしたら、君は一文なしになってしまうよ？」

「構いません。お金はまた一から節約します」

ベルンハルドさんの問いかけに、僕は即答した。

「……まいったね」

「あ、そうだ。イーヴォ！」

「うお、な、なんだ急に？」

急に話を振られたイーヴォは、目を瞠《みは》る。

「僕は君にまだ貸しがあるんだよね!? 耳飾りをまだ返してない！ この耳飾りもお渡しします！ 僕は借りを返してもらわなくていいです。その権利をお渡しします。いいよね、イーヴォ！」

揺れる馬車をものともせず、ものすごい勢いでイーヴォに食ってかかる。

イーヴォが困り顔でベルンハルドさんを見ると、一瞬の沈黙ののち、ベルンハルドさんがお腹を抱えて笑い始めた。

「あはは、なるほど君は面白い！ そうか、諦めないか……。大抵の者は自分可愛さにいざとなったら資産を出し渋るものが多いが、君はどうやら違うようだ。いいよ、引き返そう」

「本当ですか!?」

「自由の羽傭兵団は貸し借りに敏感だ。金だけでは受けない依頼だとしても、借りがあるのであれば受けるのが私たちだ」

「本当!?」

ベルンハルドさんは、優しく微笑むと、僕の頭を撫でた。

「この世には金だけでは買えないものがある。君のような純粋な若者もそのうちの一人だ。それに、レオナードとリアの二人もね。君の伴侶は、私にとっても個人的に死なせたくはない者たちなんだ」

ベルンハルドさんはそこまで言うと、途端に表情を険しくさせる。

「ただ、状況は絶望的であることを忘れてはいけない。今から戻っても君が王都に着く頃には、もう全て片がついているだろう」

もう、全てが終わっている。

つまりレオナードもリアも騎士団のみんなも、この世にはいないってこと。

――怖い。

その事実を目の当たりにしたら、立ち直れるかわからない。

でも、それでも、王立第二騎士団寮のみんながいるところが、レオナードとリアの隣が、僕の帰る場所だから！

絶対にみんなを救ってみせる！

「それでも、行くかい？」

「……行きます。どんなことになっていても全て受け入れます。自分にできることをやらなかったことで、後悔したくありません」

ベルンハルドさんは頷いて、馬車を止めてくれた。

ここからまずは王立第二騎士団寮に戻る必要がある。それだけでも六時間かかるうえ、そこから
さらに王都までは馬車で半日以上。

ベルンハルドさんが絶望的だと言った意味は理解できる。

けど、やってみなくてはわからない。

「では、すみませんが、馬車を騎士団寮まで――」

「ギィーーッ！」

僕がそうお願いしようとしたとき、遠くから大きな鳥の鳴き声が聞こえてきた。上空を仰ぎ見ると、一羽の鳥が猛烈な勢いで近づいているようだった。

普段であれば恐ろしいはずだが、なんだか聞き覚えがあった。

「あれ？　あの声は……」

「ギュギューーッ」

「ミュカ‼」

大きな羽をいっぱいに広げてやってきたのは、王立第二騎士団の大鷲《おおわし》のミュカだった。ミュカは僕たちの前に飛び降りると、僕に向かって羽を広げて何かを訴えるように鳴き続けた。

「キュウッギギッ」

「え、何どうしたの？　ミュカ、それより大変なんだ！　騎士団のみんなが王都に……」

ミュカは僕の言葉を理解しているのか、しきりに羽を広げるミュカ。

その様子を見てて、なんだかミュカの言いたいことがわかった気がした。

「もしかして、背中に乗せてくれるの⁉」

「ギュッ！」

「ミュカならもしかしたら、間に合うかも！」

馬車であれば曲がり道や坂道を進まないといけないし、馬が疲れてしまうと一気に速度は遅くなってしまう。

でも、空を飛ぶミュカなら話は変わる。

障害物をすべて飛び越えて、レオナードやリアたちのもとに向かえるはず！

突然現れた救世主に、僕の心臓の音がどくどくと高鳴る。ベルンハルドさんとイーヴォは、突然現れたミュカに驚いていた。

「これは国鳥の大鷲《おおわし》か……それにしても立派な翼だな」

「ですね……でもこれなら」

「ああ。ソウタ」

ベルンハルドさんはイーヴォの言葉に強く頷き、僕を見た。

「大鷲《おおわし》の背に乗ることができるのであれば、勝機はまだある。彼らの飛行能力は素晴らしいからな」

「わかりました！　それじゃあミュカと一緒に僕たちの仲間を助けに行ってきます！」

僕は二人に頭を下げると、すぐにミュカのもとへ駆け寄る。

「ミュカ、お願いしてもいい？」

「ギュギューーッ」

僕はミュカの背後に回り、背中にそっと乗ってみる。

ミュカの身体はふかふかで、僕が乗っても安定感があるしバランスも崩れない。これなら、長距離でも大丈夫かもしれない！

「ミュカ、行こう!!」

「ギギッ」

僕の合図でミュカは翼を広げると馬車から飛び立ち、大空へ舞い上がった。

あっという間に地面が遠くなった。

とんでもないスピードで王立第二騎士団寮のある北へ向かっていく。びゅうびゅうと風を切る音が耳に痛い。

でも、たしかにこの速さならみんなが命を落とす前に王都にたどり着けるかもしれないと、少しだけ希望が持てた。

風切り音を我慢してどのくらい飛んでいたのだろうか、地平線の向こうに薄《うっす》らと小さく街が見えてきた。徐々に近づいてきて、やがて視界いっぱいに広がる。

視界の中央に聳《そび》える城は、まさしくレイル城だ。

「すごいよミュカ！　もうレイルに着いた！」

体感で、まだ二、三時間くらいしか経ってないいんじゃないのかな。

僕が感極まってそう言うと、ミュカは得意げにギギッと鳴いて、レイル城の近くにある第二騎士団寮に一直線に向かった。

寮の庭に着地した僕はミュカにちょっと待っててもらい、急いで寮の中に入る。もともとは武具庫に飾られていた寮旗だけど、おそらく寮の中に置いていったと思う。

急いで玄関の扉を開けると、見慣れた景色が飛び込んでくる。まずは無事にたどり着けた安堵で、ほっと肩の力が抜けた。

幸いなことに、寮旗は玄関奥の寮長机に無造作に立てかけてあった。

すぐに見つかってよかった！

「早くこれを持って王都に行かなくっちゃ！」

見た目以上に軽いそれを持って、僕はすぐに踵《きびす》を返そうとする。

しかし慌てていた僕は寮旗の柄を寮長机にひっかけてしまった。机の上に置いていた僕のノートがバサバサと落ちた。

だが今はノートを拾っている場合ではない。

後で必ず片付けようと決めて再び玄関へ戻ろうとした時、床に落ちたノートの一つが目についた。

玄関へ走る足を止めて、ノートを拾う。

「これは……」

それは僕がこの騎士団寮に来た時にレオナードからもらった綺麗なノート。

僕はそこに王立第二騎士団全員の名前と誕生日、顔の特徴、癖、好きなもの、嫌いなものなどをわかる範囲でこのノートに書いていった。

最初は空白だらけだったそのノートは次第に埋まり、今ではどの団員のページも文字でびっしりだ。

僕は誰もいなくなってしまって静かな騎士団寮を見渡した。

今朝まで、ここには騎士団の団員たちがたしかにいた。

いつもソファでくつろぐ者、隅で武具についた汚れを落とす者、雑談に花を咲かせる者、冗談を言い合う者。

そして必ずそこにはレオナードとリアがいて、僕と一緒に笑って過ごしていた。

今僕の目の前には誰もいないけど、ありありと思い出せるくらい、大事な大事な光景だった。

「本当に、みんないなくなっちゃうの……？　そんなの、嫌だよ……」

ぼそっとつぶやいた言葉が、誰もいない玄関に響き渡る。

僕は泣いてしまいそうになる気持ちをぐっと押し殺して、寮旗を担ぐと急いで寮を出た。

絶対に、誰一人欠けることなくこの場所に帰ってくるんだ！

「お待たせ、ミュカ！　行こう、みんなのいる王都へ！」

「ギュギュッ」

ミュカはさっきよりも高く飛び上がると、王都に向かって飛び始めた。

僕はミュカの背に掴まりながら、込み上げてくる感情を抑えられなかった。

次から次へと僕の脳裏に浮かぶのは、あの騎士団寮で一緒に過ごした団員たちの様々な表情だ。

そして僕の二人の伴侶である、レオナードとリアのことも。

もしこの襲撃計画であの二人がいなくなってしまったら、僕はこの世界でどうやって生きていけばいいんだろう。

「だめだ、今はそんなことを考えるな！」

僕は両手で自分の頬をピシャリと叩く。

そんなマイナスなことを考えていたら、本当にそうなってしまうかもしれない。今考えるべきことは、どうやってみんなで帰ってこられるか、だから！

「とにかく今僕ができることをやるしかない。まずは戦いが始まる前に間に合うこと。誰も死なせないようにすること。僕が黒の旗手なんだとしたら、この旗を掲げて戦場に立つことで事態が好転する可能性があるんだから！」

弱気になるな！　と自分を叱咤しながらミュカの背中にしがみつく。

ミュカが飛ぶスピードを上げると、それに呼応するかのように寮旗がバサバサとはためく。

本当に不思議だ。こんなに大きくて、しかも風に持っていかれそうなほどはためいているのに、寮旗は全然重たくない。

たなびく旗を眺めていると、不思議と勇気が湧いてきた。

「とにかく王都まで行って、この旗を掲げる。あとのことはそれから考えよう」

自分の目的をはっきりさせたら、あとはそれを実行するだけ。

北へ飛び続けて数時間。

眼下には森と一本道が続いていたが、先のほうが開けてきて王都の街が見えてきた。所々に煙が上がり、時折激しい閃光のようなものが光っているのも見えた。

「戦いはもう始まっちゃってる……！　どうしよう、どうやってレオナードとリアを見つけたらいいんだろ……」

ふと弱気になりそうになったが、ここは冷静にならなければ。

僕はもう一度頬を叩いて、視線の先をじっと見つめた。

落ち着いて考えよう。

レオナードとリアの目的は、ザカリ族の血を引く偽の王アシエールを倒すこと。であれば、向かう先は必ず王宮になるはず。

「よし、ミュカ！　まずは王宮に向かって飛ぼう！　きっとそこに行けばレオナードとリアに会えるはずだから」

「ギュイギュイ！」

ミュカは返事をすると、王宮の方向へ進路を変更した。

やがて見えてきた王宮は、まさに戦闘の真っ只中といったところだった。

王宮の中庭では、兜《かぶと》を被った騎士団や警護隊の人たちと、青い髪の人たちが激しい戦いを繰り広げているようだった。

「やっぱり、国王側にはザカリ族がいるみたいだな。上からだと青い髪がよく見える。彼らと戦っているのがレオナードたちの味方ってことか……」

王宮の入口を上から見下ろす。

小さな点のようにしか見えないから、どこに着地したらいいのか、わからない……

しかも兜《かぶと》を被ってるかもしれない……

「あっ、待ってミュカ！　いた！　二人とも見つけたよ」

僕の視界に、絶対に見間違わない燃えるような赤髪と、ピンクがかった金髪の男の姿が見えた。

「ミュカ、僕を下ろしたらすぐに逃げていいから、悪いんだけど王宮の入口の最前線にいるレオナードたちのところまでお願い‼」

「ギギィ！」

了解、と言わんばかりにミュカが翼をたたんで戦場に突っ込むように降下していく。やがて、レオナードとリアの状況が、肉眼でも見えるようになった。

二人とも剣を振りかぶり、迫りくる敵を薙ぎ払っていた。肩を大きく動かして息をしているところを見ると、かなり辛そうだ。

「でも、間に合った！　よかったみんな無事だ！」

歓喜のあまり、僕は眼下に向けて叫んだ。

「レオナード！　リア！」

その声は無事に届いたようで、二人は何事かと目を見開いて見上げる。僕の姿を視認するやいなや、固まってしまった。

「ソウタ……」

「馬鹿な、どうしてこんなところに⁉」

質問の返事はあと。

ミュカは素晴らしいコントロールでレオナードとリアのところに着地した。僕はミュカの背から下りて、二人に駆け寄った。

「二人とも、無事⁉」

「そんなことより、何してる！」

「危ないからさがりなさい！　ここは最前線だ！」

普段の温厚な雰囲気からは考えられないほど、二人は声を荒らげた。

ちょっとだけ驚いたけど、ここまで来てすごすごと帰るわけにはいかない。僕にはやることがあるんだから！

よく見るとレオナードとリアは、結構な傷を負っているようだ。周りを見ると、青い髪の男たちが唖然として僕を見つめていた。

僕はレオナードとリアをザカリ族の戦士から庇うようにして仁王立ちになると、ありったけの空気を吸い込む。

そして辺り一帯に響く金属音や唸り声に負けないように、自分が出せる最も大きな声で名乗りを挙げた。

「王立第二騎士団寮長、柏木蒼太！　星導教の司教より黒の旗手に指名された！　この戦い、僕が来たからには必ずみんなを勝利に導きます！」

そして持ってきた寮旗を、これでもかと天に突き上げる。

別に何かが起きるなんて期待はしていない。それでもみんなの士気があがってくれればいいと思っていた。

ところが寮旗を空に向けて掲げた瞬間、どこからともなく雷鳴が轟き始めた。

それに加えて、さっきまで雲一つなく晴れていた空はみるみるうちにどす黒い灰色の分厚い雲に覆われていく。

やがて落雷とともに、ものすごい突風が僕たちに吹き始めた。

……いや、僕たちにではない。

突風はザカリ族に向かってビョウビョウと吹く。さらに王宮のありとあらゆるところで吹き荒れて、一部は旋風《つむじかぜ》となって敵を巻き上げていく。

劣勢を強いられていたレオナードたちだったが、一気に形勢が逆転した。

「この賽旗、すごい！　もしかしたら何かの武器なのかも!!」

「あ、ああこれは……すごいな」

「黒の旗手であるソウタが現れたことで、一気に勝利が近づいてきたな」

レオナードとリアも呆然としながら賽旗を見つめている。

周りの団員たちも、今の現象をぼうっと見ていたが、いや、ぼうっとしている場合じゃないでしょ!?

「ねえ、それどころじゃないんでしょ!?　早く国王と宮廷財務長官を捕まえないと！」

「ああ、そうだな！」

「ソウタ、話は後にしよう」

僕たち三人は一斉に前を向き直ると、王宮を真正面から睨み付けた。あそこに、敵がいる。僕がきたからには、絶対誰も死なせはしないんだから！

僕はレオナードとリアの前に一歩出ると、持っていた賽旗を高々と掲げた。

これはアシエールたちへの宣戦布告だ。

「王立第二騎士団は、絶対に勝つ！」

僕の声は思いのほか戦場に響き渡り、一瞬ののちに騎士団のみんなが「応！」と野太い声で答えてくれた。レオナードとリアも僕の後ろで手に持っている剣を高々と掲げている。

よし、反撃開始だ！

すでに騎士団の面々はザカリ族に向かって突撃している。

「ソウタ、俺とリアはこのまま王宮へ走る！」

「君は前線から少し離れていてくれ！」

「うん、分かった！」

僕が二人に返事をした、その時だった。

どこからか空気をつんざくヒュンという音がやたら近くで聞こえた。なんだろうと思った瞬間には、何かがものすごい速さで僕の頬スレスレを通過してく。

どす、どす、と低く鈍い音を二回聞いた。

ゆっくりと振り返ると、僕の二人の伴侶が地面に倒れ込んでいた。

「レオナード！　リア！」

駆け寄った僕が見たのは、鉄製の矢が鎧を貫通し胸に突き刺さった二人の姿だった。

「あ……。やだ、嘘だ！」

恐怖で足が震える。みじろぎもしないレオナードとリアに何が起きたかなんて想像もしたくない。

「や、だ死なないで！　レオナード、リア！」

ありったけの声で叫んだ僕の体に、大きな衝撃が加わった。

「あ……な、に」

身体がジンジンと熱を持っている気がして、視線を下に向ける。

僕の心臓の辺りに黒い矢が突き刺さっている。

熱い。全身の血がどくどくと脈打って、僕に危険を知らせている。

これはさすがにまずいな。と妙に冷静だった。どうやら目の前のレオナードとリアと同じ事が僕の身にも起きたようだ。

遠くで誰かが僕とレオナード、リアの名前を叫んでいるのが聞こえる。血の気が一気に引いてきた。立っていられなくなって、リアとレオナードに折り重なるように倒れ込む。

次第に暗くなっていく視界を見つめながら、僕は願った。

三人一緒に死ねるなら、それも一つの幸せかもしれない。

でも、でもできる事なら……

「三人で生きて、幸せになりたい……」

僕がそう言った瞬間、突き刺さった矢の辺りが花火のように激しく七色に光り始めた。

レオナードとリアの体も、僕と同じように七色の火花を散らしていたが、そのうち火花が僕たち三人に刺さっていた矢を、跡形もなく溶かしてしまった。

やがて火花は用を終えたとばかりに小さくなって、僕の体の中に収まっていく。死の淵にあるはずの体はすぐに元気を取り戻した。

「う……。これは一体何が起きたんだ」

目を覚ましたリアが呟きながら体を起こす。

「くたばったかと思ったぜ」

隣でレオナードも頭を抱えながら、心底不思議そうな顔をしていた。

よかった。二人とも無事だ。

「よかった。本当に……ん？」

安堵して胸を抑えた僕の手に、何かが当たっている。ポッカリと穴が空いてしまった上着の胸ポケットに手を入れてみれば、そこには僕が作ったお守りが入っていた。

お守りは焼け焦げていて、もはやボロ布状態だ。中に入れた五百円玉は炭のように真っ黒に変色していて、まるで燃え滓《かす》のようだ。

「ひょっとして、ソウタのお守りが私たちを生かしてくれたのか？」

「すごい効果だな」

驚くレオナードとリアに、僕は首を大きく横に振った。

「まさか、そんな効果はないはずだよ！　だって中に入れたのはただの五百円玉だもん。確かに三人で生きて幸せになりたいって祈ったけど、まさかそんな……」

「では、お守りがソウタの願いを叶えようと奇跡を起こしたのかもしれないな」

レオナードとリアはすくりと立ち上がると、再び王宮を真正面から睨め付けた。

「今はそういうことにしておこう。運良く命を拾ったんだ、俺たちは本懐を遂げなくては」

「ああ、そうしよう！」

ザカリ族が突風と旋風《つむじかぜ》に苦戦している隙に、二人は王宮を目指して走っていく。

本気を出した二人の姿はいつの間にか小さくなっていき、到底僕の足じゃ追いつけないところまで行ってしまった。

「ミュカ、僕たちは一度空中から状況を確認しよう！」

「ギュイ」

上空で旋回しながら待ってくれていたミュカに再び乗り、僕は戦場をぐるりと見回す。

「一体、さっきの出来事はなんだったんだろう。まるでお守りが僕たちを生かしてくれたみたいだ。いや、生かしてくれたのはお守りっていうか五百円玉のほうか」

僕にお年玉だよと言ってあの三枚の五百円をくれたおじさんたち。思えば、あの五百円玉を手にしたすぐ後に、僕はこの世界に来た。

「あのおじさんたちが僕をこの世界に連れてきてくれたのかな……」

ふとそんな気がしたけれど、今はそんなことを考えている場合じゃない。僕は気を取り直して、戦場に目を向けた。もしも厳しい戦いをしている団員がいたら、彼らを助けなくちゃいけない。

団員たちが苦戦している場所がないか確認していると、誰かの刺さるような視線を感じた。

なんだろうと思って視線の主を探すと、王宮の上のほうにあるバルコニーから誰かが僕を見上げていた。

頭に被った豪華な冠とその特徴的な髪色が、その人が誰なのかを示していた。

「あれが、偽の国王、アシエール……」

アシエールは僕と目が合うと、にやりと意味深な笑みを浮かべた。

二人の距離は遠いのに、視線が交錯しただけで背中がぞわりとするような不気味な笑みだった。

一体何を企んでいるのだろう……

「アシエール!!」

「ここで貴様を討つ！」

レオナードとリアが、アシエールのいるバルコニーに到着したようだ。息を荒らげる二人は剣を構え、アシエールへ突きつける。

「我が両親を殺害した罪、償ってもらおう！」

「我が父並びに国王一家を殺害したこと、相違ないな！」

二人は憤怒を表出させ、アシエールをジリジリと追い詰める。

しかし、アシエールは何も言わなかった。

弁解も、言い訳も、肯定もしないまま、アシエールは不敵な笑みを浮かべ、バルコニーから逃げようとも隠れようともしなかった。

しかし二人が距離を詰めようと駆けだした瞬間、なんとアシエールはバルコニーから飛び降りた。

「アシエール！」

「貴様!!」

レオナードとリアが落ちていくアシエールを掴もうとしたが、時すでに遅し。このままだとアシエールは地面へ打ち付けられて絶命するだろう。

「ミュカ!!」

「ギィッ！」

とっさに僕はミュカを呼ぶ。

それだけでミュカは僕がどうしてほしいのかわかったようで、すぐに急降下した。すんでのところで手を伸ばして、アシエールの腕を掴む。

ミュカは再び上空に上がり、戦場の上で飛び続けた。ミュカの背中に乗る僕が、アシエールの腕を持って宙吊りにしている状況だ。

アシエールは藻掻いて、僕の手を離そうとしてくる。なんとかアシエールを見ると、彼は眉間に深い皺《しわ》を寄せて、僕を睨みつけた。

「貴様、離せ！　なぜ私を助けるのだ！」

「あなたが死んでしまったら、またザカリ族と王家との間に怨嗟《えんさ》が残ります！　こんなことはもうここで断ち切るべきなんです！　この国が平和になって、みんなが幸せに生きるために！」

僕が無礼を承知でそう言うと、アシエールは何も言い返さなかった。呆然としたまま、レオナードとリアが迎えにくるまで、大人しくしていた。

第六章　おかえり、ただいま

王都奪還作戦は無事アシエールを捕まえたことで、成功を収めた。

アシエールは今、王宮の地下にある牢獄に幽閉されている。もう二度と陽の光を見ることはないだろう、とマティスさんが言っていた。

もう一人の首謀者である宮廷財務長官のスロームは、どさくさに紛れて王都から逃げようとしていたところを、王立第二騎士団の特別部隊に見つかって無事捕縛された。

これで、長らく続いていた偽の国王の治世は終わり、正統な血筋を継ぐ新しい国王が誕生することになった。

新しい国王にはヴァンダリーフさんが即位することになった。彼は「リアが継げばいい」と言っていたけど、周囲の人々に押し切られて国王になったようだ。

マティスさんは国王の伴侶になってしまったため、名前はレイル領主のままだが、実質的な権限はレオナードに移すそうだ。

なにはともあれ、大きな事件に一応の決着がついたことは、まあいいんじゃないかなと僕は思う。

でもそれよりも、僕がやらなければいけない一番大事なことがある。こればかりは、たとえ疲れていたとしても、絶対にやるって決めてたんだ。

◇◇◇

「いやあ、今回はさすがの俺も疲れたぜ」

「私もだ。やはりあれだけの敵の数だと、私たち二人だけでは難しいものがあるな」

国王の一件が片付いたあと、騎士団のみんなは王立第二騎士団寮に戻ってきた。レオナードとリアですらさすがにぐったりとした足取りで、他の団員たちも満身創痍のようだ。

ただ、少しは元気が残っているようだ。その証拠に、今回の武勇伝を街の可愛い子に話して回ろうと息巻いていたり、どっちの負った傷が深いか……なんていうくだらない競争を始める団員までいたから。

僕は先に寮の敷地に入り、団員全員が寮の敷地に入ったのを確認してから、寮旗を思いっきり石畳に打ちつけた。

ダンッという重い音がして、みんながびくりと肩を震わせる。四方八方から「あ、やっぱり？」というような視線が飛んできた。

なんだ、みんなわかってるじゃないの。

――そうだよ、お説教の時間です!!

「みんな、ちょっとそこの芝生に座って」

僕の有無も言わさぬ口調に、ほとんどの団員が恐る恐る芝生に正座する。

レオナードとリアも覚悟しているのだろう、文句一つ言うことなく、静かに芝生に座ってくれた。

「まずは、王都での戦いお疲れさまでした」

「お、おう」

団員たちがぺこりと会釈する。

僕は彼らににっこりと笑いかけた。

「それで？　僕にねむり草のお茶を飲ませて眠らせて、一人だけ除け者にしようとしたやつは誰ですか!!」

「団長と副団長です!!」

「俺たちは従っただけで、首謀者はそこの二人です！」

団員のみんなが速攻で教えてくれた。

まぁ、やっぱりそうだよね。

「レオナード、リア」

僕は二人の名前を呼ぶ。

レオナードとリアはまるで悪戯《いたずら》がバレた子供のように、そっぽを向いている。

「なんだよ、言っておくが俺は後悔はしてねえぞ」

「私も、君が怒るのはもっともだと思うけど、やはり判断としては正しいと思っている」

「そう思っているんだろうな、とは思ったよ……」

全然反省の色を見せない二人に、僕はため息をついた。なぜか団員のみんながびくりと体を震わせて、僕らの様子を注視している。

「二人とも、僕にはもう二度と隠し事をしないんじゃなかったの？」

「それは時と場合による。日常の些細なことは隠さねえが、お前の命がかかった局面では俺たちは何度でもお前を生かす選択をするぞ」

「ソウタ、レオナードが言っていることは君には受け入れ難いかもしれないけれど、私も正しいと思う」

「あ、そう」

僕は彼らの主張を認めた。

それならこちらにだって考えがある。

「それじゃあ、二人の主張に僕も倣《なら》っていいんだよね」

「どういう意味だ」

「レオナードとリアが生きて幸せになるためだったら、僕はいつでも死ぬってこと」

僕がそう言った途端、レオナードとリアはぎょっとした顔つきになった。

「だってそういうことでしょ？　愛する二人に危険が起きたとしたら、君たちには何も言わずに僕が犠牲になって二人が助かる方法を選んでいいんでしょ？」

「そ、それは……！」

「二人は僕のいない人生を歩むことになっちゃうけど、僕との思い出があればなんとか生きていけるんだよね？」

僕が冷ややかに二人を見下ろすと、二人は腰を上げ、声を荒らげた。

「ふざけんな、生きていけるわけねえだろうが！」

「君がいない人生なら、僕も君と一緒に死ぬことを選ぶよ」

もしかして、自分たちが僕にやったことを認識できていないのかな？

僕はビシッと二人を指差した。

「今回、二人が僕にやったのは、それと同じことでしょ!!」

「同じじゃねえよ、俺たちとお前の命じゃ重さが違うだろ。お前の命のほうが重い」

「レオナードいいこと言うなぁ、私もその通りだと思うぞ」

全く懲りる気配のない二人に、ついに僕の怒りは頂点に達した。

「もう、分からず屋なんだから！　僕怒ってるんだからね。これからしばらく二人とは口きかない！　ふんっ」

そっぽを向いてさっさと寮の中に入ろうとする僕を、レオナードとリアが慌てた様子で追いかけきた。

「ちょっと待て、ソウタ！　そんなやり方はガキっぽいだろうが」

「そうだよ、お願いだ……機嫌を直してくれないか。君の声が聞けない日が続くなんて耐えられないよ」

「知りません！」

ツンとする僕をなんとかしようとする二人の伴侶の後ろで、なぜか団員のみんなが必死に縋《すが》ってきた。

「寮長！　頼む機嫌なおしてくれ‼　じゃないと明日からの訓練で俺たちが二人に八つ当たりされちまう‼」

「うわ、それ最悪！　寮長〜っ、頼む！」

みんなでワイワイとやり合いながら、慌ただしく寮の中に入る。僕はまだ怒ってるから、みんなの言葉を無視する。でも、みんなには内緒だけど……本当に安心でいっぱいだった。

またここにみんなで帰ってこれて、本当に良かった。

この賑やかな寮をまた見ることができて、本当に嬉しい。

「僕、みんなのことが大好きだよ……。無事で良かった……」

みんなに聞こえないように呟く。

そのはずだったのに、どうやらレオナードとリアには聞こえていたみたいで、二人は僕にがばりと抱きつくと、顔中にキスの嵐を落とした。

「愛してるぜ、ソウタ」

「ソウタ愛している」

二人からの言葉に、僕もついに笑顔になった。

僕たちは何があろうと、これからもずっと三人で生きていく。

絶対に誰一人欠けないで、ずっと愛し合うんだ。

「僕もだよ、愛してる！」

番外編1　思い出の共有

「ねえ寮長、最後に団長と副団長と三人で出かけたのっていつ？」

ある晴れた日の午後。

玄関奥の机で備品管理の書類に目を通していると、すぐそこの長椅子に座って雑談していた歩兵部隊隊長のセレスティーノにそう聞かれた。

「え、三人で出かけたの？　いつだろう……この間王都に遊びに行った時かな」

「それってもしかして……偽の国王を討つ前に行った時のこと？」

「うん」

「はぁー、ありえないんだよなぁー！」

僕が頷くと、セレスティーノはとてつもなく大きなため息をついて、項垂《うなだ》れた。

彼に続いて一緒に座っている同じ歩兵部隊の面々も、天を仰いだり、嘘だろうみたいな目をしたり、口をあんぐり開けたりしたまま、僕を見つめている。

「ま、マジですか……」

「僕だったらそんなの耐えられない！　絶対すぐ別れる……」

急にそんなことを言われても、何が何だかわからない。

彼らは一体、何の話をしてるの⁉

「ちょ、ちょっと！　どうしたの急に……」

「寮長さ、いやじゃないの？　あの二人と伴侶になったのに仕事ばっかりでどこにも出かけないなんてさ」

なかば呆れ気味のセレスティーノたちは、どうやら僕とレオナード、リアの三人がろくにデートをしていないことが不思議でならないようだった。

言われてみれば僕たちはそう頻繁にデートには行かない。けれど別にそれを寂しいとか嫌だとか思ったことはない。

「うーん、でもいつも一緒にいるから寂しくないし……。なんだかんだで騎士として仕事してる二人を見るの好きだしね、えへへ」

最後のほうはちょと恥ずかしくなって照れ笑いしちゃった。

「くそっ、可愛いな……！　仕事してる姿が素敵とか、俺も一度でいいから恋人に言われたい」

「俺この間、騎士団の仕事を優先しすぎだって殴られたんすけど……」

「いや普通はそうなんだよ、うちの寮長が寛容なだけだって」

歩兵部隊の面々は僕の返事を聞いて長椅子の上でもんどり打っている。

「いや、やっぱダメだろ、このままじゃ……」

そんなわけの分からない惨状の中、天井を眺めていたセレスティーノが突然立ち上がると、ずんずんと僕に詰め寄ってきた。

「寮長、今度の週末にでも三人でどこかに出かけてきなよ」

「え、週末……？　でも僕、その日は廊下の床磨きと窓拭きをしようかなって思ってて」

「そんなの俺たちが代わりにやっておくから！　もっと羽目を外して恋人と楽しい思い出作ってきなって！」

「ええー、そんな急に言われても……」

ぐいぐいと詰め寄ってくるセレスティーノの後ろで、他の二人も「そうだそうだ」と賛同している。

僕だって二人とお出かけするのは嫌じゃないけど、出費のことを考えると寮で三人のんびりしているほうがいいんだよね。

だって二人と出かけると、決まって僕に何か買おうとするんだもん。

この間だって備品の補充で市場に行っただけなのに、なぜか僕のためにって高い靴を買おうとしていた。庭仕事に良さそうだからって言ってくれたのはすごく嬉しかったけど、お願いだから二人ともちょっとでいいから値段を見てほしかった。

千デール……日本円で十万円だよ⁉

靴にそんな大金を注ぎ込む勇気、僕にはない。しかもそんな靴で庭仕事をするなんて、絶対に無理だ。その時はとにかく遠慮して、気持ちだけありがたく受け取った。

そんなわけで僕は三人でのお出かけには消極的。レオナードとリアと一緒にいられるなら、場所は別にどこだっていい。

でもどうやら、歩兵部隊のみんなにとっては信じられない考えみたいだ。今も僕のほうに顔をずいっと近づけて、デートしてこいと圧をかけてくる。

「やっぱり恋人同士ならどこかに出かけたりするのが普通なのかなぁ」

「そりゃそうだよ！　出かけた先で相手が喜ぶ顔を見たいじゃない？」

セレスティーノだけじゃなく他の二人も同じ意見のようだ。

「俺も非番の日はほとんど一緒に出かけてますね。綺麗な景色とか一緒に見たいじゃないっすか」

「僕も色んなところに連れて行ってもらってるよ。ご飯も外で食べたり一緒に食べたりしたほうが美味しいし」

彼らも恋人を喜ばせるために色々と計画を立てているようだ。

「今までそんなの気にしたことなかったけど……ひょっとしてレオナードとリアも本当は外に出かけたいのかな」

「まあ、二人はそうなんじゃない？　寮長に贈り物をして喜ぶ顔も見たいだろうし、一緒にいろんな景色を見たりしたいんだろうし」

「それじゃあ僕、今まで二人に我慢させちゃってたってことか……。悪いことしちゃったな」

セレスティーノの言うことはもっともだ。

ずっと自分のことしか考えてなかったけど、二人だってたまには外出したいよね。

せっかく選んでくれた贈り物だって、僕はいつも高いからいらないって遠慮しちゃってるし。そう思ったらだんだん気持ちが落ち込んでくる。

「僕、誰かと付き合ったことないからよく分からなくって……。こんなんじゃいつか愛想尽かされちゃうかな」

僕が項垂《うなだ》れていると、歩兵部隊のみんなが慌て始めた。

「え、いやいや！　そんなことないと思うよ!!　あの人たち、可愛い恋人をみんなに自慢して回りたいだけだろうし！」

「うわぁ、寮長！　お願いだからそんな顔しないでください！」

「大丈夫、二人ともなんとも思ってないって！　寮長めちゃくちゃ愛されてるから大丈夫！」

僕がぼそっと呟いた言葉に、三人がギョッとしつつ慰めてくれる。どうやら気を使わせたようだ。

慌てふためく隊員たちの姿が珍しくてちょっと笑ってしまった。

「うふふ、そんなに慌てなくたって大丈夫。そこまで深刻には思ってないから。でもそっかぁ、世間のみんなはそうやって恋人と楽しく過ごしてるんだね。ねえみんな、今度おすすめの場所を教えてよ」

「いや、それはもちろん何でも教えるけど。まずいな、寮長にこんな顔させたって知られたら二人に殺されるぞ……」

セレスティーノがぼそっと呟いた瞬間、彼の背後から大きな人影が二つ、にょきりと現れた。

「へえ、何のおすすめを教えてくれるんだって？　セレスティーノ」

「まさかとは思うが、ソウタにおかしな入れ知恵をしていたんじゃないだろうね」

現れたのはレオナードとリアだった。

二人してセレスティーノの両肩に手を置いて、反対側の手で他の二人の頭をがっしりと掴んでいる。

なぜか歩兵部隊の三人は顔面蒼白だ。

「二人ともお帰りなさい！　仕事は終わったの？」

「ああ、まあな」

「予定通りに終わったよ」

今日、二人はちょっとした用事があるからと言って町に出ていた。問題なく終わったようで何よりだ。

リアはセレスティーノに顔を近づけて、にこりと微笑んだ。

「さて、セレス。話の続きを聞かせてくれるかな」

「いやぁ、あはは……。ただ雑談してただけで……」

「へえ、お前はただの雑談でソウタを悲しませたのかい？」

え、僕そんなに悲しそうな顔してたかな？

自分としては結構上手く取り繕っていたつもりだったんだけど。

次第にリアのこめかみに青筋が立ち始めた。これはまずいぞ……！

「ね、ねえ二人とも！　今度の週末、僕と一緒にどこか行かない？」

僕の言葉に、怒りに満ちていたリアと冷ややかな視線で三人を射殺さん勢いだったレオナードの雰囲気が、ぱっと柔らかくなった。

どうやら怒りはおさまったみたいだ。怒りを再燃させないよう、僕はなおも二人に畳み掛けた。

「実はたまには三人でお出かけしたいなって思って、セレスティーノたちにおすすめの場所を聞いてたんだ」

「へえ、なるほどなぁ」

「ふうん」

レオナードとリアはしばらく冷たい視線をセレスティーノたちに浴びせていたけど、お互いに顔を見合わせると僕に微笑んだ。

うまくはぐらかせたみたい、多分……

「奇遇だな、ソウタ。ちょうど俺たちも、今週末お前を連れて行きたいところがあったんだ」

「さっき町に出たのはその準備のためだったんだよ」

準備って、まさかお金のかかるところに行くんじゃないだろうな……、とは思ったけど、それではこれまでと同じになってしまう。

それよりも今回は二人の好意に素直に応えたい。

「ほんと!?　どこにいくの？」

いつもと違う僕の態度に少し目を瞠《みは》ってたけど、すぐに二人とも満面の笑みを浮かべた。

あ、やっぱり出かけたかったんだね。ほんと今まで仕事と節約のことしか考えてなくて、ごめんなさい……

「美食商隊がもうすぐレイル領に来るんだよ。予約しておいたからね」

「びしょくしょうたい？」

「ああ。なんだ、ソウタのいたところにはいなかったのか？」

「うん……、たぶん」

そもそも美食商隊がなんなのか謎だから、なんとも言えない。

現時点では美味しそうだなってことしか分からない。僕が頭の中をハテナだらけにしていると、歩兵部隊が立ち上がり、興奮気味に叫んだ。

「美、美食商隊⁉　どこのですか⁉」

「メイシュだ」

メイシュという名前を聞いた途端、歩兵部隊が息を吞んだ。

なんだろう、只事じゃなさそうな雰囲気だ。

「メイシュ……。そいつはすごい」

「メイシュって言ったら幻の商隊じゃないっすか！」

「ていうか、なんで二人とも彼らがレイルに来るって知ってるんですか⁉」

ものすごい勢いで捲《まく》し立てるみんなに、レオナードは面倒臭いと言わんばかりに眉間に皺を寄せた。

「至近距離で騒ぐな。あいつらが近くに来るときは向こうから連絡があるんだよ」

「なんで⁉　もしかして、団長と副団長だから？　こんな時だけ役職を利用するなんてずるい！」

「そうだそうだ！」

歩兵部隊の猛抗議に、リアは「何を言ってるんだ？」と首を傾げる。

「惚れた相手のために最大限力を尽くすのは当然だろう？」

「そんなしれっと男前発言しないでくださいよ、副団長……」

「騒いでいる暇があるなら、お前たちも何とかして予約を取ればいいんじゃないか」

「それができないから騒いでるんっすよ！」

リアにぎゃあぎゃあと食ってかかる歩兵部隊を横目に見ながら、僕は眉間に皺を寄せるレオナードの裾をくいっと引っ張った。

「ねえレオナード、美食商隊って結局なんなの？　みんなすごい食いついてるけど……」

「美食商隊っていうのは隊商の一形態だな。世界中を回って珍しい食材を採取して、ふらっと街に現れてその食材を使って美味い飯を提供するのさ」

「へえ！　すごいね」

「どの商隊も気まぐれだからな、いつ自分の街に現れるか予測できないから、出会えること自体が珍しいんだ。その中でもメイシュの美食商隊は飯が飛び抜けて美味い上に、遭遇率が低いことで有名なのさ」

なるほど、それで歩兵部隊のみんなが騒いでるのか！

僕は元々食事にそこまでこだわりがないから、レイル領の食堂や屋台のご飯なんかもあまり冒険しなくて、知っている味のものしか食べない。

でも珍しい食材を使ったご飯に興味が湧いて、ちょっとだけ楽しみになってきた。

「ソウタも美味い飯ならちょっとくらい興味あるだろ？」

「お金のことなら心配いらないよ。そもそも私たちは特別料金でいいから食べに来てほしいと招待を受けている」

僕が未知の食事についてあれこれ想像していたからか、レオナードとリアは僕がいつもみたいに節約したいから行かないって言うと思っているみたいだ。

そうだよね、いつもの僕ならそう言うし、今もちょっとだけお金の事を考えてる。

でも今回は二人の誘いを受けようって思っている。

「うん、僕も食べてみたい！　連れて行ってくれる？」

僕の言葉に、レオナードとリアはすごく嬉しそうに笑った。

「当然だ、味は保証する。期待しててていいぜ」

「もちろんだよ！　三人で美味しいものを食べよう」

「うん！」

僕も勢いよく返事して、えへへ、と笑う。

たまにはこうやって三人でお出かけするのもいいかもね、と言ったら、レオナードとリアが僕をぎゅうぎゅうと抱きしめてくれた。

「ちょっと御三方だけでイチャイチャしてないで、俺たちにもメイシュ美食商隊の予約を取らせてくださいよ！」

「そうですよ、自分たちだけいい思いしてずるいっすよ」

「僕も行きたい！　行きたい！　行きたい！」

歩兵部隊のブーイングが玄関に響き渡ったけど、二人は笑うばかりで教えるつもりはないみた
いだ。

やがて訓練に出ていた他の団員も帰ってきて、その日は一日、みんなから散々羨ましがられた。

レオナードとリアからメイシュ美食商隊のご飯を食べに行こうと誘われてから約一週間。

ついにデート当日となった。

「じゃあ、これが床の水拭き用の雑巾、こっちが乾拭き用で、そっちにあるのが窓拭き用。窓を拭くときはこの柑橘のエキス入りの洗剤を使って……」

「はいはい、分かってるって。もう、寮長それ説明するの何回目⁉」

玄関先で掃除道具の説明を繰り返したらセレスティーノに笑われてしまった。

確かに、この説明をするのは五回目くらいだ。

でも、みんなに掃除を任せるのは心配なんだもん。いつも汚すばっかりで全然掃除しないからさ。

それにしても、予約は夕食のはずなのに、なぜか二人にはお昼過ぎに出発すると言われている。

なので、午前中に事務仕事を終わらせて軽く昼食を取った後、玄関で今日の掃除を代わってくれると言った歩兵部隊に掃除のやり方を教えていた、というわけ。

「掃除は俺たち歩兵部隊がきっちり終わらせるから。仕事のことを忘れて楽しんできなよ」

「うん……」

信用してないわけじゃないんだけど、やっぱりちょっと……

大丈夫大丈夫、と軽い口調で笑うセレスティーノに苦笑していると、レオナードとリアが玄関に現れた。二人とも特別おしゃれをするわけじゃなくていつもの隊服を着ている。

ちなみに僕も、今日は寮長の服だ。

「よし、じゃあ行くか」

レオナードがあくびを噛み殺しながら僕に声をかける。

リアものんびりした雰囲気で僕の手を握った。

「それでは、後のことは任せたよ」

「はーい」

リアに軽い返事をした歩兵部隊のみんなに見送られて、僕たちは王立第二騎士団寮を後にした。

正直に言ってしまうと、ちょっとだけ肩透かしを食らっていた。

というのも、すごく有名でなかなか予約の取れない料理人たちが作るご飯を食べる、って聞いていたから、僕は勝手に三つ星レストランのようなところを想像していた。

高級なお店にはドレスコードがあると聞く。

あいにく僕はそんなお店に行くような服は持っていないから、どうしようって内心ヒヤヒヤしていて、心配になって二人に聞いてみたら、普通の服で良いって言うんだ。

でも、本当なんだろうか、と中央街へ続く道を歩きながら、僕はずっと不安だった。

二人は団長と副団長だし、レイル領領主の息子と王族の血を引く高貴な人。よっぽど酷い格好をしていなければ顔パスだろう。

……でも、僕はそうじゃない。僕だけはある程度ちゃんとした服装をしてないと、入り口で追い出されちゃうんじゃない!?

そんな僕の心配なんて知らぬげに、レオナードとリアはなんだか楽しそうだ。

美味しいご飯を食べられるからかもしれない。

「そういえば、美食商隊は中央街にいるの？」

リアにそう聞くと、彼は首を横に振った。

「いや、南の草原に天幕を張っている」

「そうなの？　じゃあどうして……」

「まあ、私たちに付いいてくればわかるさ」

リアが微笑んだら、僕はもうそれ以上なにも言えない。

レオナードとリアに導かれるままに歩き、着いた先は、中央街の中でも高級店ばかりが軒《のき》を連《つら》ねる一角だった。

行き交う人たちも見るからに高そうな服を着ているし、歩き方からして洗練されている。明らかに僕だけが場違いで自然と体が縮こまった。

二人とも、一体こんなところになんの用があるんだろう。

手を引かれるまま歩を進め、僕らはある店の前で止まった。

金の装飾が施された重厚な扉の店は看板もなく、表からは一体何を扱っているのかすら分からない。二人がここで立ち止まったってことは、もしかしてこの謎の店に用事があるってこと!?

「ほらソウタ、ボケッとしてないで入るぞ」

「え、いや……、ここなんのお店?」

「入ればわかるよ。ほら、おいで」

「ちょ、ちょっと二人とも!」

戸惑う僕のことなどお構いなしといった様子で、二人は慣れた手つきで躊躇なく扉を開けた。

お店の中は、まるで宮殿だった。

ピカピカに磨かれた白い大理石のような床に、壁面には大小の絵画が飾られている。どれも肖像画のようだ。

天井に目をやると大きなシャンデリアが煌々《こうこう》と店全体を照らしている。

店の奥には初老の男性が一人、頭を下げて僕たちを待っていた。

「今日は世話になる」

「お久しゅうございます、レオナード様、リア様」

話しかけたレオナードに、控えめな返事をした男性だったが、その返事が合図だったかのように奥から何人か店員が現れて、僕たちの前に一列に並んだ。

彼らは布や靴を大事そうに抱えている。

「では、仕上がりを見せてもらおうか」

レオナードの一言を受けて一人が前に出ると、抱えていた布を目の前の大きな台の上に広げる。

「うわぁ……!!」

僕は思わず感嘆の声をあげてしまった。

広げられた服は光沢のある白地に色とりどりの刺繍がこれでもかと施されていて、とっても綺麗！

「すごい、綺麗だね！」

「気に入ったか？　そいつはよかった」

「へ？」

いや、あの……今のレオナードの口ぶりからすると、僕が着るために用意された服って気がするんですが……

どういう意味かわからずにレオナードを見つめていたら、むぎゅっと鼻を摘《つま》まれた。

「これはお前の外出着さ」

「が、外出着……。ひょっとして今からこれを着てご飯を食べにいくの？」

「さすがに普段着で行くわけにはいかねえからな」

で、ですよねー！

やっぱりメイシュ美食商隊は僕の想像通り、三つ星レストラン並みの高級店のようだ。

「もしかしたらソウタは嫌がるんじゃないかと心配だったんだが、喜んでもらえて嬉しいよ」

反対側でリアが蕩《とろ》けそうに甘い笑顔を向けてくる。

ずるい、こんな顔されたら今更拒否できないって……

「それならそうと、先に言ってくれればよかったのに」

「先に君に伝えていたら、こんなの着られないって断固拒否しただろう?」

「うっ……」

図星を指されて言葉が出ない。とはいえリアの言う通り、事前に高級服を仕立てに行こうなんて言われていたら、絶対に拒否してたな。

「もしくは、今日にふさわしい服を見つけるために街中の古着屋を探し回るかだな」

レオナードがニヤリとしながら放つ言葉に、僕はもうぐうの音も出ない。

二人は完全に僕の行動を読んでいる……!

「さあ、早く試着して最終調整をしてもらおうか」

リアに急《せ》かされて、僕は抵抗するのをやめて大人しく服を試着することにした。もうこの二人に敵う気がしない……

服は寸法を測ってもいないのになぜか僕の着丈にぴったりで、直すところなんてどこにもなさそうだ。同じように用意されていた靴や腕輪などの装飾品も確認し終えると、次は身体を磨きましょうと言われた。

店の奥に用意されていたお風呂に浸かり、いい香りのするオイルを塗られる。しっとりツヤツヤに仕上がると今度は手の爪の手入れだ。

これじゃまるで高級エステじゃないか! ……行ったことないから知らないけど……

頭の先から足の先まで綺麗に磨かれて、さっき試着した綺麗な服を着せてもらい自分の姿を鏡で確認する。

馬子にも衣装とはよく言ったもので、僕みたいなただの一般人が着ても、一流の人たちに磨かれた上に服の仕立てがいいおかげで、何だかそれなりには見えてしまう。

僕の姿を見たレオナードとリアはものすごく満足そうに何度も頷いて、可愛いとか綺麗だとか囁いてくれる。二人が嬉しいならこれからも時々はこうやって着飾ってデートしてもいいなって思う。それに僕と同じようにとんでもなく豪華な服を身につけたレオナードとリアは、それはそれは格好よかった！

カメラがあれば自慢の伴侶二人を撮りまくったのに！

店の人たちにお礼を言って三人で外に出ると、あたりはもう薄暗くなっていた。店の前には金の装飾がふんだんに施された馬車が停められていた。いかにも王様や貴族が乗ってそうだ。気づかなかっただけで、店には僕たちの他にお客さんがいたのかもしれない。

「さて、そろそろいい時間か。ソウタ、この馬車に乗るぞ」

「えっこの豪華な馬車に乗るの⁉」

まさか自分たちが乗るとは思ってもいなかった。乗り心地はどんな感じなんだろう。馬車にわくわくする僕を見て、二人はくすくす笑う。

僕は二人の手を借りてとっても豪華な馬車に乗り込んだ。

中は思ったよりも大きくて、座席も背もたれもふかふかだ。すごいすごいと興奮しながらあたりを見回していると、その様子がおかしかったのかレオナードがプッと噴き出した。

「今日は俺たちだけの特別な夜だ。存分に楽しめよ」

特別な夜……！

僕の向かいに座るレオナードの心地よい低音がくすぐったい。

隣に座るリアが僕の手を引き寄せて手の甲にキスをした。好きな人とのデートってこんな感じになるんだね。何だか体がふわふわ浮いているみたいだ。

「二人と一緒に特別な時間を過ごせるなんて、僕すっごく楽しみ」

二人に満面の笑みを返しながら、僕は窓の外を眺める。

馬車は大通りを南へ向かっている。夜の帳《とばり》がすっかり空を藍色に染めていて、もうじき月と星が輝き始めるだろう。

僕はまだ見ぬメイシュ美食商隊に心踊らせた。

――店舗を構えているわけじゃないから、大きなテントの中でご飯を食べる感じかな。

僕は勝手にエキゾチックな雰囲気のテントを想像しながら、期待に胸を膨らませた。

馬車に乗って一時間ほど揺られた頃、馬車は少しずつ速度を落としてぴたりと止まった。

「さあ、ソウタ。足元に気をつけて」

先に馬車を降りたリアが僕の腰に手を回して馬車から下ろしてくれる。

ありがとう、と言ってあたりを見渡すと、そこは広大な麦畑だった。

満月に照らされた麦の穂がサラサラと揺れているが、それ以外は何もない。僕が想像していたようなテントどころか、人の気配すらしない。

そのうち、僕たちを運んでくれた馬車も街に向けて戻ってしまい、広大な麦畑に三人だけぽつんと取り残されてしまった。

「本当にここでいいの？　誰もいないみたいだけど……」

「そのうちに迎えがくるさ」

レオナードの言葉にホッとするが、置き去りにされたみたいで心細い。

僕は無意識のうちにレオナードとリアの手をぎゅっと握った。

しばらくして、前方にゆらゆらと揺れる光が見えはじめる。光が近づいてきて、そこでやっと人の姿が浮かび上がった。

「ようこそ、いらっしゃいました」

丁寧にお辞儀をするその人は、白いゆったりとした服を身に纏っている。顔にはヴェールをかけているから容姿は分からないが、声色はどことなく若そうだ。

彼は無言で僕たちを先導する。その後ろを僕たちも無言でついていった。

これから何が起こるんだろうという期待と、ちょっとした恐怖で心臓がドキドキしている。

少しの間麦畑を進んでいくと、前方に突然大きな影が現れた。明らかに異質なその影は、僕たちが近づくにつれてぽつりぽつりと明かりを灯していき、到着した頃にはまるで昼間のように謎の影の正体を照らし出した。

「えっ、お家!?」

思わず声を上げてしまった僕に、先導役の男性がくすりと笑ったような気がした。

僕の目の前に現れたのは麦畑にはあまりにも不釣り合いな、大きな豪邸だった。二階建てのお家は素焼きのような明るい色の煉瓦《れんが》造りで、屋根は明るい灰色。壁には蔦《つた》が絡まっていて、薄ピンクのバラに似た花がいくつも咲いている。

はじめて来た場所なのにどこか懐かしくて温かい気持ちがする。

僕たちは家の前にあるささやかな木製の柵《さく》を引いて、手入れの行き届いた小さな庭を通り過ぎた。玄関扉を開けて入り広々とした玄関を通り過ぎると、ダイニングテーブルへとたどり着く。

「ソウタ、ここに座れ」

「う、うん」

予想外の連続で呆然としている僕を、レオナードが席に座らせてくれる。

「緊張しているね。実は私もだ」

リアが辺りをゆっくりと見渡しながら、僕にウインクをした。

「絶対緊張してないでしょ……」

「あはは、緊張というより楽しみのほうが勝っているかな。どんな体験ができるのか今から楽しみだ」

その言葉で、僕の緊張が一気に解けた。

そうだよね、せっかくのこの状況を楽しまなくっちゃ！

「それにしても、不思議な場所だね。麦畑の真ん中にこんな家が建ってるなんて」

それに、またも人の気配が消えてしまった。ヴェールを被った先導役の人もいつの間にか姿を消していて、今この空間には僕たち三人しかいない。

「そうだな、何が飛び出すか俺たちでさえ想像がつかねえ」

「飛び出す？」

「まあ、見てのお楽しみだな」

レオナードの言葉に反応するように、するりと数人が部屋に入ってきた。

手には皿を持っており、それぞれの前に並べてくれる。最初に出されたのはどうやらスープのようだ。料理と共に、料理名と説明が書かれた紙が目の前に差し出された。

「えーっと、『クスミ茸《だけ》と鶏肉のスープ』？」

「……母上の好物だ」

料理名を読み上げた僕の隣で、レオナードがぼそりとつぶやいた。

「お母さんの？」

「クスミ茸《だけ》は希少なきのこで、一定の条件下でしか生育しないんだ。母上は贅沢を好まなかったが、クスミ茸《だけ》だけは必ず手に入れてこのスープを作って食べさせてくれた」

「自分で作ってくれたの？」

「そうだ。普段は料理などしなかったが、これだけは自分好みの味にしたかったんだろう。作っても自分は一口しか食べず、残りは俺と兄上に振舞っていたがな」

そっか、レオナードにとってこのスープはおふくろの味ってことなんだ。

「素敵なお母さんだね」

「口うるさい人だったよ。兄上と悪さをしてはよく叱られた。懐かしい味がするな……」

一口すくって飲んだレオナードが柔らかく笑う。

僕も目の前のスープを一口啜《すす》った。きのこ特有の芳醇《ほうじゅん》な香りと旨味が口いっぱいに広がって後味はほんのりと甘い。僕の隣でリアもスープの味を堪能している。

「リアはこのスープを飲んだことがあるの？」

「いや、このスープの存在自体知らないな。クスミ茸《だけ》は焼いて食べるのが普通なんだ」

「へえ、それじゃあこれはレオナードのお母さん独自の調理法なのかもしれないね」

レオナードのお母さんは十五年前に亡くなってしまっているので、僕はもう会うことができない。でもきっとこのスープみたいに優しい気持ちを持った人だったんだろうな。僕は義理の母にあたる人に思いを馳《は》せた。

僕たちがスープを飲み終えて余韻に浸っていると、次のお皿が運ばれてくる。

料理名は『シビレウオの香草焼き』。

「あ、お魚料理だ！」

寮では肉料理しか出ないので、魚を食べるのは久しぶりだ。

レオナードとリアは普段から魚を食べる習慣がないからか、不思議そうにお皿の上の料理を見つめている。

「どんな味なんだ……」

「さあ、食ったことないな」

首を傾げながら戸惑う二人が、ちょっとだけ可愛い。

「説明のところに白身魚って書いてあるから、さっぱりした味だと思うよ」

「ソウタは魚を食べたことがあるのかい？」

「うん、僕のいたところは島国だったから、魚料理はたくさん食べたんだよ」

「へえ……」

ナイフを使って小さく魚を切り始める二人を眺めながら、僕も久しぶりの魚料理を堪能しようとフォークを取った時だった。

目の前が突然靄《もや》がかかったように朧《おぼろ》げになり、誰かの姿が浮かんできた。

細身だけどしっかりとした体格でピンクがかった金髪の男性が、微笑みながら目の前に立っている。いや、身体が透けて後ろの景色が見えているから、本当にそこにいるわけではなさそうだ。

その人は手にお皿を持っていて、僕たちの後ろにある玄関に向かって「お帰りなさい」と言った。

はっとして後ろを振り返ると、背の高い、均整の取れた顔立ちの男性が「ただいま」と返事をしながら歩いてきた。

僕とリアの間をするりとすり抜けた男の人は、そのまま金髪の男性の持つ皿を覗き込んだ。

『また私の好物を作ってくれたんだね、嬉しいよ』

『あなたが喜ぶから、つい作ってしまうんだ』

『なかなか手に入らない貴重な部位なのだろう？　無理はしないでくれよ』

『わかっています、でも僕も好きだから。さあ、冷めないうちに食べましょう。庭にテーブルを用意しましたから』

二人は微笑み合い、お互いの腕を絡めて庭に消えていった。

いつの間にか二人は消えていて、蝋燭《ろうそく》の明かりだけが僕たちを照らしている。

今のは一体なんだったんだろうか……不思議な幻を見た気がする。

僕は驚きのあまり口をぽかんと開けてしまう。右隣のレオナードは目を見開いている。

「おい、今のはなんだ……。俺だけじゃないよな、見えたのは」

「うん、僕も見た……。あの二人は誰なんだろう」

僕の問いに返事をせずに、レオナードはリアを見ている。

「おい、リア！　今のはもしかして」

「ああ、私の両親だと思う」

リアの呟きに、僕は「えっ!?」と大きな声をあげてしまった。

「今のってリアのご両親なの!?」

「ああ、おそらく。私は会ったことはないが、昔二人の肖像画を見たことがある」

「そういえば二人ともリアに似ていたね。お母さんはリアと同じ髪色をしているし、お父さんは目がそっくり」

「自分ではよく分からないが……」

苦笑いをするリアが、おもむろに魚料理を口に含んだ。

「そうか、これが父と母の思い出の味なんだな」

控えめに微笑むリアの姿を見ているとなんだかじんわりと込み上げてくるものがある。

さっきのレオナードのお母さんといい、今日出てくる料理はどうやら僕の伴侶二人に関係のあるもののようだ。

一体どうやってリアのご両親の幻を見せたのかは分からない。

でも二人の亡きご両親の思い出の味を食べられて、僕は嬉しかった。

これまでに何度も二人のご両親に会えたらよかったのにって思っていた。でももう鬼籍《きせき》に入ってしまっている彼らとの接点は完全に断たれているので、これぱかりは諦めるしかない。

でも今日、思わぬ場所で僕の願いは叶えられた。

僕は涙を堪えながら魚料理を食した。

懐かしい魚の味に香草の爽やかな風味が加わって、とても美味しい。

「うん、美味しい！」

「ああ、魚も案外美味いな」

レオナードも気に入ったみたい。今度寮でも魚料理を出してもいいかもしれないな。

料理はその後も次々と運ばれてきた。

そのどれもが、レオナードとリアの思い出の料理だった。

昔マティスさんが振る舞ってくれたというスパゲッティのような麺料理に、王立第二騎士団のみんなで野宿の訓練をした時に食べた珍獣の焼肉。

もう僕のお腹ははち切れんばかりだ。

すると、最初に僕たちを先導してくれた男の人が現れて、次が最後の料理ですと告げた。

次は誰との思い出の料理なのかな、と期待に胸を膨らませる。

最後に出てきたのはデザート。小さな皿の上に載っているのは、僕にとっては見慣れたデザートだった。

「え、これって……」

差し出された紙には、思わぬ言葉が書かれていた。

『思い出のアップルパイ』

僕の脳裏に浮かぶのは、母さんが毎年僕の誕生日に作ってくれたアップルパイ。

生クリームが苦手な僕のために作ってくれた、シナモンたっぷりで林檎のシャキシャキ感が残った……

「母さんのアップルパイだ……。嘘、どうして……」

目の前のお皿に載ったパイを見ていると、次々に昔の思い出が蘇《よみがえ》る。

二人で過ごした古アパートの狭い部屋。母さんは折り紙で目一杯飾り付けをしてくれて、一緒に誕生日の歌を歌ってお祝いしたっけ。

「ソウタの母上の思い出の味なのか？」

「へえ、初めて見る食べ物だな」

レオナードとリアの二人が興味津々で皿を覗き込んでいる。

「僕の誕生日にいつも作ってくれたんだ。アップルパイっていうんだよ」

「そうか、では早速いただこう」

「ああ、香辛料の不思議な香りがするな。美味そうだ」

二人は嬉しそうに一口頬張ると、美味いなと顔を綻《ほころ》ばせた。

この世界に来てから、僕はなるべく元の世界のことを思い出さないようにしていた。もう帰れないんだし、思い出したら悲しくなるんじゃないか、って。

でも不思議と、久しぶりに母さんの声を思い出しても悲しくなかった。

二人に続いて僕もアップルパイを口に入れる。

「ああ、母さんの味だ……」

もう二度と食べられないと思っていた、母さんの味がする。

いつもおめでとうと言って僕が食べる姿を嬉しそうに眺めていた母さん。

僕、母さんに伝えたいことがたくさんあるんだ。

僕は違う世界に迷い込んじゃったけど、僕を大事にしてくれる人と出会えたんだ。レオナードとリアっていう素敵な伴侶と巡り合えたし、王立第二騎士団のみんなは僕の家族だ。

「うん、美味いな。少し酸味があるから俺でも食べやすい」

「温かい味がするね」

「うん……」

気がついたら僕は泣いていて、レオナードとリアは優しく頭を撫でてくれた。

アップルパイを食べ終えると僕たちは庭に案内されて、花を眺めながらゆっくりとお茶を楽しんだ。もう夜も更けて、空に浮かぶ満月はさっきより高い位置にある。

それなのにこの庭は昼間のように輝いていて、僕たちの目を楽しませてくれた。

「ねえ、今日の料理って一体何がどうなっているの？　メイシュ美食商隊がすごいっていうのは聞いてたけど、どうして僕たちの思い出の味を知ってるのかな。それにリアのご両親の幻も見たし」

謎は次から次へと湧いてくる。

レオナードの思い出の味はまだなんとかあるかもしれないけど、リアのご両親の思い出はリア本人すら知らなかった。

僕に至っては世界すら違う。この世界にないアップルパイをどうやって作れたんだろう。

それに母さんの作ったアップルパイの話は、誰にもしてない……

「俺にもわからねえな。それに俺自身も驚いてる。ただ、このメイシュ美食商隊は客の希望を必ず叶えるんだ」

「お客さんの希望？」

「そうさ。俺とリアは今日、俺たちの思い出をソウタに食べさせたいと伝えた」

レオナードの穏やかな声が小さな庭に響く。

「私たちはね、君に私たちの食の思い出を共有してもらいたかったんだ。でもそれ以上のことはメイシュ美食商隊には伝えていない。あとは彼らに任せるのが常なんだよ」

「じゃあ、その思い出を伝えたいっていう一言だけで、今回の料理が出たってこと？」

そうなるな、とレオナードも不思議そうに呟いた。

あまりにも不思議すぎる経験だけど、恐ろしくはない。

謎がいっぱいのディナーデートは僕の心に大きな贈り物をくれたから。二人のご両親の、お袋の味を食べることができたからね。

「お楽しみいただけましたでしょうか」

庭で雑談している僕たちに案内人が話しかけてきた。

それにしても、気配を感じさせない人だ。今もどこから出て来たのかさっぱり分からない。

案内人がヴェールの下から僕を見た気がした。

「とても楽しかったです。全てが不思議で幻想的で……。もちろんお料理もどれも美味しかったです」

「そうおっしゃって頂けるのが最上の喜びです。思い出の共有はできましたか」

「はい、もちろんです！　二人のお母さんの味を食べられて、とても幸せでした！」

案内人は僕の答えに満足そうに頷き、深くお辞儀をした。

「あの、一つだけいいでしょうか」

「はい、なんでございましょうか」

「どうして、僕の母の味を知っているのですか？　それにリアのご両親のことも……」

案内人はゆっくりと頭を上げて、空を見た。僕とレオナード、リアも同じように空を見上げる。

真っ黒なキャンバスの中に満月とたくさんの星々が瞬《またた》いている。

「全ては、星が教えてくれるのですよ」

案内人の心地よい声がするりと心に入ってくる。

星が教えてくれるってどういうことだろう。占星術とかそんなことなんだろうか。

僕がそんなことを思っていると、レオナードとリアが何やらハッとしたように体を震わせている。

二人が動揺するのは珍しい。

僕は気になってそっと様子を窺《うかが》ったけれど、結局二人は何も言わなかった。

「では、本日のおもてなしはこれで終わりでございます」

「いい夜を過ごせた、感謝する」

それぞれ挨拶をした後で、三人で玄関まで歩いた。

なんだか夢が覚める時のような不思議な浮遊感がある。最後にもう一度挨拶しようと振り返ると、案内人が小さく言葉を発した。

ふわりと風に靡《なび》く服装のせいか、なんだか案内人が陽炎《かげろう》のように揺らめいて見える。

「御三方に星の導きがありますように」

その言葉に反応したレオナードとリアがものすごい形相で振り返った。

僕はびっくりして、思わず二人を見つめた。

「なぜ、その言葉を……」

「やはり、あなたたちは……！」

レオナードとリアは鬼気迫る勢いで案内人に向かっていく。

どうやら彼を捕まえようとしたみたいだが、二人は捕まえることができなかった。

今までそこにいたはずの案内人が、煙のようにゆらゆらと揺れて、やがて消えてしまったからだ。

僕は何が起きているのか分からずパニック状態だ。

目の前で人が一人、煙のように消えてしまった。それだけではない、さっきまで確かにあった煉《れん》瓦《が》造りの一軒家が、いつの間にか綺麗さっぱり消えていたのだ。

「う、うそ……！　一軒家は⁉」

僕の叫びは目の前に広がる麦畑に吸いこまれていった。狐につままれたような、ってこういうことを言うんだろうな。これは一種の幻術みたいなものなんだろうか。

レオナードとリアは僕の驚きとは違う意味で驚いていたようだ。

呆然としていたけれど、すぐに気持ちを立て直したようで、元の堂々とした態度に戻っている。

「二人とも、大丈夫？」

「ああ、問題ない」

「長年の疑問が今解けたような、爽快な気分だよ」

……ん？

二人の話がよく理解できない。僕が首を捻《ひね》っているのが面白かったのか、リアがくすくす笑った。

「ちゃんと説明してあげるから、とりあえず寮に戻ろうか」

ふいに馬の鳴き声が聞こえ驚いて振り返ると、いつの間にやってきたのか行きに乗ったのと同じ金色の馬車が道で待機していた。

人間って不思議なことが起きすぎると、逆に何も感じなくなっちゃうんだな。

目の前で人と家が消えたんだもん、いきなり馬車が現れたって全然不思議じゃない。

僕たちは馬車に揺られて、不思議が残る麦畑を後にした。

寮に戻ったのはもう日付が変わろうとしている時間で、寮内は静まり返っている。僕たちはなるべく音を立てないように三階の寮長室に向かった。

扉を開けて部屋に入り、そこでやっと一息ついた。今日は慣れない高級服を着て、不思議すぎる空間で美味しいご飯を食べた。疲れが溜まっているようだ。

「ソウタ、寝る前に風呂に入れ」

レオナードがソファに座って脱力する僕に声をかけてくれるけど、もう動けそうにない。うーん、と気のない返事をした。

「ほら、ソウタ。とりあえず服を脱ごうか。窮屈だっただろう?」

リアがジャケットを脱がせてくれる。

「うんー、ありがと」

「こりゃすぐ寝ちまいそうだな」

「仕方がない、私たちで風呂に入れよう」

僕のすぐそばで二人がそんな会話をしているけど、僕はもう瞼が閉じてしまいそうだ。

二人は僕のシャツとズボン、それに下着を手際よく脱がせてくれた。レオナードは自分も上半身の服を脱ぎ捨てた状態で、僕を抱っこして浴室に向かう。

レオナードの肌の温かさが心地いい。

「レオナードあったかい……」

「はいはい、よかったな。とりあえず今日は襲わないでやるから、あんまり煽《あお》んなよ」

「うん」

「全く、わかってるんだかどうだか怪しいもんだな」

僕の返事に苦笑いしながらレオナードが浴槽に連れて行ってくれる。

リアは先に入ってお風呂を用意してくれた。

彼は僕と同じで一糸纏わぬ姿だ。相変わらず筋肉がすごい。レオナードは自分も下穿きを脱ぐために僕をリアに引き渡す。

「リア、僕もう寝ちゃいそう……」

「もう少しだけ我慢してくれ。髪の毛を先に洗ってしまうからね」

リアは僕を横抱きにすると髪に湯をかけて、石鹸で髪を洗ってくれる。人に髪の毛を洗ってもらうのって気持ちがいいよね。今なんて眠くて眠くて意識が飛んじゃいそう。

僕が大きなあくびを繰り返していると、レオナードが浴室に入ってきた。

「なんだ、もう半分寝てんじゃねえか」

「寝てないよ……ギリギリ」

「ギリギリかよ」

笑いながら僕の身体を石鹸で綺麗に洗ってくれる。リアは髪の毛、レオナードは身体と二人の伴侶に世話を焼いてもらうのは慣れてしまえば案外気持ちがいい。

二人は阿吽《あうん》の呼吸で僕の全身を洗ってから、ぬるま湯で泡を流してくれた。

いつもだったら僕も二人の体を洗うんだけど、いかんせん眠い。今日はもうされるがままだ。

僕はあっという間に丸洗いされて、大きなタオルに包まれてしまった。レオナードが僕を再び抱っこしてベッドまで運んでくれる。

ふかふかのベッドに身を横たえると、もう数秒で眠りそうだ。

「おーおー、すぐに寝ちまいそうだな。子供かよ全く」

「今日はなかなか刺激的だったからね。疲れさせてしまったようだ」

二人の苦笑混じりの言葉が頭の上で飛び交って、僕は落ちそうになる瞼をぐっと持ち上げた。

「まだ寝てないよ！」

「くく、そうかよ」

僕を挟むようにベッドに潜り込むレオナードとリアの体温を感じながら、僕は必死で目を開く。

「それじゃあ寝物語がわりに、メイシュ美食商隊の正体についてちょっと話すか」

「メイシュ美食商隊の正体？」

レオナードの言葉で僕の眠気はあっという間に吹き飛んだ。

「なんだ、随分と食いつくな」

「そんなに気になっていたのかい？」

「そりゃ気になるよ！　あんなすごい体験したんだもの」

僕の反応に、二人がくすりと笑う。

「メイシュ美食商隊だが、おそらく星導教の生き残りだと思う」

「星導教って確か、レイル領のみんなが信仰していた宗教だよね？」

「ああ。幼いリアが身を寄せていたのも星導教の孤児院だ。十五年前にザカリ族によって焼き払われ聖職者や聖典が全て失われて、彼らは滅びてしまった。もはや再建はならないと当時のレイル領民は落胆した」

「でも、それなら彼らが星導教の生き残りっていうのは？　みんな焼き払われちゃったんでしょう？」

僕の問いに答えたのはリアだった。

大きくて暖かな手で僕の髪を梳《す》きながら、推理を披露してくれる。

「事件が収束してから私たちは星導教の教会へ向かった。聖職者たちの遺体を回収してちゃんと弔《とむら》うつもりでね。ところが、遺体はひとつも発見できなかった」

「え？　焼けて灰になったってこと？」

「いや。教会は石造りだ、建物の多くは崩壊したものの、全てが焼け焦げてはいなかった。もちろん遺体もすぐに見つかるだろうと思っていたのだが……」

それじゃあ、今日出会ったあのメイシュ美食商隊はみんな星導教の人たちってこと？　確かに不思議な術を使って僕たちに幻を見せて、誰も知らないはずのことを知っていた。

でもそれだけで彼らと星導教を結びつける理由はなんだろう。僕の疑問に答えてくれたのはレオナードだった。

「星導教のもとを作ったのはブリュエル家の祖であるマクシミリアン・ブリュエルかもしれないんだ」

「えっ、そうなの⁉」

「もはや千年も前のことだから確かめようがないがな。星導教は星を読む力でレイル領を助けてきた。今日見たような幻術や人の心を読む力に長《た》けていたという」

「どうしてマクシミリアンはそんな力を持っていたんだろう」

そこまで思ってハッとした。そういえばマクシミリアン・ブリュエルは僕と同じように異世界から来たって言ってなかったっけ……！

ソウタも気づいたみたいだね、とリアが微笑んだ。

「マクシミリアンは異世界から来たから、私たちにはない特別な力を持っていたんだと思う。その力を受け継いだ人々が、十五年前のあの日、瓦礫の下から逃げられたとしても不思議ではないのかもしれない」

「じゃあ二人はずっと彼らがどこかで生きているんじゃないかと思っていたの？」

「うーん、はっきりと信じていたわけではなかったかな。信じたいと思っていた、と言うのが正しい」

リアの言葉に、レオナードも頷いた。

「あの頃は二人とも子供だったからな。彼らに生きていてほしいと純粋に考えていた。そのうち、不思議な料理を食わせるメイシュ美食商隊の名前を聞くようになった。不思議な術で客の希望に応えるという」

「それで、ピンときたってこと？」

「最初は特になんとも思っていなかった。だが今から五年前に賊に襲われた彼らを助けたことで、一瞬だが接点ができた。その時だな、もしかしてと思ったのは」

「ああ、だからレオナードとリアのところに事前連絡が来たんだね」

「そういうことだ。近くに来ると礼をしたいからと招待状が届く」

僕と同じように異世界から来たマクシミリアン。彼が作った不思議な星導教は、メイシュ美食商隊に姿を変えて今も世界を歩き回っているかもしれないってことか。

「本当のところはわからないけど、なんだか素敵な話だね」

レオナードとリアは満足げに頷くと、両方から僕をぎゅうっと抱きしめてくれた。

「一部では、星導教は時を駆けると言い伝えられている」

「時を、駆ける……!?」

「迷信だ。本当かどうかは俺たちには分からない。だが司教が黒の旗手が来ると言ったあの言葉は、もしかしたら時を駆けた司教たちが、ソウタを探し出して俺たちのところに届けてくれたんじゃないかってな」

レオナードの言葉に、心臓が激しく脈打つ。

ずっと引っかかっていた。僕は偶然この世界にやってきてしまっただけで、本当は黒の旗手なんかじゃないし、二人の伴侶にもふさわしくないんじゃないかって。

「それじゃあ、もしかしたら僕は司教さんに選ばれたってこと……？」

「そうだと思う」

「……もしそうなら、僕は死んじゃいたいくらい嬉しい」

その考えが嬉しくて嬉しくて、僕は泣き笑いみたいな顔をしていると思う。

なんて素敵な考え方だろう。真偽のほどはわからないけど、別に真実はどうだっていい。

きっと星導教の司教さんが僕を二人の伴侶にふさわしいって、見初めてくれたんだって思えるだけで十分幸せだ。

「おいおい、死なれちゃ困るな」

「司教様がソウタを選んでくれたことに感謝しないといけないね」

二人が僕のおでこにキスをする。

僕にこんな素敵で幸せな人生を用意してくれた司教さんに、ありったけの感謝の言葉を送りたい。

ふと、元の世界で僕にお年玉をくれた三人のおじさんたちが脳裏に浮かんだけれど、次の瞬間にはふわりと消えた。


翌朝、僕はとんでもなく気持ちのいい朝を迎えた。

昨日の思い出が心の中の一番深いところにいてくれるおかげで、もう何がきても動揺しないし、なんだって頑張れる気がする。

ベッドの上ではレオナードとリアが僕を挟んでまだ寝ている。今日は休みを取っているらしく、寝坊しても問題ないらしい。

二人の温もりを感じながら、うーんと伸びをした。

隣で僕の動く気配に気づいたのか、レオナードがみじろぎする。

「ようソウタ、早起きだな」

「おはよう、レオナード。起こしちゃった？」

僕はレオナードの形のいい唇にキスをした。

「いや、大丈夫だ」

僕たちは二人でぎゅうぎゅう抱きしめあって、お互いの温かみを噛み締める。

「リアはまだ寝てるかな？」

「こいつはよほどのことがないと起きねえんだよ」

二人でリアのほうを見ると、やっぱりまだ起きる気配がない。

「リア、そろそろ起きないと朝ごはんなくなっちゃうよー」

僕の言葉にも反応しないリアに、レオナードがニヤリと笑んだ。

「よし、どこまで起きないか試してみようぜ」

「え？」

レオナードはにゅっと手を伸ばすと、リアの鼻を思い切り摘《つま》んだ。

「んんっ」

「あ、起きそう……。ちょっと息が苦しいんじゃない？」

「こんな程度で苦しむ奴じゃねえよ、なんだよまだ起きねえのか。よし、これでどうだ」

レオナードは楽しくなったのか、リアのほっぺたを摘《つま》んだりおでこをペシリと叩いたりしている。なんだか玩具《おもちゃ》にされているみたいで可哀想だけど、それにしたってこれだけやられて起きないとは……

「ソウタもやってみろよ。どっちが先にこいつを起こすか競争だ」

「えー、どうやったら起きるかなぁ」

僕はとりあえず頬に触ってみる。鍛え上げているリアのほっぺたには無駄なお肉が全然ない。つんつんとつついてみたけど、やっぱりこんなことじゃ起きそうにない。

そのまま耳をやわやわと触ってみたり、形のいい眉毛に触ってみたりしたところで、なんだか僕も楽しくなってきちゃった。

こんなふうにリアの顔に触ることって普段ないもんね。せっかくだから堪能しよう。筋の通った鼻を撫でて、唇を手で辿《たど》る。

「わあ、リアの唇柔らかい……うわっ」

リアの唇を触っていたら、突然リアに手首を掴まれた。

び、びっくりした！

「こら、朝から悪戯《いたずら》かい？」

「あはは、ごめんね。おはよう」

「君にもレオナードの悪戯《いたずら》好きがうつってしまったようだ。困ったものだな」

「くくっ、おかげでいい目覚めだっただろうが」

ニタリと笑うレオナードに、リアはため息混じりに苦笑した。

「さてと、悪戯《いたずら》っこにはお仕置きしないとな」

「へ？」

そう言うとリアはいきなり僕の人差し指を甘噛みした。ピリッとした刺激が指から伝わってジンジンする。

「ちょ、ちょっとリア！」

「悪戯《いたずら》した罰だよ」

ふふと笑いながらなおも甘噛みを続けるリアに、僕はどうしたらいいかわからずにレオナードに助けを求めたけど、レオナードは笑うばっかりで全然助けてくれない。

「はは、リアはソウタが可愛くて我慢できねえみたいだぜ」

からかうレオナードに、リアの視線が突き刺さった。

あ、まずい。そう思ったけど時すでに遅し、リアの放り投げたクッションがレオナードの顔面に見事命中していた。

「うべっ、こらてめえ何しやがる」

「それは私のセリフだ。人の顔を散々おもちゃにしたのはお前のほうだろう」

「起こしてやったんだろうが」

「ふぐっ」

レオナードがクッションを投げ返したものだから、朝から二人のクッション投げ大会が始まってしまった。

というよりクッションを使った殴り合いみたいな……

僕は間に挟まれてなす術《すべ》がない。

一応やめなよとは言ったけど、二人とも聞いてくれそうにないから先に洗面所使っちゃおうかな。

珍しく子供みたいに遊ぶ二人を放っておくことにした。

「あの、僕、先に朝の支度してくるね？」

戦いを続ける二人に一応声かけだけして、僕はそろりとベッドを抜け出すと洗面所に向かって歩き出した。

「あ、ソウタが逃げた」

「逃がすかよ」

「うあっ！」

僕の背中にレオナードとリアが放ったクッションが当たって、前につんのめっちゃった。二人は僕を見て声を上げて笑っている。

「二人ともやったな！」

「油断しているのが悪いんだよ」

「戦場で敵から背を向けんじゃねえよ」

「よーし、こうなったら二人とも僕が倒してやる！」

僕はクッションを両手に持ってベッドの上の二人に飛びかかった。

えいえいとクッションを投げながら三人で笑い転げる。

ああ、幸せだなあ。こういう何気ない日常が幸せってことなんだと思う。いつまでもこんなふうに笑い合いながら生きていけたらいいな。

いきなり始まった早朝クッション投げ対決は、いつまでも下に降りてこない僕たちをみかねたダグの一喝によって終結したのだった。

番外編２　僕の可愛い弟

「……ダグ、いる？」

夜も更けて、王立第二騎士団寮の二階にある自室で日誌を付けていた僕は、ノックと共に聞こえてくる声の主に返事をした。

「いるよ、ジョシュア。今手が離せないから勝手に入っておいで」

音を立てないように入ってきたのは、騎馬部隊に所属しているジョシュアだ。

彼は机に向かって書き物をしていた僕を見て、すまなそうな顔をした。多分、邪魔をしちゃったと思ってるんだろうな。

無口なジョシュアは顔に出やすい。

だから僕はたいてい彼の心を先読みして話しかけるのが常だった。

「寝る前に日誌を書いていたんだ。もう書き終わるから、ちょっと待っててよ」

素直に頷くジョシュアに微笑んで、日誌の続きを書き始める。今日の出来事を綴《つづ》りながら、こんな夜更けに僕の部屋に来た理由を聞いてみる。

……まあ、本当は理由なんて聞かなくても分かっているけど。

「どうしたの、また眠れなくなった？」

「……うん。一緒に寝ていい？」

「いいに決まってるだろう、今更だなぁ。ほら、そんなところに立ってないで布団の中に入っちゃいな」

ジョシュアは唇の口角をちょっとだけ上げると、僕の言葉に従って寝台に潜り込む。

「もうすぐ僕もそっちに行くからね」

「……ん」

すぐに日誌を書き終えて、卓上の蝋燭《ろうそく》の灯りを消した。

暗闇の中、手探りで寝台に入るとジョシュアはみじろぎして場所を開けてくれる。

いつも通りにお互いに向き合って寝転がりながら、僕はジョシュアの背中に手を回してトントンと優しく叩いてやる。

「おやすみ、ジョシュア」

「……おやすみ、ダグ」

まるで赤ちゃんみたいに僕にあやしてもらったジョシュアは、すぐにすやすやと健康的な寝息を立て始めた。

ジョシュアと僕は、物心ついた時から一緒に暮らしている。

親に捨てられたのか、止むを得ない事情なのかは知らないが、気がついたら星導教が運営している孤児院に住んでいた。

隣にはいつも幼いジョシュアがいた。幼いと言っても歳は一つしか違わない。

それでも子供の一歳は大きいもので、僕はいつでもお兄ちゃんのつもりで彼に接していた。

「あの頃と何も変わらないな、小さな僕の弟……」

十五年前、ザカリ族に襲撃されてから、ジョシュアは度々悪夢にうなされて眠れなくなってしまった。そんな時はいつも僕が一緒に寝てあげていたけど、大人になった今でもそれが習慣になるなんて思いもしなかったな。

「それでもここ一年はこんなことなかったんだけども……」

ジョシュアの肩まで伸びた銀髪にそっと触れてみる。

見た目以上に柔らかな猫っ毛の髪が気持ちいい。

ジョシュアの艶《つや》やかで健康的な浅黒い肌が月夜に煌《きら》めいて、僕は無性に誰かに自慢したくて仕方なくなった。こんな美男子が巻き毛にそばかすだらけの僕の弟なんだぞ、ってね。

ジョシュアの寝息に誘われるように、僕も次第に瞼を閉じた。

彼が幸せな夢を見られるように祈りながら……

僕は王立第二騎士団の補給部隊に所属している。はっきり言ってしまうと一番地味な部隊だ。周りからは戦闘に向いてない奴がこの部隊に所属しているって思われているらしい。本当は全然違うんだけどね。

だって大事な補給品を敵に取られたら一大事だろう？

だから本当はみんなそれなりに腕が立つ。もちろん僕だってそうだ。ただ僕は、どうも見た目でいつも舐められがちで、ジョシュアはそれが気に食わないらしい。

今日非番だった僕たちは二人で中央街に繰り出していた。

ジョシュアはその整った容貌のおかげで、いつもみんなの視線を浴びる。銀色の髪に、鋭く光る瞳。小さな鼻に形のいい唇。すらりと伸びた背がみんなの視線を引く。

道行く人たちは彼を見てほうっとため息をつき、次に連れの僕を見てからかいに満ちた顔をした。どうせ僕じゃジョシュアに不釣り合いだって思ってるんだろうな。

「まったく、君と歩くとだいたい僕は引き立て役だよ」

「……みんな分かってない。ダグは誰より格好いいのに」

「そんなこと言うの、君くらいだよ」

「……オレだけが知ってればいいんだ」

「ははは、理解のある弟を持ってお兄ちゃんは嬉しいよ」

僕がそう言うと、だいたいジョシュアはぷくりとふくれっつらをして「子供扱いするな」と怒るのだった。それが嫌いじゃないから、街を歩くと必ずこの会話をしてしまう。

僕の弟好きも相当なものだってことさ。そうやって兄弟愛を深めながら買い物をするのが非番の楽しみだ。

ところが、今日は運が悪いことにジョシュアが変な男に目をつけられてしまった。その男はどこか別の場所から商売をしに立ち寄った男のようで、執拗にジョシュアに擦り寄ってきた。

「ねえ君、俺と一緒に美味しいものでも食べに行かないかい？　その銀色の髪に触らせてほしいんだ」

「……」

「つれないなあ、でもそんなところも可愛らしい。ツンとすました子猫ちゃんを振り向かせるのも楽しいものだよ」

「……」

男はジョシュアに相手にされていないにもかかわらず、諦める様子がない。

すごいなぁ、たいていの男はジョシュアのひと睨みで怯んでしまうってのに。

僕は男の諦めの悪さに感心した。とはいえ、男が邪魔なことは確かだ。ここはさっさとお引き取りいただこう。僕はなるべく刺激しないように、男に声をかけた。

「お兄さんすみません、僕たち用事があるので退いてもらっていいですかね」

「ああん？　なんだよお前は」

おや、お兄さんはどうやら僕には優しくするつもりがないみたいだ。そればかりか、あからさまに馬鹿にしたような目で僕を見下してきた。

正直言ってめんどくさい。こういう相手はしつこいんだよね。

「お前みたいな平凡な男が隣にいたんじゃ、不釣り合いなんだよ。なあ君もそう思うだろ？」

男は僕に舐めきった態度で返事をすると、強引にジョシュアの肩を抱き寄せた。

「なあ子猫ちゃん、こんなつまらない男放っておいて俺と遊ぼうぜ」

肩を抱き寄せられたジョシュアは心底嫌そうな顔をしていた。この顔をされると困る。なぜって、僕の怒りが沸々とわき立ってしまうから。

普段は滅多なことじゃ怒らないけど、ジョシュアが嫌がることをされているのが、とにかく許せない。しかも肩を抱くとは言語道断だ。まずいな、久しぶりにブチギレちゃいそう。

「あー、お兄さん。嫌がっているので手を離してくれません？」

僕は理性をかき集めて、なんとか穏便にことを済ませようとした。ところが困ったことに、この男は僕を弱いと見たみたいだ。

「うるせえんだよ」

ジョシュアに触れているのとは反対の手で僕をどんと押してきた。

先に手を出したね？　これで正当防衛が成立するね。

僕が我慢をしなくていい条件が揃ったようなので、すぐに理性を手放した。

「離せって言ってんだよ。聞こえなかったのか？」

多分僕のこめかみには青筋が立っていると思う。

「虫唾《むしず》が走るんだよ、お前みたいな勘違い野郎を見ると」

「何だと、このやろう！」

男はジョシュアを乱暴に突き放すと、僕を真正面から見下ろした。ひょっとしてこれで威圧したつもりだろうか。これだから素人は嫌だ。

「てめえみたいな貧弱男は拳一発で十分だぜ！　歯ぁ食いしばりな」

舌なめずりをした男が右手の拳で殴りかかってきたので、左の手でさらっと受け止めた。この男の拳は蚊のような弱さだ。

まさか僕に拳を止められるとは思いもよらなかったのか、目を瞠《みは》っている。すかさず僕は男の右頬めがけて一発殴った。もちろん手加減はしてある。

まあ、ジョシュアにした仕打ちを考えると死んでも文句は言わせないけど。

男は僕に吹っ飛ばされて地面に崩れ落ちた。もちろん、これで終わりにするわけない。

「ほら、立ちなよ。僕を殴り倒してジョシュアと食事に行くんだろう？」

唇から血を流す男の胸ぐらを掴んでぐいっと上に持ち上げた。

「く、はあっ」

「え、なに？　何か言いたいことでもあるのかな？　えーっと、なんだっけ、僕が平凡だからジョシュアの隣は釣り合わないって？」

「う、た、助け……」

「君、ひょっとして自分がジョシュアの隣に立つのにふさわしいとでも言うつもりだったの？」

「い、す、すみませ……」

「調子に乗るなよ」

僕はそのまま男をもう一度地面に放り投げた。砂埃にまみれた男はどうやら戦意を喪失したらしい。地面に這いつくばって僕から逃げようとしている。

もうジョシュアに手出しもできなそうだし、別にこれ以上やるつもりはない。それにこれ以上やったら弱いものいじめになっちゃうし。

「……ほら、やっぱりダグは格好いい」

僕と男のやりとりを見ていたジョシュアが、笑みを湛《たた》えてやってきた。この笑顔が見られるのは、兄である僕だけの特権だ。

「そんなことないよ。というかジョシュアだって強いんだから、肩を掴まれた時にぶん殴っちゃえばいいのに」

「……格好いいけど、鈍感」

「え、なあに？」

「……なんでもない」

「そう？」

ジョシュアが何を言ったのかは、いつの間にか沸いていた野次馬の騒ぎ声で聞き取れなかった。

まあ、本人が嬉しそうだからいいか。

「はあ、嫌なやつに出会っちゃったね。ジョシュアの肩が汚れちゃったよ」

僕はジョシュアの肩の、さっき男が触れた場所をさっさっと払った。

よし、これで消毒完了だ。ジョシュアはあんまり過度な触れあいは好きじゃないんだけど、僕とは平気らしい。そのまま肩を組んで歩き出す。

すぐそばにあるジョシュアの顔は少しだけ赤くなって、はにかんでいる。

可愛いなぁ、本当に自慢の弟だよ。

最近は特に可愛くて仕方がない。

目の中に入れても痛くないってこういう感じなのかもな。

しかもこのところ、妙に艶《なま》めかしい時もあってお兄ちゃんの僕でもドキドキしちゃう。

これからジョシュアはどんどん格好良くなって、年と共に色気も備わってますます注目の的になるんだろう。

僕はおかしな虫がつかないように、絶対そばを離れないようにしよう。

いつかジョシュアにふさわしい男が現れたら、そいつに僕の場所を譲ることになるな……うーん、それは想像するとちょっと嫌だな。

僕の他にジョシュアの肩を抱く男を想像したら、急に胸がちくりと痛んだ。

なんだろう、針で刺されたみたいな嫌な感じがする。僕が首を捻《ひね》りながら胸を押さえると、ジョシュアがどうしたのかと、僕の顔を覗き込んだ。

うわ、可愛いな。胸の痛みなんてどこかに吹き飛んでしまって、僕はジョシュアになんでもないよと言って頭を撫でた。

可愛い僕の弟を自分の力で守れてよかった。優越感とジョシュアにいいところを見せられた充実感で、僕の心はウキウキと湧き立つのだった。

ハッピーエンドのその先へ ー
ファンタジックなボーイズラブ小説レーベル

&arche NOVELS
アンダルシュノベルズ

この恋、甘過ぎる

異世界に来たので お兄ちゃんは 働き過ぎな宰相様を 癒したいと思います

猫屋町 ／著

兼守美行／イラスト

忙しい両親に代わり幼いころから弟妹の面倒を見てきた料理上手なお兄ちゃん、リツ。ふと目を覚ますと、作り過ぎたマフィンとともに異世界に転移していた。「氷の宰相様」の異名を持つ見目麗しいディーンハルトが、突然空から降ってきたリツを助けたらしい……。非現実的な話に呆然とするリツだったが、ある理由からディーンハルト専属の食事係を務めることに。リツの優しさでたっぷり満たされた彼は、お礼にと優しく迫ってきて!?　執着強めなハイスペ宰相様に甘く愛される、Webで人気のBLファンタジーがついに書籍化！

詳しくは公式サイトにてご確認ください。
https://andarche.alphapolis.co.jp

異世界BLサイト“アンダルシュ”
新刊、既刊情報、投稿漫画、ツイッターなど、BL情報が満載!

この作品に対する皆様のご意見・ご感想をお待ちしております。

おハガキ・お手紙は以下の宛先にお送りください。

【宛先】

〒150-6008 東京都渋谷区恵比寿 4-20-3 恵比寿ｶﾞｰﾃﾞﾝﾌﾟﾚｲｽﾀﾜｰ 8F
（株）アルファポリス　書籍感想係

メールフォームでのご意見・ご感想は右のＱＲコードから、
あるいは以下のワードで検索をかけてください。

アルファポリス　書籍の感想　検索

ご感想はこちらから

本書は、「アルファポリス」（https://www.alphapolis.co.jp/）に掲載されていたものを、
改稿・改題のうえ、書籍化したものです。

異世界《いせかい》で騎士《きし》団寮長《だんりょうちょう》になりまして２
～寮長《りょうちょう》になったあとも２人のイケメン騎士《きし》に愛《あい》されてます～

円山ゆに（まるやま ゆに）

2023年 8月 20日初版発行

編集－山田伊亮
編集長－倉持真理
発行者－梶本雄介
発行所－株式会社アルファポリス
〒150-6008 東京都渋谷区恵比寿4-20-3 恵比寿ｶﾞｰﾃﾞﾝﾌﾟﾚｲｽﾀﾜｰ8F
TEL 03-6277-1601（営業） 03-6277-1602（編集）
URL https://www.alphapolis.co.jp/
発売元－株式会社星雲社（共同出版社・流通責任出版社）
〒112-0005 東京都文京区水道1-3-30
TEL 03-3868-3275
装丁・本文イラスト－爺太
装丁デザイン－AFTERGLOW
（レーベルフォーマットデザイン―円と球）
印刷－中央精版印刷株式会社

価格はカバーに表示されてあります。

落丁乱丁の場合はアルファポリスまでご連絡ください。

送料は小社負担でお取り替えします。


ISBN978-4-434-32467-3 C0093